郭保林经典散文

大家经典

在太阳深处

郭保林 著

山东文艺出版社

图书在版编目（CIP）数据

在太阳深处:郭保林经典散文/郭保林著.—济南:山东文艺出版社,2021.3
ISBN 978-7-5329-6332-4

Ⅰ.①在… Ⅱ.①郭… Ⅲ.①散文集—中国—当代 Ⅳ.①I267

中国版本图书馆CIP数据核字(2021)第040068号

在太阳深处
郭保林经典散文
郭保林 著

主管单位	山东出版传媒股份有限公司
出版发行	山东文艺出版社
社　　址	山东省济南市英雄山路189号
邮　　编	250002
网　　址	www.sdwypress.com

读者服务	0531-82098776(总编室)
	0531-82098775(市场营销部)
电子邮箱	sdwy@sdpress.com.cn

印　　刷	山东新华印务有限公司
开　　本	880毫米×1230毫米　1/32
印　　张	9.125
字　　数	213千
版　　次	2021年3月第1版
印　　次	2021年3月第1次印刷
书　　号	ISBN 978-7-5329-6332-4
定　　价	59.00元

版权专有，侵权必究。如有图书质量问题，请与出版社联系调换。

目 录

第一编
天堂之水天上来

- 003 黄河狂飙曲
- 015 天堂之水天上来
- 021 大宁河与川江号子
- 028 有一抹蓝色属于我

第二编
孤独者的绝唱

- 037 屈原：洞庭歌吟
- 047 孤独的月光
- 057 昨天的地平线
- 080 孤独者的绝唱
- 092 人类巨子

第三编
在太阳深处

- 103 在太阳深处
- 110 丹青的沧桑
- 118 一个丢失历史的王朝
- 138 草原，一页绿天

第四编
解读凉州

- 157 在敦煌，我仰望星空
- 171 西北望长安
- 191 解读凉州
- 210 徽州写意
- 222 漂浮的土地

第五编
白桦哭遍树林

| 233 | 白桦哭遍树林
| 248 | 阳光抚摸着海涅的墓碑
| 256 | 农民画家米勒
| 264 | 月亮灿烂地凝固天空
| 275 | 迷失在俄罗斯风景画里

第一编

天堂之水天上来

黄河狂飙曲

> 是李白遇到黄河，黄河之水才流进他的千载华章，是黄河遇到冼星海才把自己的吼声化为历史绝唱？
>
> ——小序

一

诗人站在河岸上。

黄河从莽原奔来，浑浊的波涛弧度很大，一轮轮的，弓着身向前奔涌着，油画染料般浓稠的流水，在夕阳下泛着光斑。风吹动着岸上的荒草，窸窣有声。黄河在这里被山峡截成两截，宽有二三里的黄河，被挤在几丈宽峡谷，人称"壶口"，河水以雷霆万钧之势往下倾泻。波涛喧嚣着、呼啸着，冲下来了，一帘气势豪壮的大瀑布，是流动的莽原，浪峰峥嵘，漩涡狰狞，追逐、撞击，船被缓缓托上波峰，又呼地被掷进深渊……

这是1939年早春。冼星海去延安医院看望因骑马摔伤住院的张光年。他们是老搭档。张光年兴奋地向冼星海讲述着两次横渡黄河，目击船夫搏风击浪的英勇气概。老艄公，赤脚裸背，肌腱绷起，两眼喷火，双臂紧摇着棹柄，一尊青铜般的雕像，伴着苍凉悲壮的号子，更让诗人心灵受到震撼。

冼星海听罢心情异常激动："面对民族的灾难，我心里有着不可遏止的冲动，真想创作一部反映民族气派鼓舞民族士气的大作品。"

张光年也激动地抓住冼星海的手，连连说道："心同此感！"张光年欠身坐起，靠在床头，从枕旁取出一沓稿纸："这是我过黄河行军时的一些感受，新创作的长诗《黄河吟》。"冼星海看后提议改成《黄河大合唱》歌词。张光年点头同意，连夜创作，几天后，在西北旅舍比较大的一间窑洞，请来冼星海，开了个朗诵会。

> 朋友！你到过黄河吗？
> 你渡过黄河吗？
> 你还记得河上的船夫，
> 拼着性命和惊涛骇浪搏战的情景吗？……

"太好啦，光年！"冼星海凝神听完后，霍地站起来："我有把握写好它！"一把拿过诗稿："我要写一曲表现民族意志，民族血性正气，与侵略者血战到底的战歌。黄河，母亲河，是我们民族的象征！"

"好，好啊！"张光年紧紧握着冼星海的手："我们一定要成功！"

第二天，曾和张光年在宜川壶口瀑布横渡黄河的女演员小田，向冼星海详细讲述了渡河的情景。冼星海被小田的讲述震惊了，只觉得热血沸腾，他激动地说："你讲得太生动了，生活本身就是一幅画卷啊！"

一连几天，冼星海彻夜难眠，思绪翻腾。他深知一首鼓舞士气的歌曲能影响一场战争的胜负，能影响一个民族的命运，它的巨大意义，能唤醒民众，重铸民族之魂，产生排山倒海的力量！在中国历史上，楚汉相争，四面楚歌不是瓦解了项羽的军心，最终使一代势炎熏天、力拔山兮的霸王饮恨乌江，只落得霸王别姬的悲惨下场吗？一首《敕勒歌》，使高欢的败军为之动容，军心为之振奋，凭借这支歌曲激发的士气，高欢重整兵马，浴血厮杀，终于消灭了敌人。世界史上这样的例子更多，贝多芬的《英雄》，就是表现英雄与大自然，英雄与敌人，英雄与自己内心世界进行斗争的壮丽史诗。《英雄》体现了一个民族的意志，复仇的火焰，哀恸的力量，在乐曲中能听到军鼓和军号声，是一曲展示英雄气概和英雄形象的伟大乐章。还有《马赛曲》，原名《莱茵军团战歌》。法国大革命期间，资产阶级高唱这首战歌，同封建专制、封建贵族进行斗争，鼓舞民众斗志，《马赛曲》最终成为法国国歌。这些歌曲都以寥廓深沉的音乐思维，绚丽多彩的音乐语言，狂风暴雨般的豪情，歌颂了英雄主义的伟大胜利。

诗言志，歌抒情。"只有民族性的壮气，才能启发整个民族的兴奋。歌声愈激昂悲壮，民族的前途就可以肯定愈有光明。"（冼星海语）

窑洞外传来鸡的叫声，窗纸朦胧发白了，冼星海还辗转没有睡意。他望着黑幽幽的洞顶，脑海里翻腾着中国近百年的苦难史，屈辱史，血泪史，尸骨如山，血流成河，中华民族面临着亡国灭种的危机，四万万同胞该苏醒了！黄河，我的母亲河该怒吼了！

张光年的歌词分为八个乐章，最后是《怒吼吧！黄河！》。冼星海反复阅读，不住地称赞："这真是中华民族的史诗啊！"

冼星海虽未体验壶口瀑布的腾天动地之气势，但黄河的刚烈，黄河的风骨，恢宏磅礴之势，他早在河南黄河岸采风时已有领略。冼星海把自己关在窑洞里，闭门不出，酝酿构思，捕捉主题音调。他青春的激情，坚忍不拔的毅力，高度紧张的神经，摧毁一切的热力，伴着黄河狂澜的澎湃之声，涌动着，奔腾着。他眼前常常出现幻景：时而站在黄河岸边，看一河金涛东去，而自己仿佛是一位船工，驾船在风浪中搏击；时而身边又传来黄河岸边妇女凄婉的哭泣，悲怆的倾诉，无边无际的苦难压来，令人窒息；时而又仿佛听到老乡在岸边的对话，九一八、九一八，我的家乡在哪里……那悲愤的呼号，仇恨的烈火，若地下岩浆般呼啸；瞬间他又奔波在万山丛中，青纱帐里，英雄健儿纵横驰骋，刀光剑影的闪动，枪声炮火的轰鸣……

黄土高原的早春是非常寒冷的，塞北的风如刀割般刺人，寒窑如冰窟。夜里，冼星海脚蹬一双毡靴，裹着一件厚厚的灰布旧大衣，高耸着领子，棉帽耳朵翻垂下来，纵笔谱曲。冼星海伏在临窗的小桌上，桌上堆满纷乱的五线谱纸，小油灯忽闪着火苗，地上有个陶盆，几粒火炭有气无力地明灭着。张光年知道冼星海爱吃糖，延安买不到水果糖，他便买了两包白糖送去。糖放在小桌子上，冼星海一手不时抓一小撮白糖，填到嘴里，一手不停地在五线谱上划动。他乐思汹涌，灵感飞扬，那两包白糖也化为音符流泻在五线谱上。

冼星海为人谦和，对作品要求却非常严格。初稿完成后，其中《黄河颂》《黄河怨》两个独唱曲，演出队挑剔较多，他立即全部推翻,连夜修改,第二天交出新稿。张光年说:"当别人又提出个别乐句尚需改动,他又撕掉重写。"那种顽强的精益求精的精神,深受大家称赞。

二

冼星海出身澳门贫寒渔家,母亲生他时在船上,头顶满天星星,船在大海波涛里摇荡,母亲给他起名星海。父早亡。孤儿寡母流落到广州,后又辗转到上海,母亲做佣工抚养他。他的童年和少年沐浴着椰风海韵,深受澳门浓郁的观音文化的熏陶,从小就生成一颗善良虔诚的心。亚热带的阳光并没有亏待他,南国的热风风人,热雨雨人,他的身子骨发育得像一棵高大的红棉树,而南国的如画风光孕育了他的审美意蕴,又赋予他丰富细腻的情感。

他喜欢唱歌,是在渔家歌谣里长大的。

1929年,一贫如洗的冼星海靠朋友凑的十元钱,漂洋过海去法国留学。十元钱怎能购买一张船票?简直荒唐!又是朋友为他在轮船上找了个杂役差事,既免了船票,又有了食宿保障。

巴黎音乐学院是世界上影响最大的音乐学府,音乐圣地。他不是官费生,又没有高等学历,要取得"入场券"比登天还难。他只身来到巴黎,举目茫茫,语言不通,身无分文,首先要解决吃饭问题,只得寻找一些体力活干,给餐馆当杂役,给人家照看孩子,守候电话,在理发店当小工,在澡堂帮人剪指甲,在西餐厅做侍者,帮人喂鸡养羊……几乎天天为填饱肚皮奔命。

这个勤奋的青年感动了上天,他认识了马思聪,马是巴黎音乐学院中国第一位官费留学生，又是广东老乡。马思聪把冼星海推荐给自己的老师奥别多菲尔。这位"奥"老师是个很严苛的音乐家，他觉得冼星海年龄大，音乐造诣不高，不会有好的前途，不想收他为徒。但又为这个中国小伙的坚强意志、理想和抱负所感动，再加上马思聪的苦苦恳求，"奥"老师决定收留他，却提出每个月要付二百法郎学费。天哪！自己连肚子都填不饱，从哪里弄二百法郎？

这位"奥"老师了解他的艰难处境，大发慈悲说："从今天起你是我的学生。在你有足够的收入以前，我不收你的学费。"

冼星海常常饿着肚子练琴。成名作《风》在他的"蜗居"里诞生了。一间很小的房子，四面全是玻璃窗，玻璃有的破损。巴黎的冬天十分寒冷，寒风在窗外呼啸，渗入屋内，冼星海冻得浑身发抖，他便裹着大衣在小油灯下创作；怕小油灯被窗缝钻来的风吹灭，他便一手护着灯，一手用笔在五线谱上划动。冼星海乐思汹涌，想起狂风巨浪中颠簸的渔船；想起母亲瘦削的脸庞，孱弱的身体在甲板上摇摇晃晃，被海风吹乱的花发；一切人生的辛酸、不幸、苦难……涌现心头，五线谱上铺开一曲悲愤苦难的旋律，他用乐曲抚慰痛楚的心灵。"风啊！暴烈的风！残酷的风！"这首《风》震动了巴黎音乐学院，高级作曲班接受了他。

1935年，冼星海回到苦难的祖国。他很快投入了左翼文化宣传阵营，并结识了吕骥、任光、贺绿汀等著名音乐家，成为"新音乐运动"左翼战线上的新兵。这期间他写了大量的抗战救亡歌曲。流传最广的经典歌曲《在太行山上》便是这时期作品：

红日照遍了东方/自由之神在纵情歌唱/看吧！/千

山万壑,铜壁铁墙/抗日的烽火,燃烧在太行山上。……听吧/母亲叫儿打东洋/妻子送郎上战场/我们在太行山上/我们在太行山上/山高林又密,兵强马又壮/敌人从哪里进攻/我们就要它在哪里灭亡。

这首歌曲,旋律从低音开始,几经起伏,如风卷波涛,又渐渐像海啸奔腾……雄壮的旋律中,仿佛一轮红日冉冉升起,磅礴的朝霞映红了山峦,映红了天空、大地。进而,旋律使你展开辽阔的想象,群山苍茫,万木苍莽,一群抗战英儿纵横千沟万壑间……中华民族像山一样刚强,像山一样傲然耸立,那深沉的爱国情怀和奔放的激情自然交融。

1938年10月,冼星海和妻子钱韵铃告别武汉国民政府政治部第三厅,在周恩来和郭沫若的安排下,乘坐华侨捐赠的汽车,扮作侨商,躲过敌人的盘查,穿过封锁线,奔向延安。

钱韵玲与冼星海相识于武汉,冼星海给她留下了美好的印象,她说冼星海朴素、诚恳、热情。冼星海对钱韵玲也颇有好感:"我觉得她心地很好,不仅纯真可爱,而且外表美,又能处处表现出来。"1938年1月2日韵玲的父亲钱亦石去世,武汉各界为这位知名爱国人士举行隆重的追悼会,星海为钱先生送来挽联"不灭的火,永生的石,同垂不朽,亦血亦铁",并谱成曲,成为一支挽歌。钱韵玲深受感动。从此,身为小学教员的她,便参与"星海歌咏队",向冼星海学习抗日救亡歌曲。相处久了,两人产生了爱慕之情,于同年7月20日在武汉举行婚礼。

暮秋的黄土高原并不显得荒寒,窑洞前,沟壑涧有松树、柳树、榆树,绿腾腾的,枣儿已经收摘,晾在坝上,一片红霞似的，窑洞门旁挂着成嘟噜的金灿灿玉米，像画儿一样，煞是好看。几头小毛驴在山坡上蠕动，赶驴人信腔野调，山岭间盘旋着飞扬着信天游和蓝花花。黄土高原的天空特别高远，云也白，没有南国的燠热、阴湿，空气清爽干燥，一切都那么宁静、深沉。

但延安物质条件极差。鲁艺精心为冼星海夫妇准备了窑洞，却也简陋狭小，除了土炕，一张小桌，连脸盆架、衣架都没有。窑洞外便是空旷的清凉山、凤凰山，沟壑纵横、童山秃岭，连绵逶迤，荒凉，贫瘠。那时延安对知识分子很宽容，待遇也高，冼星海除了稿费收入，还有十五元津贴。当时朱德才五元，算是享受"高薪"待遇了。稿费也不菲，冼星海一首歌曲发表能拿到十元、二十元，甚至几十元。有时不发钞票，以酒、茶、盐、火柴、糖等代替。

延安物质生活很苦，平时能吃上一个鸡蛋算是最大的享受。钱韵玲养了几只母鸡，每天还能保障冼星海一个鸡蛋，但常常有客人来访，这鸡蛋便成了招待客人的佳肴。延安的晚会多，演出活动也多，星海白天上课，晚上又要组织音乐活动。他是乐队教练，又是指挥，一天到晚忙得饭都顾不得吃，晚会结束后，又要给演出队做总结，常常半夜方归。

白天他给鲁艺学生上课，也和同志们一块上山开荒。山野上到处是歌声、笑声，自己动手，丰衣足食，一派朝气蓬勃的景象。冼星海年富力强，浑身有使不完的劲。他不知疲倦，夜间在窑洞幽暗的油灯下创作歌曲，激情如火焰，灵感像喷泉，一写就是通宵，还时不时地敲着桌子，哼出声来，把熟睡的妻子惊醒。

延安的冬天，滴水成冰。风在窗外呼啸，摇撼着窑洞前老榆树，拍打着窗户，发出啪啪的声响，使他想起当年在巴黎创作

《风》的情景。

他还常常下乡搜集民歌，有时走在路上，听到老乡唱陕北民歌，就迅速记下来，两年间记满了七个笔记本。陕北人的声道是在唱信天游和蓝花花的过程中形成的，完善的。信天游宽阔、高亢，蓝花花柔婉、凄楚、苦涩。信天游属于辽阔的大地，空旷的天空，缥缈的云，流逸的风，野得很，粗狂得很；蓝花花属于凹下的沟壑、深邃的山涧、滞涩的流水。这些民歌民谣敦厚、朴野、苍凉，还带有烟火气，黄土高原的土腥味。这片土地因饥渴而干燥，因风沙而粗糙，歌声从来未填饱过他们的精神空间，信天游、蓝花花是黄土的心，是高原的魂。白杨沙柳老疙瘩榆树，山丹丹花红枣林，没有南国美人蕉合欢树的高大健美，没有紫荆花含羞草的风姿绰约，但却也有爱的曼妙，情的缱绻。

这里的山塬和沟壑，大气磅礴，一轮轮像海啸凝固的造型，空旷的高原足以拓展人的心灵和胸襟。它包容你吸纳你融汇你，只要你住进它的窑洞，吃上它的小米、红枣，你的生命就会出现"转基因"，你就会成为一棵沙柳，一棵白杨。你的审美视野变得寥廓、宏大，精神也会变得雄悍、豁朗、高远、深沉，这一切都是裸露的黄土和苍茫的大塬赋予了你，再造了你。

不到两年间，冼星海就创作了数十首民间抒情小调，还有四部大合唱，两部歌剧，两部《民族解放交响曲》。奔放的情感，优美的旋律，丰富的想象，曲调像流水般洋溢着人性的温馨，也负载着生命的苦难，以及对新鲜事物的赞美。这是他创作的丰收季节，风格既有南国的热烈，又有北国的雄沉；既有西洋曲调的潇洒，又有民族气派、民间曲调、黄土高原的朴实。

三

冼星海在窑洞里连续奋战了六天六夜,一口气完成《黄河大合唱》八部乐章,这六天六夜他只睡了十三个小时。他的眼睛布满血丝,依然闪烁着青春的激情;脸颊瘦削了,精神却是焕发的。

冼星海的创作态度十分严谨,他深深体悟到黄河这天来之水的磅礴气势,浑转回荡的壮观气象,奔流到海的顽强气概,和摧枯拉朽的决绝意志。所以每一个细节,都反复推敲,每个音符都认真琢磨。他每天都沉浸在创作的兴奋中,激情奔放,乐思汹涌,像海浪拍打着堤岸。冼星海脑海里始终活跃着三个主题:外族侵略给中国人民带来的沉重灾难;二是中国人民不屈不挠的斗争意志;再就是人民群众保卫黄河保卫祖国同仇敌忾的壮烈场景。

八部乐章气魄宏大,壮烈时,犹如万马奔腾,爆炸的轰鸣,冲锋的呐喊,冼星海将壶口瀑布的排山倒海之势,雷霆万钧之力谱进乐曲,展示出倒海翻江卷巨澜的壮观气象;酸辛处,又如蓝花花的如泣如诉,如怨如怒;悲壮时,又把人带进热血偾张、于无声中听惊雷的境界。

《黄河大合唱》只能产生在黄土高原。大汉时代热烈的八部乐章,盛唐时期的庞大的九部乐章,都诞生在这片高原厚土。伴着安塞腰鼓,威风锣鼓的强烈节奏,黄河的吼声已化为中华民族雄狮般的怒吼!这是岩浆的奔突!是天火的燃烧!这是震撼人心的神曲!艰苦卓绝、英勇顽强的战斗精神把人带入激昂、庄严、崇高、虔诚、奋发的精神空间，那火一样的情感，霎时会把人带进与惊涛骇浪搏斗的情景中。

《黄河大合唱》包括了独唱、朗诵、齐唱、轮唱、合唱，采用了民歌、民谣、颂歌等多种情调和表现方式。始终如一的结构使庞大的史诗，在逐章演出时具有各自风格，又浑然一体。

首演开始了，五百壮士的演出阵容是延安时期前所未有的，雄壮、庞大、豪强，充分地展示着力和美，一道不可战胜的铜墙铁壁，一座新的长城！

当年延安演出条件极差，要组织一支完备的乐队伴奏根本不可能。演奏队除了三把小提琴，再就是二胡、笛子、吉他、口琴，没有谱架，没有低音乐器，他们用洋铁桶改造成低音胡琴，用搪瓷茶缸子，用吃饭的勺子作打击乐器……冼星海亲任指挥，手臂一挥，这些新式乐器，噼里啪啦的响声和锣鼓管弦吹打声，雄壮的歌声，形成强大的共鸣，造成排山倒海的宏伟气势。《黄河大合唱》气势雄壮，把人们带入黄河源远流长、曲折婉转、奔腾呼啸宏大的艺术磁场。它使你的灵魂震颤，热血沸腾，逼迫着你，顿时浑身涨溢出山呼海啸的力量！风在吼，马在叫，黄河在咆哮！强烈的和声语言，复杂的音调跌宕，热烈急促的节奏，醉如狂风的激情，这是黄河的力量，滔滔黄河已化为浩浩荡荡一往直前的大军，整个民族刷地挺立起来！这是山，是海，是民族情绪的兴奋！《黄河大合唱》是音乐的经典，是黄河的历史绝唱，它的思想性，艺术性，民族性，达到完美的统一；深沉、悲壮、宏伟、雄浑的旋律，奏响大时代的最强音！

冼星海身着灰色上衣、长裤，脚蹬布鞋，挥动着有力的双臂，表情激昂，犹如军事艺术家，指挥千军万马鏖战沙场。这是一幅震撼人心的画面！他魁伟的身躯跃动，俯仰，随着乐章的节奏变化，始终处于高亢的投入状态，有时达到白热化的程度，感到自己就像一团烈火。他的身子不时以最大限度探向乐队，夸张的表情，简短的语言，生动的手势，将史诗的丰富内涵传导至乐队演奏中。在这里你可以领略到艺术创造的神秘，神奇，一串音符竟能调动人们的情绪和生命活力，异常饱满，异常热烈。小小指挥棒像魔棒，往上一挑是山立海垂，云水激荡；往下一劈似惊涛裂岸，天崩地坼，巨浪化为剑戟铿锵的厮杀……

演出结束，会场响起长时间暴风骤雨般的掌声……

黄河在咆哮！延安在咆哮！全中国在咆哮！

天堂之水天上来

粗大而肃穆的线条，若隐若现在海水般的青蓝之中，冰川雪峰道道白光凌空腾起，和辐射而来的阳光迅速交配，很快分娩出一种惊心动魄的透明物来……那是雪山之父的精华，点点滴滴的，欶坎镗鞳之声，在涅槃般巨大的静寂中显得厚实深沉。这是在为大地撰写的历史，还是为人类谱写的力量之歌？那滴滴点点汇成流苏般的小溪，向荒旷的大地寻找他生命的乐园。干涸的大地上腾起股股沙烟，宛若飘浮的世纪的衣袂。

这景象让我惊呆了，我的大脑一片空白，记忆消逝了，时间凝固了，似乎身边的季节也僵枯了，空旷的四野只有风不时发出几声战栗凄惨的啸叫，像被什么野物咬了一口。好半天，我才开始启动思维的齿轮，睁大眼睛扫描着眼前这阔大的冷漠的雕构：刀法粗犷，棱角尖锐，雄健苍劲，山顶上凝固着白云，白云上面是冷漠的蓝天，高渺深远。从眼缝到与我连成一体的那线雪峰，我听到白色透明的液体在大放厥词："我是欲望之神，今晚谁敢为它划定疆界！我是哲人心里的暴力，今晚谁敢为它圈定范围！"尽管它出言不逊，但一条河流还处在发育期，它还没有资格嚣张。它的生命是孱弱的,它的梦还是缥缈的。

我到过青海,游过塔尔寺,穿过日月山,纵情青海湖,经过柴达木到达格尔木,再行驶入苍莽雄浑大野,再远处就是三江源吧?在地平线的尽头。

蓝天、白云、冰川、雪峰、草甸、荒原,还有古老的太阳,苍茫的风,一切都显得肃穆,庄重,坚实,而又透出点虚幻。

这就是大江之源吗?这就是诞生我们民族第一条大河的格拉丹冬雪峰吗?哦,巍巍然,一尊天神;峨峨然,一柄倚天长剑。这种大气象大境界,必然会有大手笔大造就。我站在雪峰冰川脚下,只觉得晕眩、心悸、惶恐,又有点木木然。西部的盛夏,原始的太阳,很古典,但依然充满激情,阳光辐射在冰山雪峰上,闪烁着冷漠和孤寂;风用很陈旧的方式摇撼着荒原,荒原沉默不语。我站在高原的阳光和风里,心里涌动着一种生命的苍茫感和精神的孤独感。我突然感到人类是何等卑微,改天换地,让高山低头,让河水让路,人类发出此等狂嚣是多么荒谬,面对渺渺苍天,茫茫大地,人,你只能感到敬畏!

万籁俱寂。

听到了吗?那万古荒凉的静寂里,有簌簌的声响,微弱缥缈,像疲惫的贝多芬无意间抛下的一个个透明的音符,像黑格尔一粒粒"精神的种子",晶莹剔亮,那是阳光和雪山交媾分娩出来的……那是千万年梦幻,千万年憧憬,千万年积累和创造啊!

冰川、冰塔、冰窟、冰舌、冰柱、冰碛、冰笋,千姿万态,娉娉然,婷婷然,巍巍然,如剑如戟,它吮吸天地之灵气,日月之精华，博大宏丽中渗透出一种凛然之寒气。

这里是一片鸿蒙，一片野性而又冷酷的土地，是一片雄悍而又孤寂的土地。偶有稀稀落落的牦牛草、羊草，星星点点，斑斑驳驳，点缀着万古荒凉。寥廓。旷博。复古。高远。还有令人觳觫的肃穆。巨大的静，气势磅礴的静，富有质感的静，笼罩在天地间。这静给人一种悲壮感，恐惧感。仿佛走进时间的童年，历史的开端，你根本想象不到，一条驰骋万里、雄涛澎湃的大江巨川的根竟然扎得这么深远，这么高危。

在这寂天寞地里，你会体验到什么叫时间。时间是一部幽深博奥的哲学。时间有声有色，有角有棱，有质量，有重量。时间，你看不见，摸不着，但时间就在你身边，你必相信时间，依偎时间，时间有着巨大无比的创造力，时间能造就一切，毁灭一切，又包容一切。

走进这赤裸裸的大自然，夕阳中，我站在一座高埠上，驰骋视线，环视这冰山、雪峰、流水、荒原：天之遥，地之远，山之高，水之长，我一下子流出眼泪来……

大山大水大苍凉，

大天大野大苍茫！

青藏高原啊！你大有大无，大贫大富，大丑大美，你最古老，又最年轻，你远离尘寰，遗世独立，安然、寂然、与世无争，与事无争，孤独而寂寞，陪伴你的只有沉默的时间。

苍山如海，残阳如血，这大风景、大地貌、大空间是我精神之旅的一种超越，且被各种窘迫所困惑，被各种庸俗所缠绕，我能走进这风光博大宏丽之境，我觉得我的灵智像"开光"一样——不是佛光，是天光、云光，是大自然之光。这里的"奶酪"还未曾被人类挪动。一切都处在原生态,原始态。凡是人类涉足的地方,大自然都会讨厌。人类的聪明和强大即是大自然的悲剧,更是人类自身的悲剧。

在这里云自飞翔水自流,花自飘零草自荣,上帝的原创没有遭到人类的删改和艺术加工,大自然显得很纯净,很天真。小草是天真的,小花是天真的,草叶花瓣儿上的水珠是天真的,鸟儿的鸣叫,水的流韵,天真得没掺进一丝杂音,连流淌的时间也是天真的。

天真是童年的代名词。

来到这里,你仿佛感到时间正处在童年。

童年,总是快乐的,天真无邪的,童年最富有天性,没有被陈规陋习制约,没有被名缰利锁束缚,没有被世俗红尘所污染,没有被灯红酒绿所诱惑……童年是生命中最纯净、最灿烂、最富有生机的时段,是花的季节,是诗的年华。

格拉丹冬,藏语,意为"尖尖的山"。

格拉丹冬的西南侧是大型冰川,冰川的冰舌由阳光和风雕塑成壮观的冰塔林。晶莹,空明,清丽……那细细的冰牙,倒挂的冰凌,壁立的冰墙,蘑菇状的冰崮,幽深的冰窟,鬼斧神工,是一个冰雕玉琢的世界。那是西王母苍苍白发凝结的冰封?是伏羲的白髯飘逸而凝固的冰川?千丝万缕的寒光和太阳金线交织成灵光弥漫的冰川。

有生于无。此时你真正体悟到这种大哲学的真谛。原来,这条莽莽苍苍的大江巨川竟然是在这里发育、生长出来的。这一切都没有规则,那晶莹的水珠犹如夜露镀亮的黎明,像玫瑰花映红的爱情，圣洁，华贵，幽美，令人心旌摇曳，在这天地间巨大的宁静里，呈现出一种生命的萌动，撞击命运之门的声响，从空宇浩渺中传来……是一曲气势磅礴，雄浑宏大的乐章的前奏。

上天赐予的最初的一粒粒水珠，是按照神祇的旨意汇聚在一起的，抛掉自身的渺小、卑琐、单薄和孱弱。当它们的躯体赋予了一种精神，赋予了一种信念，它们的灵魂开始升腾了，它们的血液开始了喧哗和骚动，它们自由地碰撞，融洽，你拥我抱，你牵我扯，于是形成一个集体，或者是一个小小的部落，于是荒原上出现一条条银蛇般的小溪，自由自在，无拘无束……

我静静地倾听着生命临盆的那种美妙的乐章，白色的精灵是从冰山母体上脱落，蓝色的梦在荒芜的土地上撒欢歌唱……

金灿灿的阳光把一切都变成发光体，肉眼不敢看。那锋利的光芒犹如钢针，会把眼睛扎瞎，会把皮肤刺伤。在这里阳光不是虚无，是物质的、有形的。这里一切与生存有关的事体，甚至养育人类的大自然也变得邈远、空幻。

天地无言，冰川不语。只有浮动的梦，一段透明的初恋，羞涩而又异样的执着，异样的坚韧……

那是个充血的白昼，阳光狂欢的夏日，太阳雄健而狂妄，气势磅礴而又大度豁然。阳光下的草甸是一片偌大的沼泽，斑驳的水洼，闪闪烁烁，光怪陆离，构成了一幅畸形的图案，是一种怪异的和谐，冷漠的明媚。那水洼像写满了明亮的颂辞，晶莹的祝福，随着欲望的膨胀，灵魂的躁动，使水面产生了眩晕的舞蹈。于是大地的沉默破裂了，它们用透明的触须探寻新的世界，蹒跚地寻找生命的通道。

于是最初的水滴，终于成了领队，率领着它用天文数字排列的兄弟姐妹形成一条条河流，一条条阳光下野性的自由自在的河流，孤独的跫音渐渐远行，清澈的浪花自言自语，向冰川雪峰举行最庄严的告别仪式……

大宁河与川江号子

涛声远去了,那犬牙交错的节奏还拍打着我心灵的堤岸;号子声远去了,那沉重苍凉的音律还回荡在我记忆的苍穹……

啊,大宁河!

正值仲秋,大宁河风光浓艳而迷人的季节。我们的游艇犁开一风碧波,缓缓驶去。举目仰望,两岸峭壁峋岩,如削如劈,天留一线,飞鸟不度,青岩不语;只见江流水势平和,沉静而富有魅力,波涛粼粼,细浪叠叠,涌到滩头,发出窸窸窣窣撕帛裂锦般的声响。山崖峭壁有青松翠柏,蓊然勃然,虬蟠苍劲,野花点点,幽然如梦。

置身这巨峡浩流之上,只感到一种凝重、沉郁、庄严、雄阔的宁静扑面而来。从巫溪到巫山,大宁河不断纳小溪,汇潜流,受悬瀑,挤挤攘攘,蹦蹦跳跳,冲开一座座崇山峻岭,显得格外富有生机。船从故有峭壁走廊之称的高山峡谷穿行而过。

传说,大宁河是一群身着绸缎绿衫的龙女变的,所以水波澄碧,柔美得像一匹绿绸,款款地飘去,柔柔地荡开,带着大山的粗野和空灵。其实,这只是形容了大宁河性格的一个侧面。大宁河到了雨季,却是另一种秉性和声貌:巨浪咆哮,急流飞湍,浪拍云崖,其声如万炮轰鸣,闷雷排空,群山战栗,峡谷瑟缩,万木觳觫,使人想起传说中耶和华发怒时,要铲除罪恶的人类而制造的那场万劫不复的洪水……

眼前的大宁河却静得出奇,绿得惹人,也明丽得让人心疼。水,呈淡青色,水中藻草、卵石、游鱼,历历在目。更让人动情的,是那水用最纯洁,最生动,最绚丽的语言,描绘着阳光和色彩的变幻:时淡时浓,时明时暗,时静时动。山崖,巨柱,怪石,巉岩,飞流,野藤,杂花,古木,在这水写的语言里都变成朦胧诗。僵硬的变得柔和,呆滞的变得生动,万物的色彩都在水中融解、汇合,美轮美奂,又像一幅印象派的杰作。我真想邀请印象派的开山鼻祖莫奈来一开眼界,若然,世界艺术宝库里不知要增添几多珍品呢!

这里还保留着一种人力驾驶的造型古朴的"柳叶舟"。舟的前方架着一柄长橹,形如关云长的青龙偃月刀,劈风斩浪,灵活自如。船上其他行船工具有桡、桨、竹篙、铁钩、竹纤,皆为适应"峭壁走廊"所置。

不知何时起了雾,雾越来越浓。黏黏稠稠从山岩上滑坠下来,成团成簇,成卷成缕。山崖、树丛全被雾洇湿了,朦胧而缥缈。幽暗的江面上,氤氲蒙蒙,船行其中,仿佛进入一种梦幻和意象的境界。远处的一道流水反衬着苍白的光。船桅搅动着淡青色的血液和天宇灰暗的灵魂。

船进入另一道峡谷,雾忽然消失了,抬头望去,仍是一道弯弯曲曲的蓝天,俯首看去仍是一道弯弯曲曲的江流。

就在这时,我听到一声声"嘿哟、嘿哟"的川江号子,那声音犹如峡壁中挤压出来的,沉闷、凝重、苍凉。待我们的游艇赶上,方看清是一条货船,在缓缓行驶。纤夫们赤裸着背,弓着腰,手抓住崖壁,青筋暴涨的黝黑的腿和足,踏在布满卵石的礁滩上,一步一步,伴着沉重的号子,艰难地移动着。

> 咿嗬呀嘿嗨嘎哝,
>
> 手抓岩石脚蹬沙,
>
> 为儿为女把船拉,
>
> 咿嗬呀嘿嗨嘎哝,
>
> 把船拉——把船拉——

这单调而肃穆的音节,有韵无韵的呼号,仿佛是伏羲在天庭劳作时发出的声响,带着原始的苍凉和悲壮,如狮吼虎啸,震悚着山川,激荡着大地和苍穹,高一声、低一声,错落参差。那是生命的呐喊和呼号,还是灵魂在炼狱中燃烧时发出的毕剥之声?抑或是对悲怆命运的一种祈祷?

看到这种情景,我想起罗丹的雕塑《三个影子》所揭示的那种痛苦而沉重的主题——那大度扭曲的脊背,低垂的头颅,暴突裸露的肌腱,带着忍辱负重的勇气,坚信着自己肉体的力量,承受着无穷无尽的苦难,世代不息地劳苦下去。

我心里顿时产生一种庄严的感情:对生命的崇拜和肃穆。

那声声号子是生命在压抑、撞击和超负荷时迸溅出的闪电般的蓝色火花;是生命在这崇山大河中展示的雄性亢奋和凛然不屈的风采;是一束束熠熠不息的灵魂之火在宇宙里释放的熠熠之光……

我曾经访问过一位纤夫。他已经老了,那额头皱纹纵横,犹如波浪瞬间的造型，犹如山岩层层叠叠的壁褶。他的腿有点罗圈；脚掌粗大、粗糙、粗粝，如熊掌、驼蹄。那皮肤呈黛紫色，是峡谷江流、太阳和风的涂鸦之作。肩膀上的肌肉高高隆起，层层叠叠的硬茧，蕴含着艰辛、困厄、挣扎、跋涉，也浓缩着紫色的信念，黑色的箴言和淡绿色的希冀……

他告诉我：在船上推桨摇橹的人叫"桡夫子"，岸上背缆的叫"纤夫"，撑篙人叫"西差"，船工叫"瓜土"，驾长叫"领水"。

他告诉我：他们拉纤时都赤裸着身子，有时只穿上衣，下衣绝对不穿，涉水时在礁石沙滩上爬，穿下衣，水湿了裤子，来回摩擦，不仅肌肉糜烂，鲜血淋漓，甚至卵子也会磨破。

……

我想象得出，他们成年累月在这险滩激流上挣扎、跋涉，人、船、江流三位一体，伴着跌宕的峭岸，编织着他们悲怆凄凉的命运，也编织着一部灰褐色的历史。爱、恨、忧、愁、荣、辱、苦、乐，诅咒和忏悔，希冀和憧憬，都凝聚进那一声声号子里，回荡在那悲壮的旋律中。曲曲折折的江流，坎坎坷坷的行程，便是他们命运的坐标图。他们把生命交给了江流，他们也变成这江流的一部分。

但是，你见过船夫同激流险滩搏斗的情景吗？那真是惊心动魄，他们为了生存，为了同死神争夺生存的权力，要付出多么巨大而痛苦的代价——

那滔天的巨浪，成排成群，挤挤压压，重重叠叠，如万千只张牙舞爪的雄狮猛兽，怒吼啸嚎，铺天盖地压来，劈头盖脸打来；山崖峡谷为之胆寒，飞鸟草木为之惊骇，且有风神摇旗呐喊，风助浪威，浪借风势，沉潆纠缠；江面上云团翻腾，水雾弥漫，仿佛宇宙之神把洪荒时代拉了过来，又将今天搓得粉碎抛撒在黛色的岩石上和灰褐色的江涛里。一切都发生了错位和变形，天、地、日、月、江、山、人……

这时，你倘若能观察一下那撑篙的"西差"，他们忽然变得出奇的沉着，惊人的勇猛，赤裸的身躯在激溅的浪沫里化为一尊威风凛凛的战神，犹如古希腊的英雄赫拉克勒斯，手中的长篙也变成长剑，咔嚓咔嚓，发出骇人的声响；摇橹的"桡夫子"，把橹扳得咪咪呀呀的怪叫，只差没有迸溅出蓝色的火花；而纤夫们犹如披头散发的山鬼水妖，他们高吼着号子，那号子也被神化了——原始的粗犷剽悍，雄性的亢奋高傲，野性的狂放，岩浆爆发般的力量，巉岩高耸般的信念，都在这吼叫呐喊般的号子声里，化为一种咒语，一种神祇的箴言，一种莫名其妙的特异功能——那是一曲人与自然宣战的誓言，与命运抗击、与死神厮杀角逐的战歌……

这时，你会感到震惊：这就是那些船工纤夫吗？那些麻木呆滞的灵魂怎么突然会焕发超人的智、勇、力？那些浑浑噩噩的思维怎么会霎时迸发出如此辉煌灿烂的火花？他们那黝黑色肌腱隆起的躯体，也赫然释放出一种恢宏庄严的思想，在这凶涛恶浪的江流险滩中，倾泻着无穷无尽鲜活的生命力？

啊，天哪！人，只有在生存死亡的搏击之中，才展示出辉煌壮丽的自我意识、生存意识、生命意识！

……当我听到这声声号子，思绪变得苍茫而凝重。这古老的川江号子没有调式，甚至没有词语，可是从古喊到今，一代一代地流传下来。它追逐长风，追逐流云，啄透黎明，啄碎黄昏，摇撼着伟岸的雄峦大嶂,激溅着滔滔不尽的流水,也肩荷着一代代船工悲怆的命运。我不知道这川江号子是否于冥冥之中,被神祇赋予了一种生命的咒语?我不知道这号子是否是我们民族几千年挣扎、跋涉、奋搏、厮杀、开拓、进击时发自肉体和灵魂深处的一种啸傲之声?是否是这部苍黛色沉甸甸的历史的旁白或注释?……

好啦,收回我的思绪吧。那货船已被我们的游艇远远抛到后面了。那些船工、纤夫的身影也从我的视线中消失,被灰褐色的山岩遮没了,不,也许他们已化为一块块岩石,永远伴随着这苍茫雄悍的江流了。

我站在甲板上,回首望着大宁河和两岸的峭壁陡峡,不知怎的,忽然想起诗人济慈在临终前对友人的嘱咐,他死后的墓碑上,不写名字,也不刻墓志铭,只写:

——这儿埋着一个名字写在水上的人。

水,是宇宙最神奇的元素。它有着生生不息万劫不灭的生命。它升腾为云,陨落为雨,粉身碎骨、隐形匿影时又化为气。当它再度显现"真身"时,或嬉笑于山涧流泉,或徜徉于池塘湖泊,或放纵于江河,或狂啸于海洋。

水,是永恒不朽的,犹如日月星辰,今天的水不是千百万年前的水吗?

水,是功德无量的。有了它,小小地球才有了缤纷的生命,才有了纷乱芜杂的故事和浪漫多姿的传奇,才有了人类这部卷帙浩繁、沉重的苍黛色的历史……

我想,那些船工纤夫也是不朽的,因为他们的名字镌刻在水上，两岸的青山则是他的墓碑。

我们的游艇继续前行。大宁河的风光一卷卷铺过来，压过来，不，是一帧帧悬挂在天幕上，挤得蓝天东躲西藏，仓促间一缕蓝色的衣襟被山峰挂住，飘飘忽忽迤逦在两岸峡谷之间。

巨幅的风景，虽有点雷同，却不让人厌倦。

有一抹蓝色属于我

远方的海

摆脱黄与绿的纠缠,我走向蓝色的遥远。

季节,又一个季节的潮水从我生命的岸边退去,五月的风带来海潮的气息。远处,太阳突然停止了走动,它注视着广阔的土地升腾起蓝色的波浪。

又一片博大汹涌的海,那闪烁不安的灵魂,像巨大的鸟,拍打着有力的翅膀,向我扑来,一下子包围了我的心。蓝色的诱惑和缤缤纷纷浪的花朵,绽开了我的每个梦幻,那蓝色的波纹在我心灵的拱壁上描绘着爱的图腾。我的叹息和泪水被无情地淹没,那古老的太阳掠过高耸的山峰和礁石,照耀着浪花盛开的蓝色原野。我向你走来,你大胆地多情地送我一片摇曳的微笑……

无穷无尽的蓝色,温情脉脉的海,没有风暴,没有潮啸,没有帆影,只有鸥鸟翻飞的舞姿,只有白云梦幻般的浪漫,那是写给大海的诗笺,还是情人挥舞的手绢?

啊,爱之海,一个广阔无垠的海,你深邃辽远,你的波涛充满在我整个心灵空间,你让我欢乐,痛苦,幸福,忧伤,激动,战栗,你让我狂放,你让我拘束,你让我身临其中又难以领悟全部内涵。在这里我看到太阳的红帆日日远扬不知是谁的许诺,看望归的渔姑站成礁石形象,站成航标灯的期待,寂寞的飞梭织进某次古典的诀别,眼岸上布满旗语的呼唤,唇港里泊满孤独的歌声,无法解释的日子们从身边一排排沉没……

磅礴的炽灼的爱情光芒,使我天地晕眩,峰峦起伏,我们因甜蜜而苦涩,因幸福而疼痛,因欢乐而悲哀,因激动而迷惘。

天空变成静止的海。

海变成流动的蓝天。

液态的风吹着水下的帆,蓝色的气流推动着水上的舵,你和我像鱼儿似的击起如扇的波浪,我的思想在爱之海里一层层扩展,扩展……

海岸,这是陆和海、黄和蓝的吻痕,抑或是分界?陆在这里走进尽头,海在这里走至尽头?

岁月是一条无首无尾的岸,而生命的浪终归要漫过它……漫过后便凝结成历史。

浪花与礁石的梦

那天,我们在岸边礁石上坐得很晚,坐得很绝望——开花季节错过了,结果时节又一无所获,那时候的海平线出现的是"希望号"还是"青春号"的帆船?给我们打旗语的是鸥鸟还是白云?还有那片燃烧的枫叶呢?

礁石冷峻,黛青色的额头高高扬起,涂抹血光,矗入一片蓝空和一片蓝空般深邃的宁静。

远远的海面上出现许多白点,恍若几片白云散荡其间,我觉得是几只大雁或天鹅在啄水。你摇摇头,终于看清了,那不是大雁和天鹅,是划帆板的少男少女,他们咯咯笑声惊飞了我的大雁和天鹅。

黄昏如无涯之水,恣肆蔓延而上,青苍的山崖,醉迷了一般,在它酡红的黄昏之光里冥想。夕阳染上满地的枯叶和沙滩上的芦苇花穗了,且在一根刚直的松针上战栗、痉挛。我一时间觉得你就是一枚成熟了的最大的红浆果,且结自这冷峻的礁崖,成熟于黄昏。

你我,不,整个世界都甜蜜得晕眩。

我对你默默地爱恋,这种使人类永生不息的神秘情愫,只要你真正领受,一切痛苦都会化为百倍欢乐。在古老的的大海退去以前,你会真正认识比大海更深邃、更激荡灵魂的爱情之海。

我对你默默地爱恋,就像浪花偎依着礁石,我一次次向你呼唤,我是你的岸,你的陆地,一个蕴藏着炽热岩浆的大陆。

你的眸子一次次漫过汹涌的潮水,而后又哗哗地退去。我,默默地握着你的手,温柔地向你讲述一个凄凉而美丽的故事——那是古老谣曲《海萝和伦德尔》,一对绝好的恋人,海萝得知伦德尔溺海而死,也跳海自尽……

我的故事使你眸子上蒙上泪翳,你凝视着黄昏,久久不语。我知道你的心海却潮飞浪卷,而忧郁却像一条河流从我心头流过……

我说,有一行蓝色的情节不会枯竭,复活在淡蓝色的信封里情诗里;我说,有一颗闻得芬芳的星星,会镀亮你那朵摸得见的笑靥。

我还会驾一叶舢板和你一道去远征,我还会用你美丽的蝴蝶结扎好凯旋的花环。也许就在这海滩,有一段旋律还没休止。

命运如这海浪留在岸边的足迹,曲曲折折,而我的心如一枚又苦又涩的青梅果,慢慢地被风干……

那礁石有忠贞的性格,不变的风采,不塌的躯体,让风和浪雕塑礁石的魂魄吧!

浪花和礁石都在做梦。在境界与梦境之间,我完全忘记生命的存在与死亡。

海 的 箴 言

暮色揉碎你的背影,你的背影化为细雨迷蒙的神女之峰,渐渐流逝的是你黛色诺言,你的诺言如梦……

海的箴言在礁岩上铮然弹响,浪花的旋律没有休止符,季节的色彩却在你瞳孔里骤然变更。

你说,爱的火焰已将心灵灼伤,伤口流着血,流着泪,还流着脓,蜜蜂刚刚吻过,苍蝇的翅膀便扇起一阵嗡嗡之声。你说,你要远去了,要逃避这爱的海;你说,时间之树没有果实,风中飘飞的叶子是苦涩的泪;你说,折断的情思已被厚厚的落叶覆盖,那脚步即使踏破岁月的封面,丢下的脚印重新生长出的情节,又怎么能撑起这倾斜的天空?

生命的乐谱上不会有断章重复,两颗心不会因等待再觉孤独。

然而,那蓝色原野上的矢车菊为谁而盛开呢?

我的眼前再不见那穿泳衣的少女,红色的小帽像成熟的苹果。

人生是一本书,这一页是最令人难忘的一页,该是烟雨霏霏、月色溶溶的一页,该是春光漫漫的一页,该是心与心相撞产生慌乱与呼吸急促的一页。

我呆立于海岸许久了,十分痛苦地欣慰于我熟悉的世界的塌落,远方升起一道彩虹,我清楚地感到我脚下的土地骚动与崛升——我的背后是山峦和村舍排成的稀疏的风景线。

置身于这海鸥和浪涛交织的旋律里,青春的渴望被启航的汽笛点燃。我爬上礁石,久久地寻觅那篇关于海的故事……

此刻,大海已是静谧的所在,任自己忘掉发声的位置,把情感融进节奏;任自己敞开情怀,把心中的积郁向天地哭述,怎能不留恋这明亮而又和蔼的蓝色舞台?

有一抹蓝色属于我

我迷恋那片蓝色的诱惑,但我不得不告别大海。

我走了,海从我身边退去,退得无影无踪,我眼前只有荒漠、高山、原野和孤独。

听不见浪花的絮语,听不见海鸥的鸣唱,看不见帆影,看不见海的痛苦痉挛和微笑的脸靥……

我累了,便坐在黄昏的山头,白杨林,暴风雨,轻风,落日,晚霞……我仰视高天,天空也沉在我的眼底,空虚地挣扎。我眼里是一片深邃的蔚蓝,我早已融进黄昏每一缕慈祥的关注里,也许是无始无终……

虽然一无所获，但我体验了人生的最凝练也最辉煌的意义……

在这时，在这里，我不怕曲高和寡。

我知道，当海顿穿过荒凉的森林，枝头上泻下的音乐之雨，会在他的心灵里奏响一曲永恒的《云雀四重奏》，而那云雀的歌声会伴随着他走完多舛的命运之途，化为一片温馨的记忆；

我知道，当凡·高穿过长满萋萋荒草的田埂，走进那片闪烁着熠熠之辉的向日葵之林，他心灵的画布上会出现一片微笑的金黄，那是太阳的色彩，会给他凄苦的人生增添一抹暖色；

我知道，当但丁梦游三界时，他的灵魂被炼狱之火烧得吱吱呻吟之时，他并不懊悔，因为穿过地狱进入天堂，他的灵魂会得到净化和升华。

既然我已涉足蓝色的爱情之海，我心灵里面会注满蓝色的温馨，尽管这温馨里还掺杂着海水一样浓浓的咸涩……

怎能忘记，我曾经潜入你的心灵，在爱的波涛里挣扎，游动，我不知道哪里是岸，哪里是我栖息的岛屿，哪里是我的方舟？我不需要岸，不需要岛屿和方舟，我只想触动和探测人类命运魔幻般离奇莫测的黑洞；

怎能忘记，我曾用青春的爱恋染绿你海底每一座古老的荒山，我曾经用炽热的爱的火焰溶化你海底每一个冰窟。在你波涛的轰鸣中，我采撷浪花的花环，将它系在你的脖颈，让我永远沉浸在你如雪肌肤的馨香之中；

怎能忘记，那位诗人的名言：初恋是一面旗帜，在青春的街垒上高高飘扬。我相信，爱的旗帜，会化为我生命的帆，鼓满劲风，鼓满憧憬和期待，在人生的海洋里跋涉、漂泊，我不怕孤独和寂寞，不怕岸的渺茫和遥远……

再见吧，这个使生命超越存在的神圣境界，这个使青春潮涨淹没苦难、凄楚、悲悯的情之海，你使我的心灵蜕变，变得聪明睿智、刚毅和顽强！你使我的躯体烧成灰烬，而灵魂却行迹如风，并贯横在人类永不枯竭的爱之海；

再见吧，你充满苦难和幸福、冰冷和灼热的圣土，你这绽放着泪眼和笑靥、滋长着鲜花和荆棘的伊甸园，当我告别你蓝色的光芒，走向痛苦的荒漠，请接受我目光带给你深沉的祝福，和依依的眷恋……

当我远离大海的时候，我并不感到遗憾，因为那浩浩荡荡的碧波，曾滋润过我心灵龟裂的田野，我的田野上曾生长出浪花般的禾苗，还有像阳光一样鲜艳的花朵……

因为，有一抹蓝色属于我。

第二编

孤独者的绝唱

屈原：洞庭歌吟

楚国国君由太子横继位，这就是顷襄王。顷襄王本应该吸取惨痛的教训，重用屈原等忠臣，重兵强国，有一番作为，相反，这位昏君依然重用公子子兰、奸臣靳尚之流。衰弱的楚国已处于暮色苍茫的凄风苦雨之中。靳尚、公子子兰欲置屈原于死地，继续在顷襄王面前进谗言，诽谤屈原，顷襄王不分青红皂白，竟然罢免屈原三闾大夫的职位，将他放逐汉北（汉水以北），远离庙堂。

屈原原本不想当诗人，他出身贵族，是楚之同姓，又博闻强识，明于治乱，娴于辞令，如果遇到一代明君，他会是一个很有作为的政治家。他也想兴利革弊，在政治上有一番作为，恰恰他起草的一部法令触及了旧贵族的利益，造成了他后半生的坎坷。正应了"文章憎命达"那句话，屈原的放逐促使他成为风流千古的诗人，成就了文学史上的一种文体——楚辞。

信而见疑，忠而被谤，一心为国，却遭流放，能不悲戚感伤？他从高位跌落至民间，举步山野，满目荒凉，一腔委屈，无人倾诉，孤身只影，漂泊江湖，凄风苦雨，历尽人间寒凉。在流放中，他目睹人民百姓的苦难，想起秦军的暴行、楚君的昏庸、奸臣的卑鄙、国家的灾难，不禁忧心如焚，愁云满面。望茫茫荆天楚地，问冥冥苍天，一腔悲愤，满怀幽怨，化为震撼千古的诗篇：《天问》《离骚》《九章》《九歌》……

屈原第二次被放逐，来到了洞庭湖畔、汨罗江岸，这次放逐长达十余年。

一个消瘦的身影徘徊江湖之滨，破旧的衣衫挡不住寒意萧萧的北风，呜咽的江涛湖浪伴随他杜鹃啼血的悲叹：

长太息以掩涕兮，哀民生之多艰。

余虽好修姱以鞿羁兮，謇朝谇而夕替。

……

路漫漫其修远兮，吾将上下而求索！

形容枯槁、一腔忧愤、满面憔悴的三闾大夫，苦吟洞庭湖畔。冷风吹乱一头长发，撕扯一袭寒衣。问苍天，苍天不语；问大地，大地缄默。

初冬，洞庭湖畔，一片寒意，草木枯衰，黄叶飘零，一湖寒波，呜咽嗟叹。我徘徊洞庭湖畔，多想掀开波涛的扉页，寻觅屈原泪吟荇藻的嗟伤，呼唤屈子的亡灵！其实在屈原那个时代，他完全可以去他国谋求富贵，朝秦暮楚，楚材晋用，并不可耻，但屈原的伟大在于他爱这片生于斯长于斯的故土，爱这方土地上受苦受难的百姓，他宁可葬身故土，也不会背叛自己的祖国。他用嘶哑的喉咙，行吟泽畔，激励民众，唤醒国魂，他一再慨叹"惜壅君之不昭"，饮恨终身。

> 宁溘死而流亡兮，不忍此心之常愁。
> 孤子吟而抆泪兮，放子出而不还。
> 孰能思而不隐兮，照彭咸之所闻。

屈原是浪漫主义大师，他史诗般的作品，寄托了他的理想、他的情怀、他的信念、他的追求。随着他的笔触，上天入地，遨游青天碧落，"乘龙御风，云旗逶迤，鸾铃和鸣，周流于上下，浮游于六合。"（袁枚语）朝发天津，夕止西极，途经边地流沙，循行赤水之滨，取道不周山，直至归宿地——西海。值此飘然神游之际，又有"九歌""韶舞"以娱耳，心旷神怡，一时解脱了自身痛苦。

眼前是浩浩渺渺的洞庭湖。如果长江竖起来是一棵参天巨树，千条支流是它的枝干，那么洞庭湖就是树上结出的巨大的果实。茫茫八百里的洞庭，衔远山，吞长江，浩浩荡荡，横无际涯。

暮冬的天空充满云的愁绪，暮冬的江水奏响凄凉的呜咽。问桃花港的烟波，问凤凰山的岩石，问三闾桥的流水，屈原的身影在哪里？它们或低首蹙眉，或哀叹低吟，或缄默不语，或用迷惘的眼睛注视着我，泪盈盈，情戚戚。

透过幕阜山苍茫的雨雾，拨开湘江沅水一页页波涛，"朝发枉渚兮，夕宿辰阳"，我读遍辰阳斑斓的晨昏，依然听不到三闾大夫的苦吟嗟叹，屈原，你在哪里？

屈原被放逐洞庭湖畔，湖畔荒草萋萋，野鸟翔集。泥泞塞涩的小径上，留下三闾大夫多少踉踉跄跄的履痕；那层层叠叠的万顷波涛，可曾记下三闾大夫的哀叹？当秦国大将王翦的六十万大军攻破楚国京城郢都时，屈原抱石沉入汨罗江，以死殉国……

我在洞庭湖畔徘徊寻觅，两千三百年前，一个疯魔了的爱国诗人泪满眶，愁满面，怒满腔，满腹悲愤只好向天倾诉……

晨霞落晖，断鸣孤雁，莽云荒鹜，乱荆披离，野草蔓延。屈原步履蹒跚，掬饮彩霞，采撷星斗，裁一方素云为纸笺，蘸洞庭万里碧波走笔飞虹，向天空和大地倾泻一腔忧愤，恨奸佞当道，怨君王昏庸，看故国江山破碎，念百姓生灵涂炭，一颗忧国忧民之心怎能不如焚如煎？

掬山泉而饮，撷野芹为食，挽雾而行，枕石而眠；风做伴，雨相随，风风雨雨里，山容你的爱怜，水伴你的歌吟；晨间呼云，夜里揽月，寄愁天文，埋忧地脉……

北风萧萧，残阳斜晖，衣袂破旧，寒意裹身，孤身只影，屈原悲怜的目光凝视楚国凄凉的黄昏，沉重的步履叩击楚国大地。他问天问地，问山问水，问树问草，问飞翔的鸥鸟，问盘桓的鹰雕，问瑟瑟的蒹葭，问叠叠的洞庭寒波。这位能升天入地跨越古今的神人，他深感人间遭遇的痛苦，上下求索的种种挫折。他一次次飞升、遨游，最终还是跌落在肮脏龌龊的现实土地上。他为客死他乡的楚怀王招魂，他为大厦将倾、国之将亡的楚国招魂。其词激荡淋漓，其情殷切，到头来却只是"目极千里兮伤春心，魂兮归来哀江南"。屈原瘦若秋风的躯体战栗在寒风中……楚怀王已魂断异乡，而楚顷襄王既不反思，又不接受先王的教训，依然重用小人佞臣，不思报国复仇，反而整日依红偎翠，荒淫无度，靡费奢华，这样能不亡国？

屈原所处的时代是"举世皆浊，众人皆醉"的时代，是"朋比为奸，宵小入堂"的时代，是"蝉翼为重，千钧为轻；黄钟毁弃，瓦釜雷鸣；谗人高张，贤士无名"的时代。屈原的抗争，屈原的忠君爱国，注定了他人生的悲剧性。这老夫子很自信，认为自幼禀赋优异，志向高洁，并且认为自己有匡时济世之才，楚怀王的引路人，非他莫属。然而事与愿违，在黑白颠倒、是非混淆的大背景下，他的清白、端直、嵚崎磊落、遗世独立，只能遭到贬逐。

　　屈原，凭着他的才干和智慧，凭着他的声望和地位，他完全可以弄一个"护照"，去国离乡，到其他诸侯国谋一高位。在那个礼崩乐坏的时代，良禽择木而栖，是一种时尚，何况春秋末期，战国初始，各诸侯国四处网罗人才，有称霸野心的诸侯国中，招贤纳士已蔚然成风。俗话说，人挪活，树挪死，你干吗非要一棵树上吊死？到了别的国家，说不定也能弄个大官当当，退一万步说，当个教书匠也能混碗饭吃呀！你老夫子太耿直、太倔强了，举国浑浊，你为何独身清白？天下皆醉，你为何独自清醒？贪官污吏遍布朝野，你却一身清廉！这忧国忧民的责任，你一个人能担当得起？死脑筋，老榆木疙瘩！三闾大夫眷恋故土，酷爱祖国，被楚王两次放逐，漂泊在荆天楚地，风雨潇潇，烈日炎炎，寒意索索，雪落霏霏。这老夫子披发行吟，他像啼血的杜鹃，吟咏着苦涩的诗章，倾吐着一腔爱国忠君的热血。洞庭湖上的云，汨罗江上的风，伴着一个苦命的诗人度过多少血染泪裹的岁月！

　　八百里的洞庭，日月出没其中。楚汀芦白，荆渚蓼红，瑟瑟秋风，潇潇暮雨，一个衣衫褴褛的老爷子步履蹒跚，头发花白，面容消瘦，在这荒天野地里呼号悲叹。花天酒地里的楚顷襄王能听见吗？满朝大腹便便的庸臣能听见吗？问苍穹，苍穹缄默；问流水，流水不语。孤苦无告，屡谏不听，反遭贬逐。看故都烽火狼烟，被虎贲之师践踏成废墟，怎能不"愁叹苦神，灵遥思兮"？然而"忧心不遂，斯言谁告兮"，这种凄恻悲绝的痛苦，只能向天倾诉，向风雨倾诉，向烟水苍茫的大地倾诉……

《离骚》上天入地，跨越时空，想象力极其瑰丽，与天神共语，与仙人对话，《离骚》是神曲。旸谷、蒙汜、白水、赤水、崦嵫、咸池、天津、不周、西海等缥缈的仙山神水，任其纵横驰骋；羲和（日神）、望舒（月神）、丰隆（云神）、雷师（雷神），以及蛟龙鸾凤等，他可招之即来，挥之而去。这就是浪漫主义诗人丰富的精神世界！

《九歌》是什么？是人对自然的崇拜、对未来的展望，是迎神曲、送神曲，是祭祀的乐歌，是人对生死的敬畏。诗写得清新、凄绝、幽渺。人的神化，神的人化，是一出表现灵魂跨越过去、现在、未来，在宗教仪式中，又回归自然的大型歌舞剧。

《哀郢》最能表达屈原对楚国命运的关注和赤诚的爱国之情。在《哀郢》中他回旋反复、高歌低吟，把这种感情表现得淋漓尽致。他深深眷恋故土的山川草木、风土人情，至死也不想离开。当他遭到打击和迫害离开郢都之时，他是那样悲愤、痛苦。有人劝说让他离开楚国，另取他路，他婉言谢绝，就是死也要死在祖国的土地上，"鸟飞反故乡兮，狐死必首丘"，这是多么深厚的情感！后来被放逐江南，看到楚国日薄西山，大势已去，无力回天，只好投江自尽。

屈子的《怀沙》写他临死前的心情，虽然情绪萧索，但没有赴死前的思之缭乱而纷杂，情之犹豫而彷徨，是烈士视死如归、慷慨悲歌之心胸……这是汨罗之痛，这是国魂之殇。

屈原决心以身殉国，从而结束了他人生追求的最后一个乐章。

彩笔吐星霞，丹心昭日月。你用长江雄涛般的文思，化育了沧桑世界；是你峥嵘的巨笔，抟扶着昼夜乾坤。在洞庭湖畔，芳草铺开绿茵，野花展开锦被，供你栖息；流云飘来为你作帐，青山耸立为你撑屏，茫茫万顷波涛化为你的翰墨，星光霞辉点燃你万古诗情……

屈子啊，你以《楚辞》半部，启百代文心，给历史荒漠种下文学的花卉，给古典的东方播撒特异的芬芳，给阴霾密布的长空一道思想的闪电，给茫茫九州几滴精神的甘露……在这里我寻到了中华民族精神史的源头！夸父追日、女娲补天、精卫填海、愚公移山，那固然展示了一个民族的精神和意志，不过那是反映人类与自然的抗争，而人类高尚的情操、坚贞的人格、圣洁的精神、深邃的思想，则给一个民族浑浑噩噩的灵魂里注入一道光照千秋的闪电！

屈原，漂泊在这巫歌神语的大地，古老神秘的艺术滋养了他。其实屈原死时很寂寞，那个时代很少有人知道他，那个时代是荒凉而阒寂的。在他的忌日，没有人会往汨罗江扔粽子，以求鱼虾不食屈原的尸首；老百姓也没有以划龙舟的形式来纪念一个疯魔了的诗人。老百姓根本不知道诗人的伟大，诗有什么价值？屈原的死，也很快被人忘掉了……事情过去了一百二十多年，汉文帝时代有个叫贾谊的年轻博士被贬到长沙，赴任路上，路过湘江，误认为屈原投身的汨罗江是湘江支流，触景生情，于是借他人酒杯,抒发自己心中块垒,作《吊屈原赋》。"已矣!国其莫吾知也。"两个痛苦的灵魂相遇相撞在一起,惺惺相惜。又过了四五十年,司马迁作《史记》想起了贾谊,进而想到屈原。那时司马迁因为李陵辩护而遭到汉武帝的痛斥,被打进死牢,最后改判宫刑。这时司马迁的人生坐标达到了最低点。屈原放逐,贾谊被贬,司马迁受辱,三个高级知识分子心灵巨大的悲痛穿越近二百年的时空汇合在一起,发生了山呼海啸般的撞击。司马迁悲愤填膺,痛苦至极,写下了《屈原贾生列传》,从此屈原声名鹊起。

长江文化并不像柔弱的水,而像淬铁为钢的水,培育了一代代傲骨如松、铁骨铮铮的文人。排头兵就是生长在长江岸边,饮着长江水长大的屈原,他最后又投水而死,质本洁来还洁去。屈原后面是贾谊,年纪轻轻,满腹才华,一腔鸿鹄之志。他本应该是汉文帝身边的大红人,二十余岁,就当了博士,官运亨通。再说汉文帝又不是昏君,老臣周勃、灌婴又非奸佞,他完全可以到位极人臣之地步。可这人生就一副硬骨头、直肠子,浑身书生意气,不会融通,不会周旋,不会阿谀,不会奉承,不会逢人便说三分话。那么聪明绝顶的人,偏偏不懂得官场的潜规则,硬要揭露统治者的弊端,表奏《陈政事疏》,最终被流放到长沙,留下的只有被鲁迅称赞的几篇伟大的"西汉鸿文"。

中国文学史是一部血泪斑斑的苦难史、铁骨铮铮的抗争史,弥漫着浩然正气,氤氲着凛然雄气。从屈原到鲁迅的两千多年,尽管中间有司马迁遭到去势之耻,但硬骨头文人并未断种,他们都有一副铁脖子、钢脊梁,不怕打,不怕压,不怕坐牢,不怕杀头,不怕鞭尸,不怕灭九族,动不动就与政府唱反调,挑刺说点风凉话，甚至敢与最高统治者叫板。魏晋南北朝时期，嵇康、阮籍、刘伶等一班文人就不与朝堂合作，整日诗酒风流，放浪形骸，特立独行；更有甚者，初唐四杰之一的骆宾王竟然发表檄文讨伐则天女皇，扯旗放炮。且不说北宋大文豪苏东坡，也是喝长江水长大的。他一生坎坷，一生潇洒，冷也忍得，热也耐得，苦也吃得。"一蓑烟雨任平生"，情怀旷达，风节高迈，大有长江之襟怀。至于南宋多年生活在长江流域的北人辛弃疾，也有一颗忧国忧民的赤子之心，无论身居官职，还是退隐江湖，家国情怀，可昭日月。还有词人张孝祥，他是唐代大诗人张籍的七世孙，原籍就在长江岸边（现和县乌江镇），才华卓绝，英伟不羁，是主战派骨干。他痛斥秦桧一党，惨遭贬谪，英年早逝。著名地理学家张栻著文称赞其有"英迈豪将之气""其如长江巨河，奔逸汹涌，渺然无际"，冰雪节操，风骨凛然。到了明末，更有一批不要脑袋的文人，偏与势焰熏天的阉党展开了血淋淋的抗争。这些东林党人热血蒸腾，傲骨铮铮，视死如归，不亚于手执铁戈效命沙场的英烈！他们为国为民，为了气节、节操、正义、真理，不怕惨遭屠戮！这正是中华民族五千年血脉不断、浩气长存的根本所在！

谁言弱水三千？长江流水平静的涛纹如绢，但遇到顽石巉岩，却不惜粉身碎骨，以生命开辟前进的道路！

这是长江的精神，这是长江文化的内涵！

烟波云影的洞庭，稳重而肃穆，把旋律般的涛韵播放在湖畔草地上，像屈老夫子的缓步微吟、轻轻的叹息。

风用咒语解释着这一切。

而冬天的风对这宏大的题材，繁复而芜杂的细节，删繁就简,天地间只剩下白茫茫的一湖寒波。我迎着初冬的冷风,寻觅一个民族的魂魄,哪里还有他的踪影?我想斟一杯苍凉,邀请屈原共饮,皇皇华夏因你而皇皇,泱泱中华因你而泱泱,古老璀璨的民族精神史因你而古老璀璨……

这时,只见一只水鸥拍水而起,直冲暮空,洁白的羽翼在苍茫的暮色里画下一道旋律般的曲线……

孤独的月光

一

我来采石矶是寻觅一千二百年前的月光。

一千二百年前的月光是李白的月光，是唐朝的月光。

李白的月光是满地夜霜，一片晶莹；李白的月光是孤月空悬，银河清澄，北斗参差，月下生天镜；李白的月光，一片冰心，银剑金壶，松风素辉。

但是月亮还未出来，一千二百年前的月光，还隐在山那边，水那边，唐诗那边。

采石矶旁的长江像大唐帝国的诗篇，浩瀚壮阔，气势雄浑，视野旷达。流水也有了章法，没有惊涛，没有骇浪，没有急流喧豗走惊雷的凶险，它稳健而沉着，磅礴而大度，意境恢宏，气格遒健，有跌宕迤逦的韵致和无与伦比的盛唐气象。长江，尽管它流经了天下绝景的三峡，流经了断岸千尺、江山如画的赤壁，流经了虎踞龙盘的金陵，但采石矶仍不失为这巨流大川的一页精美插图。

李白选在这里跳江捉月，的确有一种诗眼、慧眼，尽管醉眼蒙眬。一千二百年前采石矶的月光准是迷离凄美，恍恍惚惚，迷迷蒙蒙。那月光是诗，是酒，是一种仙境。李白经不住月光的诱惑，跳江捉月，愿乘一缕月光，羽化成仙。李白浪漫得着实可爱，也荒唐得可笑，说白了，有点傻乎乎的。

　　此刻正是落暮时分，我站在采石矶上，期盼着一千二百年前的月光再度升起，愿那古老的月光、苍茫的月光泼我一身诗意。四月的长江没有夏季的浮躁和浑浊，一川浩浩，满江粼粼，夕阳西下，飞金点银，明晃晃的炫目耀眼。江风柔和温馨，岸柳依依柳丝苒苒，水边荇藻袅娜。又有三两只水鸟，莺语燕喃，翩跹而去，挺诗，挺古典。故垒西边的惊涛已不再唱苏东坡铜钹铁板的大江东韵；周郎赤壁的战火早已熄灭，风烟俱静的江面只闻得渔歌唱晚；曹公横槊赋诗已成为历史的断简残篇。唯有这采石矶下还飘荡着一千二百年前的诗魂。

二

　　李白二十五岁，仗剑去国，辞亲远游。一生浪迹江湖，最后魂断异乡，客死长江下游当涂县。他从上游走来，历经人生苦难坎坷，在长江下游画上生命的句号。

　　李白的人生就是一条大江，穿峡谷，撞绝壁，激流飞湍，裹雷夹电，呼啸奔腾，一腔怒吼化为不朽诗篇，那是生命的闪电。长江的激情，长江的狂放和九曲百折的执着和不羁，已化为李白生命的元素。

　　李白平生有两大嗜好：一是饮酒，一是醉月。酒和月是李白诗中的意象，又是李白诗中的具象。酒和月是李白诗的主旋律，是李白诗之魂。李白是酒中仙，也是月中仙。古老的月光，苍茫的月光，迷离的月光，凄美的月光，伴随他走过漫长的一生。他或借一脉素月，寄托对故乡的思恋；或牵引一缕清辉，扶摇而上，一夜飞渡镜湖月；或采撷一掬月华，装饰自己缤纷的乱梦，点缀荒凉的诗篇。李白一生存诗近一千首，其中有四百余首写到月。他的诗注满了月的素辉，月的晶莹，月光的缥缈和迷蒙，也渗透了月的孤寂和凄清。李白青年时期乍离故土，咏月怀乡，并无凄悲之感，"小时不识月，呼作白玉盘"，有点"为赋新诗强说愁"的味道。借满天霜月，挥洒青春意气。"俱怀逸兴壮思飞，欲上青天揽明月"，那是李白豪情满怀，志存高远的月光，轻灵澄澈，正合意气飞扬的心境。人到中年，书剑飘零，半生谋官，却仕途蹭蹬，看到官场黑暗，人世浑浊，便产生激愤和抗争："三杯拂剑舞秋月，忽然高咏涕泗涟。"他壮怀激烈，孤愤难平，每至静夜，反思人生，烦恼，忧愁，满腹怨愤，油然升起。再看那轮孤月，心情更感到孤苦，青年时期的浩气、豪气都化为一杯苦涩的苍凉。"我寄愁心与明月，随风直到夜郎西"，说自己心中充满了愁思，无可排解，也无人诉说，只有将这种愁心托之明月，寄予天各一方的朋友，与其共赏一轮明月。谢庄的《月赋》："美人迈兮音尘阙，隔千里兮共明月。临风叹兮将焉歇，川路长兮不可越。"张若虚的《春江花月夜》："此时相望不相闻，愿逐月华流照君。"这种"千里共婵娟"的思念，只有天上的一轮孤月方可理解。

月光是空蒙的，迷离的，缥缈的，虚无的。越是虚无缥缈的东西，越能产生浪漫主义的想象，越能激发诗人"上天揽月"的欲望。"酒能使人入梦幻，月能使人入仙道。"李白对仕途和理想沉重的悲哀、孤寂和绝望，并未导致诗人精神上的崩溃、自暴自弃的人格堕落。他背对龌龊的现实，放浪山水，啸傲江湖，皈依道家，寻仙悟真。"道真倍可娱，清洁有精神。"李白具有复杂的心态，矛盾的人格，他自诩具有管、晏之术和匡济天下的雄心大志，但又天真浪漫，无廊庙之才；他向往仕途，又蔑视皇权；他有儒家积极入仕的追求，又有浪迹山水、自由放纵的道家风骨。这是李白性格的悲剧。其实唐明皇并没有看错他，李白只能当诗人，不能胜任高官大吏。政治这玩意儿他玩不转。李白应诏入京，原以为能施展抱负，他倾心酬主，急于披肝沥胆，抒写忠心。然而他卓尔不群、恃才傲岸的品格，就注定了他在朝廷不会受到重用，"君王虽爱蛾眉好，无奈宫中妒杀人！"皇上只封了他翰林，且为供奉翰林。李白哪里受得这等窝囊气？自己虽拂剑击壶，慷慨悲歌，也终莫奈何！

当皇上赐金还山，李白仕途之梦破灭了，只好重操旧业，浪迹江湖。这是李白人生的第一道低谷。尽管他遭到如此的尴尬，但并没有熄灭他"人生得意须尽欢，莫使金樽空对月"的那天风海雨般的豪情，绝望的灰烬仍有希冀的火星，苦涩的心灵荒漠上仍有希望的花卉。"青天有月来几时，我今停杯一问之"，你看他浪漫主义的诗情依然天真得可爱。"月随碧山转，水合青天流"，仍然期望时来运转，否极泰来，一展抱负。真是烈士暮年，壮心不已。

安史之乱期间，李白已进入人生的暮年。但他极想报效国家，以酬壮志。他不远千里投奔李璘平叛队伍。谁知，李璘这忤逆之徒打着平叛的旗号，扩大地盘，妄图分裂国家。唐肃宗戳穿其狼子野心，兵锋指处，灰飞烟灭。李白也因此获罪，身陷囹圄。在流放押解途中，又喜获特赦，真是天降喜讯，天佑英才。

李白又回到皖南，玩他的桃花水，看他的敬亭山，捉他的采石矶的月。

但是时光易逝，红了樱桃，绿了芭蕉。李白老矣，青莲居士老矣，翰林老矣，西蜀才子，巴山剑客老矣！"旧国见秋月，长江流寒声。"孤独和凄苦折磨着一颗苍老的诗心。青天中道流孤月，长洲孤月向谁明？

三

我寻觅一千二百年前的月光：

一千二百年前的月光是清丽的、清澈的；

一千二百年前的月光是迷人的、醉人的；

一千二百年前的月光是不朽的、永恒的。

现在月亮还未从遥远的历史地平线上升起，只是暮色苍茫了，晚霞变得黯淡了，远处的山野田畴模糊了。天空变成一抹黛蓝。宏阔的江涛依然节奏分明地汹涌着，隐隐地闪烁着鱼肚白般的天光，但整个江面越发幽暗了。岸边的树木黑魆魆的、乱哄哄的枝条，高高地举在暮空。归鸟唧唧，寻找着自己的栖息之所。很静，只有晚风裹挟着一轮轮波涛撞击岸石，发出比白昼更空洞的闷响。

我坐在采石矶的青石上，期待着大江月出，愿采撷一掬清丽的月光，祭祀一位漂泊的诗魂。

长江无语东流。

李白晚年是在皖南度过的。是这山灵地杰吸摄了他一颗诗心？是这流泉飞瀑江水溪流萦系着他无限诗绪？是善酿的纪叟老汉新熟的白酒令他陶醉？还是采石矶的白璧素月让他流连？

安徽这方山水人杰地灵，古往今来吸引了多少文人墨客，又哺育了多少名垂千古的风流才俊？佛道圣地九华山、天柱山，山清水秀的敬亭山、琅琊山，更有风姿卓绝的黄山，令多少诗人如蛾逐光，诱发了他们多少情愫？黄山，七十二峰，层层拥翠，峰峰相连，加上奇松怪石，波涛般的云海，喷玉吐珠的温泉，构成一幅森郁绮丽、变幻无穷的画卷；天都峰高耸云端，如入帝乡仙郡；枝叶苍郁的迎客松，翠臂摇曳地仙立道旁，令人神思飞越；散花坞的"梦笔生花"，天然成趣，令人叫绝……

李白不仅写了大量吟咏黄山的诗篇，他遍访谢朓遗迹，倾尽了对谢朓的崇拜和感怀。他更爱采石矶的月光。有一首诗堪称千古绝章：

> ……
> 俱怀逸兴壮思飞，欲上青天揽明月。
> 抽刀断水水更流，举杯销愁愁更愁。
> ……

我想，这首诗应该是在采石矶写的，或者是写给采石矶的。李白面对浩浩大江，仰望皎皎明月，孤独地徘徊在江边，大发感慨，一吐胸中块垒。李白的豪气冲霄、汪洋恣肆的诗才，天子不能臣、诸侯不能制、王公大人不能凌辱的伟岸形象和独立人格，使他永远站在现实主义的对面，陷入孤绝的境地。他只能诗酒浇愁，借月抒怀，以明月为友，以山水为侣。他生性豪放，充满了酒神的进取精神。饮酒是追求一种精神的解放："黄金白璧买歌笑，一醉累月轻王侯。""一醉"又是"累月"，这简直令人拍案叫绝的夸张，超越凡人的想象。在李白眼里，有了酒，有了月光，什么王侯，什么皇权，去他的吧！你们算老几？他与月光真是莫逆之交，情深意笃。

李白喜欢月光，他是歌唱月亮的诗人。梦幻般的月光和醉人的美酒，伴随着他走过浪漫主义的一生。他诗里蒸腾着酒的芬芳，也弥漫着月光的凄清。正如诗人余光中所云：酒入豪肠，七分酿成了月光/余下的三分啸成剑气/绣口一吐就半个盛唐！

李白独独钟情月光，大概是因为月光的冰清玉洁、纤尘不染和清丽高古。李白厌恶人世的龌龊、浑浊，多想飞上月空，遨游青天明月，与明月共语，与青天对话。他浪漫主义的情怀，只有清冽的月光才能相配他圣洁的精神。一千二百年前，人类对月球的认识还处在神话和传说的时代。传说，后羿的妻子嫦娥偷吃仙药，升天成仙；传说，蟾宫的庭院里，有一棵桂树，吴刚被罚，天天砍树，永远也砍不倒这棵仙树，犹如古希腊神话中西西弗斯推石上山，石头推上山头，又滚下来，周而复始，是永恒的劳苦。李白梦想成仙，只有寄托天上一轮明月。

李白晚年诗里常出现"孤月"："万里浮云卷碧山，青天中道流孤月。"更有代表性的是那首《月下独酌》，"举杯邀明月，对影成三人"。又是一轮孤月之下，又是花间独酌，那是何等的孤独啊！一颗踌躇满怀、诗情烈火的心灵经过人生的漫漫风雨，此时此地是何等的孤寂凄凉啊！

月亮是孤独的，天上只有一个月亮。

李白是孤独的，地上只有一个李白。

李白孤独的程度在于他独创性的深度。孤独并没减弱他与人间的血肉联系，他以自语的方式同人间交流，以默想作为精神的触须微微地伸出，探索生命的价值。任何一个生命个体都不可能摆脱孤独，这是生命的痛苦，又是自然赋予我们生命的尊严，而且还是你唯有的、与众不同的一点，是生命独创的可能性。

李白尽管生活在一个开放多元的大唐帝国，特别是盛唐时期，但它的社会制度毕竟是封建的，指导他们思想的理论基础是孔孟之道。一个纵有天才、鬼才的诗人，没有政治权势作背景，单靠文学艺术自身的力量是微不足道的。他只能借助文学言情抒怀，用理想和梦幻来编织一缕温馨，抚慰孤独和幽寂的灵魂。一个孤独者在保持了他杰出的优点的同时，也保持了他深刻的缺点，方有大的成就和建树。李白一身道骨仙风，怎能得到儒家学说占统治地位的朝廷的重用？他又不懂得官场潜规则，更不懂得厚黑学，怎么能在官场上"吃得开"？

这是时代的悲剧，也是他性格的悲剧！他只能成为一个诗人，和清风明月相伴，与林泉烟霞相依。当他重返皖南时，已是生命的暮年，他心灰意冷了，对仕途彻底绝望了，身边依然是一把剑，一卷诗书。他的心灵更忧郁、孤寂、凄苦了！

四

夜色更浓了。空气里弥漫着草木萌发的清香味，野花初绽的芳菲，江南特有的泥土发酵般的醇香味，还有浓浓淡淡的水腥味。氤氤氲氲，空气鲜洌、纯净，吸上一口，让人心肺尖尖打战。

我抬头向空中望去，天空布满一天星斗，像李白的诗句在历史的苍穹上闪闪烁烁。转瞬间，远处的江涛里腾地跳出一轮圆月，光芒先是发红，继而赭黄，由赭黄变成浅金，渐渐又变成银白。啊，一轮江月"滟滟随波千万里""空里流霜不觉飞"。烟光万顷，银鳞万顷。江水碧空是溅天而过的淋淋漓漓的光芒。这是张若虚的月光，这是李白的月光，这是大唐的月光！只有他们的月光才如此富有诗意，如此幽雅，如此撼人心魄！

岸上之清风，江上之明月。一千二百年前这样诗意的夜晚，李白来到江边，心头郁积的烦恼顷刻间风逝云散，一片空明。月光给人一种仙风道韵，它有一种魔力，使人摆脱人间的俗尘，梦一样迷离，情一样浓丽。月光，使人感到惊人的隐秘性、消融性、虚拟性，月光使人想入非非，使人进入一种虚幻的世界，一种禅意潜远的世界。

孤月悬空，银河清澄，北斗参差，一片晶莹明净。

李白一生寻道觅仙，月光给他创造了一种虚幻的意境，他怎能不如痴如癫，如醉如酣，如梦如幻。月亮在江水里跳跃，飘飘悠悠，忽隐忽没。李白醉眼蒙眬，看江水把月亮淹没了，扑腾跳进江水里捞月，又憨又痴的李白此时此地应该有这样的举动！嫦娥不是经不起月光的诱惑，偷吃灵药，轻舞长袖，飞到月亮上吗？那是一个至善至美的境界，在青天碧海写下一个美丽的神话！

其实，李白并没有跳江捉月，更不会酒后跳江捉月，那不以身饲鱼了吗？后人根据他的性格，编撰了这荒诞美丽的故事，为李白制造了一种神秘和传奇。李白独坐敬亭山后，李白独酌花间酒后，李白哭晁卿衡后，孤独的晚年，贫困交加的生活，郁郁不悦的心情，一生素志未酬的积愤，他到哪里倾泻？他临终还忘不了酒和月，为宣城一位已故的善酿的纪老头写了一首诗："纪叟黄泉里，还应酿老春。夜台无晓日，沽酒与何人？"这是他酒后的豪语。纪叟，你在冥世黄泉还酿老春酒吗？夜台没有白日，没有李白，你酿的酒卖给谁呢？李白声声发问，问得山瘦水寒，天地悚栗，草木流泪。真是沧桑一世，风尘人生！李白悲痛欲绝，在空明的月夜，酹酒长江，还整整哭了三天三夜。豪放与天真在这里得到和谐的统一。人们出于对谪仙的热爱，编撰了李白跳江捉月、溺水而死、魂归仙境的故事。

李白呀，你虽然仕途蹭蹬蹇涩，但你千首诗胜过万户侯，你战胜了所有的帝王将相。不信，试试看，浩浩荡荡的二十五史，你删去某一个皇帝，历史似乎没有什么反响，你若删去李白，那历史会疼得大哭，会暴跳如雷，会怒吼狂啸！李白呀，你傲岸的身影，高贵的头颅，风流千古的诗章，永远屹立在岁月的长河里。你是历史的浮标，民族永恒的辉煌！

月亮越升越高，整个天空大地是一片空明迷离的世界，长江浩浩东流，涛声汩汩，浪语呢喃。

昨天的地平线

> 天和地是一部书,地平线把它们装订在一起,上部写满日月星云雨,下部写满山水草木兽。我是一只书蠹,咀嚼着天地间古奥艰涩的文字。
>
> ——题记

开篇

走出嘉峪关,我眼前顿时变得恢宏,辽阔,深旷,那天地间凝结着一条线。它稍稍弯曲,泛着亮光,是那样清晰、柔和、平静,又是那样朦胧、缥缈、空灵,像宇宙之神的足迹。我屏声敛气,目不斜视地静观着,唯恐一阵风把那线吹断,也唯恐弄出一点声音,破坏了这聆听宇宙之神神秘启示的机缘。我真想追逐它,接近它,拥抱它,与它在一起。那是多么遥远、广阔的境界啊!我静观着,仿佛穿过宇宙,穿过漫长的历史,与我生命的本源相遇。我依稀看到历史的画面一幅幅从重重叠叠的时间里孵化出来,从遥远的地平线上凸现出来:

——残阳。落晖。西风。古道。荒旷的戈壁，肃穆的群山。浩浩瀚海，瀚瀚天光。天地间一片洪荒初始的静寂。蓦然间传来一串孱弱的音符，叮当叮当，仿佛来自神秘的天国，来自梦幻般的大地深处。一队骆驼剪影似的出现在平平仄仄的地平线上，又渐渐融进愈来愈浓的暮色里。

——冷月如水，寒星如萤。霜敷大野，朔风厉厉。野云如魂，孤雁横空。冥冥夜色里，篝火三五堆，火堆旁依偎着商贾、征人、僧侣、使臣。饥饿、劳顿、疲惫、憔悴。远处闪烁着几粒绿色的眼睛，野狼站在山崖上。

——烽火羽檄仓皇，刁斗角策急迫。战马萧萧悲鸣，矢雨倾盆，剑戈铿锵。地迸天坼的呐喊，血流如注的喷涌。陇头吟的悲婉，关山月的凄清。醉卧沙场的旷达，马革裹尸的悲壮。战争的浩幅铺满贺兰山阙，戈壁滩头。

…………

这就是古丝绸之路的昨天吗？

"边城暮雨雁飞低，芦笋初生渐欲齐。无数铃声摇过碛，应驮白练到安西。"夕阳，古道，缺了瘦马，少了昏鸦，乘着丰田车怎能体验古丝绸路的历史内涵？但山还是玄奘时代的山，沙碛还是张籍诗里的沙碛，只是岁月更苍老了，时间的老年斑长满大漠戈壁，"风尘天外飞沙"成了一道永恒的风景，昭示着历史沧桑的悲凉。

我沿着古丝绸之路奔波，追逐，不知道要寻求什么，会撷拾到什么。风从苍茫深处吹来，依然带着远古的气息；云从天边飘来，无声驮来历史的神秘。那古老的太阳曾吮吸过张骞的汗滴，而月亮可曾洗印过岑参瘦削的身影？漠野的凹痕可是班超战马的遗著？荒沙里可发掘马通的箭镞？长春真人的故事栖息在哪墩骆驼刺下？法显和尚的传说可润湿过这片干枯的河床？……

我追逐着昨天的地平线，来到西部，想在荒草萋疏里抓到一个落日，在戈壁旷野里捕捉到一段历史的残章。

这条充满苦难、艰辛和诱惑的七千公里的人类文化文明的通道，我不可能沿着古人的足迹一步步去丈量，但从咸阳去塔克拉玛干大漠边缘的新疆区域的古丝绸之路一分为三的支线，我却穿越了三次。我曾站在咸阳城外的灞桥，遥望西天，感悟古人折柳伤别的痛苦；我曾站在天山铁门关上，领略岑参"试登西楼望，一望头欲白"那种悲怆韵味；我曾徘徊开都河畔，寻觅当年班超辚辚战车迷乱的辙印；我曾站在塔克拉玛干巍巍沙山上，环顾四野，阅读天地的壮阔，岁月的苍凉；我曾闯进罗布荒漠，撷拾玄奘大师因饥渴而昏倒沙滩的留影；我也曾站在昆仑山下，仰望群峰纠缠、伟岸蜿蟠的大山，孤独地遐想：穆天子究竟驻跸何处？他与西王母幽会之地呢？神话的黄金时代过去，就是人类活动的白银时代、青铜时代、黑铁时代。踏着穆天子玉辇金舆的辙迹，一代代伟大的文化使者究竟怎样步履艰辛地跋涉了两千多年？古城墙的雉堞，那忧郁的带有古典味的烽燧遗墩，湮灭的废墟，戈壁荒原凄清的冷月，漠野瀚海酷烈的阳光，在这片躁动的土地上，我步履匆匆，我遐思幽幽，触摸残垣，寻问历史；仰视长天流云，抒发怀古幽情。我曾为那一片腐朽的木简，喟叹人类创造文明的艰辛，也曾为一枚锈渍斑斑的箭镞，感慨黑铁时代人类的野蛮；我独步荒原夜色里，感到一阵阵恐怖。残酷的时间掠夺了一切，而且不动声色。时间是沉默的，沉默属于永恒。

我走进坚韧如羊肠的古丝绸之路西域地区每一个驿站：车

师、龟兹、焉耆、疏勒、莎车、和田、且末、于阗、尉犁、尼雅、楼兰……这些富有悲怆意蕴的名字几千年来一动不动地站在那里，虽然有的被风沙湮没了身躯，有的衰老了，有的残废了，我一走近，它们便从历史深处挣扎出来，昏眼蒙蒙地凝望着我；当我告别之时，这些名字又缩进历史的幽暗里。但是它们已化为人类精神的元素，闪烁着文化的熠熠之光，照耀着后来者的步伐。

这些伟大的文化传播者，一代代，他们艰难跋涉，餐风饮沙，卧冰眠雪，九死而不悔，满面悲怆，只有双目斟满信念，那是灵魂之光的辐射。他们像一支古老的牧歌，在这条古琴弦的伴奏中，吟唱了两千多年。许多人的尸骨都抛撒在荒原黄沙中，只有少数的几个人物走进历史的教科书里，走进山谷洞窟的佛教壁画上，走进民间传说和故事中。

我跋涉在遥远的历史地平线上，拍摄下一组远去的背影，那是昭示后代探索者的路标。

之一

满眼是荒旷的戈壁，弥漫的风沙，裸体的山岩，木然地忍受太阳的酷虐。太阳，这个宇宙的骄子，风采和威严依然不减当年，辉辉煌煌在天地间狂歌疯舞，发出无声的狂嚎。

我来到天山东部。这从帕米尔高原蜿蜒东来的巨大山脉，走到这里已精疲力竭，犹如一曲雄沉的旋律的袅袅余音，时断时续，屡弱缥缈。当年这里是绿草如茵，牛羊如云，天苍苍，野茫茫，《敕勒歌》第一行乐谱大概从这里写就。剽悍的匈奴人纵马天地间，在这广阔的舞台演绎着一个马背上的民族的史诗。而现在最后一个匈奴也被班超驱赶到漠北。这里留下一片荒凉。岁月和风沙吞噬了绿草，湮灭了溪泉，排泄出来的是荒凉、荒凉，无边无际的荒凉。

我手中的一册《丝绸之路史话》告诉我：这里是两千二百多年前张骞被匈奴捉住拘留之地。匈奴首领诱降他，强迫他娶妻成家，然而张骞矢志不移，心怀汉家使命，虽身陷囹圄，却伺机脱逃。他这里被幽禁十年。十度雁阵横空，十度草荣草枯，十度严寒酷暑，一介汉使在穹庐中，在帐篷里是怎样苦度日月？是何等的焦虑、惆怅、愤懑？白天看流云飘弋，雁阵南飞；夜晚，望寒星满天，孤月一轮。月光啊，可托你一缕载回我的乡愁？长风流云可寄我一腔情思？

这里没有宫商角徵羽，这里没有汉宫秋，没有咸阳城的车马喧阗。帐篷里只有胡笳声声，羌笛悠悠；帐篷外只有胡马嘶鸣，碧草连天。张骞登上山头，西望漠野茫茫，征程遥岑；回首来路，飞沙迷蒙，故国何在？身负使命，有愧于汉家天子。十年，足使一个人由青年走向中年，由中年走向老年啊！

张骞这个小小郎官出使西域，目的是联络大月氏，共同夹击匈奴，剪除障碍，疏通丝绸之路——早在秦王朝时已有一条通商道路，冒顿单于的干戈切断了东西的航线。大汉王朝欲启开古阳关的铁锁，让汉帝国的雄风吹遍天山，吹遍帕米尔高原。张骞第一次出使西域并未完成汉王朝与大月氏联合夹击匈奴的使命，大月氏老王已死，新王不愿回到被驱逐而离去的故土。古丝绸之路上依然有匈奴人横马立刀，阻拦东西的交通。但是张骞却发现、了解和掌握了亚细亚一些民族、部落和王国的情况，于是才有了

《史记》中的《大宛列传》和《汉书》中的《西域传》章节。由于张骞的凿空，东方通商之路更加明晰地出现在这片荒旷的版图上。

张骞第一次出使西域，随从有百余人，归来时，只剩下他和甘夫，那百余人的白骨就撒在这漫漫征途上。两千二百多年过去了，岁月把他们的尸骨风化了，他们只化作历史的背景和对西域的注释。今天我站在天山和阿尔泰山这片首尾相衔的空旷的谷地上，只觉得天空还游荡着他们的灵魂，风声里还夹杂着他们的叹息和呻吟……

大片的阳光丰隆地铺满荒原，那阳光仿佛是从每一颗砾石、每一簇草丛、每一片山石上辐射出来，辉辉煌煌，令人晕眩，又让人感到一种阔朗。我呼吸着阳光干燥的芬芳，目光逡巡着苍老而悲壮的大地，这土地上曾生长出二十四史中的一页辉煌。开拓者的双足毕竟留下了脚印，留给后人一种难以泯灭的昭示。

历史不是史学家用笔墨写成的，是刀与剑蘸着将士血、闺妇泪写成的，字里行间都散发着浓烈的血腥气，回响着干戈的铿锵，氤氲着刀光剑影的凛凛寒气，还有凄婉的啜泣声。

随着张骞对古丝绸之路的凿空，为了开拓和捍卫这条负载文明和文化的欧亚大陆桥，汉王朝不得不诉诸武力，于是战争的阴云时聚时散，不断地出现在这片广袤土地的上空。

那是在天山北麓的荒原上，我看到了古代的烽燧，它突兀在阳光下的旷野上，高高的，像历史的坐标。这巨大的烽燧是用黄土、鹅卵石、柽柳、芦苇一层层夯实修筑起来的，那柳条和芦秆犹如今日的钢筋，把泥土凝聚在一起，构成巍峨和雄壮。虽罹患两千多年的风剥雪蚀，依然威风凛凛，展示着古战场的雄风浩气。我手中的《丝绸之路史话》告诉我：早在汉武帝太初四年（公元前101年）破大宛后，"自敦煌西至盐泽往往起亭"。汉武帝派遣强弩都尉路博德率将士修建"居延塞"，实际上是居延海溯额尔斯纳河南下达酒泉的长城。后来又把这长城延伸到盐泽（即罗布泊），每年要征集壮丁赴边塞戍守一年。

每座烽燧驻扎几十个人到百余人不等，他们报警的信号：一是烽表，即用红布和白布缝成帆状物，匈奴入侵时，则悬挂在亭壁的高竿上，按入侵者多少、远近而增减数量，一燧挂烽，他燧照传，戍卒们即可作好自卫准备；二是烽烟，即焚薪取烟，亭壁上有烟囱，易于使远处望见，这是比较紧张的信号；三是烽火，夜间用烽火代替烽表，是将点燃的柴束，悬上高竿，也按照入侵者的多少、远近而增减数量；四是积薪，无论昼夜，最严重的报警就是焚烧柴堆，称之为"积薪"。

于是中国古典诗词里才出现"烽火连三月，家书抵万金"的诗句。

狼烟滚滚，战马萧萧，鼓笳悲鸣。刀光剑影的恐怖惨烈，血泪交加的生死歌哭，将军白发征夫泪，长烟落日孤城闭。这广阔天地才真正是古代军事家施展战略战术才华的舞台。这里没有苟且偷生，没有遮藏和躲避，一切都暴露在阳光下，视野中，没有木马计，没有八卦阵，是地地道道的生命与生命的直接撞击，是生命力的张扬和展示。即使战死，也死在阳光下，死得亮亮堂堂，"醉卧沙场君莫笑"，那才是真战士、真英雄的本色，即使头颅落地，血雨喷溅，也是阳光下一道绚丽的生命彩虹！

在阳光覆盖的西域这片广袤的土地上，西汉末期曾分裂为五十余国，其中大部分都为匈奴控制，由于匈奴"敛税重刻，诸国不堪命",上书东汉朝廷"要东内属""愿请都护"。当时,匈奴也分裂为南北两部,南匈奴归属东汉,入居塞内;北匈奴的政治中心仍在漠北,并继续控制西域诸国:车师国、鄯善国、莎车国、龟兹国、于阗国、焉耆国……这些小国之间时常烽火不熄,羽檄飞驰,弄得丝路阻塞,"绝通汉道"。北匈奴单于乘机发兵两万,袭击车师,杀车师王而使汉军陷入孤立无援。匈奴势盛,无法抵抗,汉兵只好退至玉门关内,丝路一度中断。

疏通丝路之重任,再现大汉帝国之雄威,当属班超。其实班超只带领壮士,纵横捭阖在这广阔的舞台上。他来到鄯善国,先受到国王的热情款待后又遭冷遇,得知匈奴使者到来,国王畏惧匈奴。班超便带领三十六名壮士夜袭匈奴使者,使鄯善国王一心向汉。接着又率众征战,平息疏勒骚乱,继之派人出使大月氏,说服康居,结好于丝路要冲诸国。疏通丝路种种障碍,班超依靠的是当地人民,"以一身转侧绝域,晓谕诸国",西域诸国"莫不宾从"。

班超四十岁出使西域,在西域三十一年。这期间汉章帝曾下诏,诏班超回朝。汉章帝这个命令却违背西域诸国民意,当班超准备返回洛阳时,沿途各地都要求东汉政府收回成命极力挽留。疏勒有一都尉看劝阻无效,竟然自刎于班超面前。班超行至于阗时,于阗王侯以下都啼泣号哭,挡住班超的坐骑,此时此景,使班超热泪潸然,决计违抗君命,毅然返回疏勒等地。经过班超在西域三十一年惨淡经营,文攻武伐,终于使匈奴的势力大大削弱,"平通汉道",东西交往的大干线又一次畅通无阻,历史上称之为东汉时期丝路"二通"。

之二

激起历史长河涟漪的不仅仅是文治武功，铁戈金马，更撼人心魄的是那些艰难跋涉，忍辱负重，为传播文化和文明的使者，他们的脚步惊醒了沉默的历史，也惊醒了凝固的世界。

文化对政治的超越，宗教对人生的规范，艺术对人类苍白精神的充盈，原不是金戈铁马所能征服或替代的。

人类的精神史是横贯历史的血脉，没有它，历史将是干枯的、僵涩的。在这条丝路上，永远不灭的是那些穿越时空的精神的光芒。

佛教早在公元前三世纪中叶便传入西域，至公元初年方传入中原。据说，东汉明帝曾做一梦，梦见一个很高大的金人，"飞空而至"，醒来后，他请朝臣替他圆梦。一位博古通今名叫传毅的大臣说："西方有一种神，您梦见的可能是'佛'。"于是汉明帝便派人四处寻找佛。后来得悉天竺国有两个很有名望的游方僧，一个叫摄摩腾，一个叫竺法兰。这两个印度和尚以游化四方、弘扬佛法为己任，受到邀请，欣然从命。他们沿着丝路，过雪山，涉流沙，一路风尘仆仆，来到洛阳。明帝热情款待他们，并专门为他们修建寺院，供他们译经。这个寺院就是著名的白马寺。于是洛阳城里便出现了佛号声声、佛烟袅袅、祈祷诵经声如涛浪的景观。

我走进西部，在柏孜克里克千佛洞，在库木吐拉千佛洞，在克孜尔千佛洞，在敦煌艺术宝窟，那一尊尊佛像雕塑，乐伎图，舞伎图，弹琵琶图，记载着他们的故事。他们的肉体已消弭在黄沙漫漫的旷野，他们的精神已升腾为不朽。我曾想，这一代代的宗教传播者，带着对宗教的虔诚，肩负着传播文明的使命，跋涉雪山、戈壁、荒原、大漠，顶烈日，冒风沙，面对重重苦难，矢志不移，有多少人曝骨沙野，化为泥尘。而后继者，依然风尘仆仆，继续开拓他们的事业。

他们是人类精神的使者。

我的目光凝视着洞窟的壁画，仿佛是抚摸历史额角的皱纹。在这里仍活跃着没有被风沙湮灭的细节和故事，还跃动着苦行僧不灭的思想和情感，这里仍爝爝不息地燃烧着中世纪僧侣的精神之火。

而行走在这历史地平线上，有一个巨大的身影永远不会消逝，那就是法显和尚。

法显和尚是东晋人，他三岁为沙弥，二十岁受大戒，自幼受佛法教育，"志诚行笃"，仪轨整肃，常以律藏残缺为憾，矢志前往天竺求经律。东晋安帝隆安三年（公元399年），法显与同学慧景、道整、慧应、慧嵬等人从长安出发，西行求经。当时法显已是六十多岁的老人了，要渡流沙、穿戈壁、越葱岭，其艰难险阻难以想象。花甲老人依然情致昂扬，虽死无怨，同去印度多人，归来时，仅剩他一人。

《法显传》中记载他从敦煌向鄯善国出发途经沙河的情景："沙河中多恶鬼热风，遇则皆死，无一全者。上无飞鸟，下无走兽，遍望极目，欲求度外，则莫所拟，唯以死人枯骨为标识耳。"法显在沙海跋涉十七天方到鄯善国。他在此停留一个月，又踏上穿越塔克拉玛干大沙漠的征途。在浩瀚大漠中艰难挣扎三十余日，方到于阗。塔克拉玛干被后来的瑞典探险家赫文斯称为"死亡之海"。漫漫黄沙，累累沙山，酷阳烈日，沙暴肆虐，这花甲老人该是经历了怎样惊心动魄的苦难？九死一生，闯过这生命禁区，法显只用寥寥十几个字记录了这一段旅程："路中无居民，沙行艰难，所经之苦，人理莫此。"可谓，艰辛困苦不可言状。他在于阗停留三个月，又开始翻越海拔平均五千米的帕米尔高原。这里雪峰林立，直插云霄，巉岩嶙峋，怪石丛耸，巨壑深涧，风寒刺骨，鸟无影，兽无迹，更无道以假，法显一行凭着一种怎样超人的意志和信念，在这崇山峻岭上攀登？这是通向精神高峰的攀越，宗教的力量已远远超过了生命肉体自身的力量。经过一个月的艰难跋涉，他们来到北天竺——曼陀罗地区，这是北印度的门户。当时，曼陀罗已被波斯人、希腊人、斯基泰人、大月氏人占领，佛教已遭到毁灭。法显大失所望，虽从残垣断壁间看到佛教的遗迹和丰富的地下文物，却已是残红飘零，落叶缤纷了。

法显离开曼陀罗，要去中印度。当时这里是芨多王朝的鼎盛时期，经济发达，文化繁荣，佛教盛行，经号响彻山谷，佛烟氤氲云空。法显遍游佛迹，拜访寺院。法显看到博大精深佛教经典，回想一路艰辛，许多同伴都死于途中，不禁感慨唏嘘，怆然泪下。

他青筋嶙峋的手指握着笔管，战栗地写道："……今日乃见佛空处，怆然生悲。彼众僧出，问显等曰：汝从何国来？答云：从汉地。彼众僧叹曰：奇哉！边地之人乃能求法至此，自相谓言：我等诸师和尚相承以来，未见汉道人来到此也。"

法显在芨多王朝的首都摩揭陀国的巴弗邑住了三年，学习梵文，记录律藏，写经画像，又南下到多摩梨帝，又二年，此时同去的伙伴皆已死去,只剩下他一人了。五年后,这位年高七旬的老僧独自一人乘商船踏上归途。途中船遇大风,船在暴风和海浪中迷航,最后漂流到山东崂山之南岸,即今山东即墨……

那是九月的一天,我乘塔里木石油天然气勘探指挥部的"巡洋舰",驰行了一天一夜来到塔克拉玛干东部边缘的古城和田——即当年的于阗。我遍历小城,寻访当年文化使者的遗迹,千年风沙已毁灭了历史,但从零星的佛塔和残存的寺院中,我依稀看到这里曾飘拂过多少僧侣的袈裟,商人的衣袂,征旅的长发……这些古丝路的开拓者,曾在这里抖落一路风尘,行囊里补充上食物,羊皮袋里装满水,又精神抖擞地迎着浩浩风沙,踏上更艰险的征程。

法显是中国第一批到达中印度的僧人,比玄奘早了二百多年。他跋涉到佛教文化的源头,用那双苍老的瘦骨嶙峋的双手启开了释迦文化的闸门,随之,释家思想的流水便潺潺汩汩地沿着漫长的丝路流淌而来,漫洇了西域广袤的土地,浸淫了中原干渴的精神原野。

之三

在法显的身后,有一个身影是模糊的,他常常被历史所遗忘,这便是宋云,那是北魏时代。这个时代很奇怪,虽然九州狼烟弥漫,王朝更迭如舞台的折子戏,幕起幕落频繁得令人眼花缭乱,而文化却取得了令人惊叹的辉煌。且不说魏晋南北朝时期出现了陶渊明、谢灵运等一大批光彩夺目的诗人,而在干戈如林的缝隙中，释家文化也汹涌澎湃在中原奔腾，而推波助澜者，宋云算是一位。

宋云是敦煌人，他西行取经，据《洛阳伽蓝记》中所记：应为神龟元年即公元518年。

宋云为何到天竺？这和北魏当时的社会情况有关。北魏经营西域，提倡佛教活动。十六国时，佛教已盛行大江南北。北魏文成帝开始在当时的京城山西大同开山凿窟，历经六十多年，营造了著名的云冈石窟；宣武帝又开始建著名的龙门石窟。麦积山石窟也是开凿于北魏景明年间。我国四大著名佛教石窟中的三座，均开凿于北魏，这种文化背景，宋云西行取经，当属自然之事了。

北魏明帝时总揽朝政大权的是胡太后，胡太后年轻时就是一个尼姑。胡太后自幼深受佛家文化影响，她执政后变本加厉地推行佛教。由于她的倡导，到了神龟元年（公元518年），仅洛阳的寺院就达五百余所了。

宋云是官派的文化教育使者，他身负胡太后赋予的使命：一是取经，二是宣扬国威，三是结交邦邻，扩大北魏的影响。宋云西行时，胡太后亲自送行："敕付五色百尺幡千口，锦绣袋五百枚"，向沿途各地赠送，并且还带有胡太后给各国的公文，其中就有丝路沿途的嚈哒王、乌苌国王、乾陀罗国王的"诏书"。这与法显和尚西行就迥然不同了，法显是民间文化交流，而宋云则是国家间的文化交流了。

宋云的马帮驮队没有走传统的道路——河西走廊，因战乱无法通行，只好从青海西平，临羌，然后经日月山口进入沙漠地带，然后到达鄯善国。在鄯善国小住几日，又经过且末到达精绝之地，即今日的民丰县。这些地区地广人稀，但信仰佛教，城内佛塔上挂满彩制幡盖，这些佛盖中，宋云还见到距他一百多年前——后秦时的僧人所挂的幡盖。宋云继续西行，进入了著名的于阗国。其实，于阗王并不信佛，有一位胡商领一位叫毗卢旃的和尚来到于阗，坐于城南杏树下，施展法术，使于阗王听到他的声音，于阗王便亲自来到杏树下，和尚便说：佛让我来找你，令你造佛塔一座，如遵令而行，保你社稷永存。于阗王不信，便说：你让我看见佛，我便从命。和尚随鸣钟向佛报告，空中便顿时出佛像。于阗王大惊，忙五体投地，当即命人造塔建寺，随之，在塔克拉玛干大漠边缘出现佛风荡漾的局面。

宋云身为北魏使臣，当然受到于阗王盛情厚待。

宋云离开于阗便南下进入朱驹波国，即今新疆叶城，然后西北而行，经喀什噶尔，又由此向西南，攀越帕米尔高原，经过艰难的跋涉，越过兴都库开山，进入今阿富汗境内。当时阿富汗为顺嚈哒所统治，因此宋云称其地为嚈哒国。嚈哒是大月氏的种族，也有人认为是高车人种，亦称白匈奴。宋云路经此国时嚈哒势力很强，东至于阗，西及波斯，四十余国皆臣服于它。宋云说是"四夷之中，最为强大"。但嚈哒人不信佛教，以游牧为生。宋云到达此国后，向嚈哒王递交了北魏明帝给嚈哒王的诏书，嚈哒王"再拜跪受诏书"。宋云在此逗留一个月，便起程去波斯，而后经赊弥国（今巴基斯坦奇拉尔一带），钵卢勒国，直到北魏正光元年（公元 520 年）四月中旬，宋云等进入著名的乾陀罗国，在这里参拜了各种佛迹，第二年二月返回洛阳，所得佛经一百七十部。

这一时期，嚈哒不仅打通了中国与中亚各国、波斯及拜占庭之间的交通，相当大的程度上掌握着从塔里木盆地通往里海各贸易港口的丝路商业，而且与吐谷浑相互协作，操纵着从印度到中国的中西交通。宋云这庞大的外交使团的西行无疑沟通了中原与西域诸国的关系。

作为胡太后本人是不值得赞扬的人物，她独揽朝政，弄得北魏江山一片混乱、腐败不堪。而胡太后作风更不怎么的，她每晚都要四个男人侍寝，当尔朱荣大军兵临洛阳城下，守城的将士自动打开城门迎接，她的近侍也纷纷逃走。胡太后吓得哭哭啼啼，知道性命难保，后来，急中生智，拿起剪刀，削发为尼，结果被尔朱荣认出，把她和幼主一起抓住。

尔朱荣见胡太后剪光了头发，脱掉了绣花鞋，泪流满面，用手捏着额说："听说你一刻也离不开男人，我成全你，死后嫁给河伯行欢作乐吧！"说罢一挥手，令部下把她和幼主扔到黄河里。这就是历史上有名的《淫皇后死后嫁河泊》的故事。但胡太后派宋云出使西域，在客观上还是促进了中西文化交流，繁荣了中西经济贸易。

之四

躁动的风沙，疾旋的苍鹰，飞驰的野云，荒旷的戈壁大漠，仍然向我展示着西部不灭的激情和无所顾忌的野性。大西北，每一页都有着《创世纪》的荒凉，每一页都蕴含着《出师表》的悲壮，每一页都藏匿着《蜀道难》的险恶，每一页都炫耀着《天方夜谭》的传奇！这里每座山的筋骨，每条河的水脉，每片土地的肌肉，都贮存着远古的气息，中世纪的忧郁，征旅的泪水，僧侣的艰辛,戍卒的喟叹,商贾的幽怨,还有长安怨闺的惆怅,慈母的牵念……

我追逐着昨天的地平线,沿着逶迤的古道,踏着披离的衰草,去寻找天荒地老的传奇和神话。

这条古道上长满荒凉和寂寞,也诞生了基督教、佛教、伊斯兰教……东风西雨曾飘洒在这片土地上。在这条古道上,塞人、羌人、丁重人、月氏人、匈奴人、突厥人、蒙古人自东向西迁徙;希腊人、阿拉伯人、雅利安人、粟特人自西向东迁移……这是人类的大循环,是古代文明的辐射,高山雪原难以阻挡,大漠戈壁难以隔绝。他们用生命点亮了人类精神浑蒙的苍穹。

两千年来,在古老的地平线上留下的背影和深沉足迹的,莫过于玄奘了。

大唐帝国以高屋建瓴的视角,以囊括六合八荒的襟怀,纳八面来风,迎九天流云,把中国文化推向一个辉煌的顶峰。而玄奘矢志西去印度取经,当时唐帝国立足未稳,西北边陲依然躁动不安,并非具备盛唐时期磅礴的气度,阳关、玉门关的铁门还落着沉重的古锁。

二十六岁的玄奘决心继承先贤遗志,继续开拓这条文化长河,使其浪涌潮急。他孤身一人离开长安,开始了悲壮的文化苦旅。他昼伏夜行,风餐露宿,经过张掖、酒泉,到了瓜州。刺史独孤达是虔诚的佛教徒,他对玄奘的到来非常高兴,热情接待,并为他准备食品、马料,指点西出玉门关的路线。正在这时,从凉州发来追捕玄奘的公文,刺史独孤达当着玄奘的面撕毁捕文,让玄奘赶快整装西行。独孤达这个小小州吏历史上并没有留下什么辉煌的政绩,但是他敢于蔑视皇威、撕毁捕文,放行玄奘,这一举动，石破天惊，为中国文化史掀开佛教东渐的辉煌篇章。

这时，有一胡僧，名叫石磐陀，愿拜玄奘为师，并送玄奘出玉门关。临行前，石磐陀又领来一个胡人老翁，自称往返伊吾十三次，认识路途。《西游记》的孙悟空和白龙马就是根据这青年胡僧和老翁为模特而创造的。据说，榆林窟千佛洞里有三幅壁画，就绘有唐僧、孙悟空和白马。孙悟空就是那位胡僧的化身：身着襦裤、麻鞋、头戴金环，额低嘴长，露齿披发，双眼圆睁、似人又似猴，形象逼真而带野性。

一日，玄奘和石磐陀渡过葫芦河后，在草地上休息。月光下，石磐陀在玄奘背后突然拔刀而起，后又徘徊犹豫，玄奘在月影下知道他起了异心，但仍然端坐不动，且问他为何拔刀。石磐陀于是把刀放下，说："弟子想，走这条路实在艰难，虽然这座烽火台附近有些水草，但只要有一处发现了我们的行踪，我们的性命就完了，还是回去吧！"玄奘的回答是，他宁可西进而死，决不东退一步。玄奘让石磐陀回去，独自踏上艰难险阻的征途。

瀚海茫茫，风吼沙啸，天地浑蒙，哪有道路可循？他只能辨认着一堆堆骨骸和鸵鸟的粪便的痕迹踯躅行进。白天太阳如火，夜晚却风寒如割。"晚则妖魅举火，灿若繁星；昼则惊风拥沙，散如时雨。"在过莫贺延碛大戈壁时，玄奘迷了路，又找不到泉水，谁知祸不单行，随身携带的水囊又失手落地，倾洒一空。没有水，就意味着死亡，玄奘依然策马前进，五天五夜，竟滴水未进，口干舌焦，几乎葬身大漠。幸亏老马识途，并闻到远处有水腥味，在最危急的时刻，驮着他找到一处水源，这才幸免一死。又经过两天艰难跋涉，方穿过莫贺延碛，到达伊吾。

玄奘是孤独的跋涉者，是真正的"文化苦旅"。易卜生说：

"世界上最有力量的人是孤独的人。"

玄奘又继续西行,过沙漠,越戈壁,攀越帕米尔高原,历经千难万险,九死不悔,终于走进佛教文化的源头。玄奘在印度学习、游历、参观、讲学,进行十多年的活动,足迹遍及印度的东西南北。曾参加"规模宏大的经典教义答辩大会,其中与会的有十八个国家的国王,六千多博蕴经义、造诣宏深、能言善辩的僧侣,玄奘作为主讲人,大会连续举行十八天,大家聚精会神地倾听玄奘的精辟议论,始终没有一个敢上台反驳他的意见。"后又参加五十万人佛教盛会。玄奘的大名声震遐迩,受到印度佛教界的尊重,他决计回国时,又受到当地僧侣千般挽留。鸠摩罗王甚至表示"只要他留在印度,愿为他造一百所寺院"。但玄奘一颗拳拳爱国之心,坚如磐石,于公元645年回到长安。

我曾路过甘肃天水,这里有条"通天河",传说玄奘路阻天水,白鼋托佛的故事就发生在这里。

有个千年老鼋愿驮玄奘过河。老鼋不过提了个条件:求玄奘在西天佛祖面前询问其何时脱壳成人形,玄奘满口答应。其老鼋的要求并不高,谁知玄奘意念只在取经,竟然忘了老鼋的嘱咐。取经归来,又过通天河,老鼋将他同白马驮在背上,将至对岸之际,忽然问当年相托之事,玄奘无言以对。老鼋顿生怒气,一翻身,玄奘连人带马掉进河里,经包、衣服均被打湿。玄奘爬上岸来,又忽然狂风大作,天昏地暗,雷电交加,沙飞石走。玄奘按住经包,直到天明,风平雾散。玄奘便解开经包,晾晒于崖上,至今这里还有玄奘的晾经台。

——这不过是吴承恩老先生撰写的《西游记》的情节。

玄奘回到长安,得到官方的热情欢迎,唐太宗对其跋涉五万余里，历经千难万险，"访道殊域，今得归还，欢喜无量"。且不说传手谕于阗等沿途各国派衙役护送法师，并命沿途官员接待。如果说，玄奘出国是私费，是出逃，归来时却已是公费。一代佛教大师回到长安被安置在太子李冶修建的慈恩寺译经，又专门在寺内修佛塔一座收藏他带回的经卷，这便是至今巍然于西安的大雁塔。

一代佛宗历经坎坷和惊心动魄的千万磨难，终于完成了一项震撼中国文化史的伟业。

大唐帝国纳佛、儒、道不同宗教流派，相辅相成，各行其业，这在中国历史上是不多见的王朝，比之东汉"罢黜百家，独尊儒术"之襟怀和气度是何等宽阔、博大！这就造就了大唐文化教育的辉煌！

之五

高天上悬着一轮炽热的太阳，阳光如瀑，波波溅溅地倾泻在这片荒旷的土地上，远处的地平线被阳光烤干了，像一条晒干了的羊肠子，横亘在天地间。我孤独地走进苍茫，走进空旷，走进原始的鸿蒙。天山，在远处蹲踞，大漠在远方休憩，脚下的戈壁滩是岑参的"一川碎石大如斗"，静寂得能听到石子被阳光晒裂的毕剥声。天空干净得连一片云朵也找不到。车子翻过一座山丘，越过一片高地，除了白花花的阳光和我，还有我乘的丰田，什么都没有。在一片沙丘前，我们停下车子，我真想掬起一捧沙土，亲吻历史，撷拾驼铃的残韵。那飞扬的马蹄，那野营的篝火，那天涯孤旅的喟叹，断落的诗行，那苍凉暮色中的疲惫，还有羌笛的哀怨，烽火狼烟的惊惶……这古丝绸之路从关中平原的长安奏响第一个音符，穿越河西走廊这辉煌的中音部，走向古西域的高音部……

在落日残照里，我依稀看到一个背影，那是仗剑去国的诗人岑参。尽管诗化的大唐帝国，留下王昌龄的"秦时明月汉时关，万里长征人未还"，王维的"大漠孤烟直，黄河落日圆"，王翰的"葡萄美酒夜光杯，欲饮琵琶马上催"，王之焕的"羌笛何须怨杨柳？春风不度玉门关"，李白的"明月出天山，苍茫云海间"等等千古绝唱，但没有岑参，汉唐的边塞诗就顿然黯淡失色。翻开那些诗人的履历，只有高适西出阳关，而大多数诗人只凭浪漫主义想象，根本未涉足西域。李白算是个游吟诗人，放浪山水，啸傲江湖，诗侣酒酬，他根本没去过天山，一生只不过东游齐鲁、北游幽燕、东游江东吴越，更多的是缠绵于巴山蜀水。而岑参却在西域生活了六年：暮投交河城，晨登火焰山，啸傲戈壁风，策马天山路。逸兴遄飞，豪气干云，那是一种生命和精神的张扬与驰骋。

岑参出身于世代为相的官宦之家。曾祖父、堂伯祖父、堂伯父都官至宰相。岑参出生时，堂伯父——作为宰相的岑羲因太平公主事发而受牵连，籍没家产，放逐家族，身首异处已有多年。曾经是青石丹墀、飞檐翘瓴、庭深如海的相府早已荒草没阶了，昔日翠华摇摇的威仪已化为一夜冷梦。

岑参青年时代命运多舛，仕途蹇涩坎坷，出入长安，奔波多年，一事无成。三十岁当了一名"参军"，大概相当于现在师团参谋，或秘书角色，八九品的芥豆小官。岑参郁郁不得其志，难展雄才大略，不得已投笔从戎，西出阳关，踏上漫漫军旅生涯。

岑参生活的开元、天宝年间，从军出塞是士人进身的主要途径之一。《唐音癸签》卷二十七载："盖唐制，新及第人，例就辟外幕，而布衣疏落才士，更多因缘幕府，蹑级进身。"高适二十岁时在长安求会不遇，然后北上蓟门，以期获得从军立功的机会，这是士人晋升的捷径。到了李林甫、杨国忠为宰相的玄宗时代，朝政腐败，官场黑暗，文恬武嬉，醉生梦死，莘莘学子想跻身仕林更是难于上青天。但他们又不甘于寂寞，忧国忧民之心如焚，便只好奔波在从军出塞的小径上。岑参也怀有以身许国、志在四方、为国安边的抱负。

岑参两次沿着丝路到达西域，先后任高仙芝幕府书记，安西、北庭节度使封常青的判官，在西域服役期六年。六年间诗人一身戎装，仗剑纵马，踏遍天山南北。在火焰山下，诗人骑一匹瘦马，仰望赤土如火、热浪炙人的火焰山，吟哦道："赤焰烧虏云，炎气蒸塞空。"面对着砾石遍野，碎石如斗的荒旷的大戈壁，叹道："黄沙碛里客行迷，四望云天直下低。为言地尽天还尽，行到安西更向西。"而对西域的厉厉长风，更有深切的体验："十月天山风似刀，城南猎马缩寒骨""轮台九月风夜吼，一川碎石大如斗""北风卷地百草折，胡天八月即飞雪"……

我依稀看到诗人满面风尘，饮马伊克塞湖畔——古称热海："蒸沙砾石然虏云，沸浪炎波煎汉月"——长吟短叹；我看见诗人策马天山脚下，急骤的马蹄激溅出火星；在高昌故城，交河故城的驿馆里，在瀚海阑干百丈冰的隆冬，愁云万里，北风卷地，暮雪飘飘，那种使人感到天高地远，浩乎千里，一片旷远浑茫的北国气派。

大西北啊，这里有天的深邃，地的旷达，云的高远；这里有沙的浩瀚，风的狂妄，山的峥嵘；这里有太阳的肆虐，月亮的冰冷，星辰的缥缈；这里能使人目光舒展，胸意豁然，呼吸畅达；这里能使人情感升华，灵魂飞腾，浮想联翩；风起风落时，那燥烈中的宏伟；日出日沉时，那静默中的庄严，任凭你胸中块垒犹如冰山，也会化为一池静波；任你有一腔幽怨，也被高天长风吹得无影无踪……在这里，你能寻到生命的高度，在这里，你能志存高远，在这里你会感到生活的旷博，创造的浪漫。玄玄宇宙，地老天荒，在这里，你会感到人生该有一个多么广阔的空间。中国历代文人都有强烈的功名欲，都想跻身仕途，展示经天纬地的雄才大略，当他们受到挫折，郁郁不得其志，在谲波诡浪的宦海中沉沦后，有的就胸藏丘壑、遁隐山林、寄兴烟霞、诗酒风流，以示对世俗的超脱；面对斜阳暮树、孤村、荒水、松窗、竹户、芳径平芜，淡烟疏柳，抒发心中块垒，营造那种诗情画意的氛围。那种诗是一种病态的分泌。而岑参恰恰相反，他是伴着风沙，就着飞雪，写下的诗篇，字里行间有着诗人发烫的情感，有着热血的燃烧，生命的腾腾烈焰。

披襟当风，长歌当吟，壮年的岑参为古西域这部古老的巨著圈圈点点，写下无数注释，留给后人一把解谜的钥匙。

文学的最高境界是诗。诗是自然的灵悟，是一种天籁。岑参破空而来，绝尘而去。西域六年的军旅生涯可谓他一生的华彩乐段。

诗人的边塞诗绝非"酒侣诗俦，诗潦倒酒风流"，而是忠烈之心的骚动，忧国忧民的感怀。他曾"不为妻子谋""不愁前路修"，关楼城堞，大漠旷野，冰雪浃骨，战马长啸，甲戈碰撞，枪剑拨击，劲风狂雪，都有一种很强的历史穿透力，片纸尺牍背后凸现出强烈的民族意识、忧患意识。诗是西部苦难的河流。苦难造就了诗人,也使西部充满了诗意的芬芳。

结 语

我在大西北奔波,我循着昨天的地平线,行走在河西走廊,盘桓在天山脚下,饮大漠长风,踏戈壁砾石,亚细亚的阳光照耀过古人的身影,也照耀着今人的身影。踏上西部这漫漫征途,无疑走进一部令人回肠荡气无言的史诗,悲壮的史诗。

这是一个黄昏,我孤独地徘徊在戈壁滩上,望着沉沉落日,那巨大的圆,红得像血,天空霞光飞腾,暮野一片静寂。天与地相连处是一条缥缈的线,像一根弦,落日就是在那根弦上跳荡的音符,我仿佛听到相撞时发出的巨大的轰鸣。

在这天地间,历史上有许多人物就消失在地平线的尽头,他们没有留下姓名,没有留下墓碑,然而他的背影长长地铺在这广袤的充满苦难的土地上,他们的足迹已被大地收留珍藏。历史演绎,岁月递嬗,天地浩茫,雪泥鸿爪,要寻访到中国文人的足迹,也实在难。然而他们传播的文化的火种,以及他们本身丰富光扬的人文精神,却依然熠熠不熄地燃烧着,光照千秋,光照人类精神的苍穹。

孤独者的绝唱

——叩访青云谱

一

南昌是一座风景秀丽的南国名城,城外青山雄翠,城内湖泊斑驳,赣江如同一匹绿绸绕城飘逸,湖在城中,城在湖中,而驰名遐迩的滕王阁又临江而筑。唐初才子王勃一记使南昌啸傲天下,风流千古。滕王阁毁弃二十八次,重建二十九次,这足以说明,滕王阁对南昌的意义。

我来南昌本想"会见"王勃,同他谈诗论文,聆听他一番教诲,谁知这里游人如蚁,拥挤不堪,连上下楼梯都极其艰难,我被拥上最高层,匆匆照了张相,便逃难般地离开这"繁华"之地。到哪里去呢?南昌是英雄的城,金戈铁马,腥风血雨,历史留下的诗意不多,到哪里寻觅一缕缠绵的诗情,犹豫间,人们告诉我,青云谱是一去处。

啊,我蓦然想起,余秋雨写过青云谱,我再来涂鸦,岂不有拾人牙慧之嫌?有朋友告诉我:文章各有各的路数,况乎还有许多同题作文呢?李白写过月,难道苏东坡就不能写月吗?这么一想，确实有必要去"拜访"八大山人。

青云谱原来是一座公园，位于南昌东郊。这里十分清静，几乎不见人影，半湖碧波，满目香樟、枫杨、垂柳，浓郁重重，绿意幽幽，甬道两旁是夹竹桃，正是盛花期，红白花朵团团簇簇。百无聊赖的蝴蝶，轻浮地飞来飞去，几只大白鹅在湖水里悠闲地游弋，芦苇丛中传来啾啾鸟鸣。

这里和滕王阁的喧嚣简直有天壤之别。也好，八大山人非常喜欢寂寞和清静。这会儿怕是正在聚精会神伏案作画，笔下该是孤山野水，一鸟独占枝头吧？按照指示牌，我寻找到"八大山人纪念馆"。门敞开，没有一个游客干扰他，老先生正作壁上观，静静地伏案创作。寂寞青云谱，苍凉青云谱，孤独青云谱。八大山人一生都在寂寞和孤独中度过，在贫穷和饥饿煎熬中，守望着精神的原野。他没有灯红酒绿的热闹，没有歌舞蹁跹的欢快，在幽静、幽暗中，在聚光灯照不到的一隅，度过苦难的一生。

二

众所周知，八大山人姓朱，名耷，明宗室朱元璋第十七子宁献王朱权的后裔，十九岁（1644）明亡，遂避难于南昌之西一个小山村。顺治五年（1699），奉母携弟"出家"，落发为僧，后又为道士，入青云谱道院，为自己起许多法名、道号，其中有朱月朗、良月，月朗不是"明"吗？显然这些道号是对故国的眷恋，是对大明朝的怀念。但他作画时从不署这法名、道号，只署"八大山人"。这意思是：山人为高僧，尝持《八大圆觉经》。也有人解释，"八大者四方四隅，皆我为大，而无大我也"。又说"余每见山人书画款题'八大'二字,必连缀其画,'山人'二字亦然。类哭之笑之,意益有正焉。"(见陈鼎《八大山人传》),他一生佯狂装疯,借酒浇愁,时而仰天大笑,时而放声痛哭,长啸短吟,舞笔泼墨,国破之痛,家亡之苦,一腔忧愤随之倾泻而出。

八大山人生于末世,他的童年和少年时代,国事蜩螗,大明王朝已是落日黄昏,是在兵荒马乱腥风血雨中度过的,刚成年时,社稷倾覆,江山易主,一代皇胄贵裔沦为亡国奴。他和母亲隐名埋姓,躲避清军的追捕,惶惶不可终日。原来的锦衣华服、钟鸣鼎食之家,书香氤氲、墨香缭绕的瓒瓔之族,已落魄到绳床瓦灶、三餐难继的不堪境地。

八大山人的祖父和父亲都是诗人、艺术家,能诗能画,家庭的熏陶,个人的禀赋,使他"八岁能诗,善书法,工篆刻,尤精绘事"。

人是环境的产物。朝代的更迭,生活的巨大落差,改变了他的性格,一个天真聪慧的少年顿时变得孤独、孤清、悁悒,神色默然,目含忧愤,嘴巴闭得紧紧的,一副冷漠的面孔。他不满现实,更不会背叛家族,效命新的王朝,只能躲进生活最幽暗的一角,倾心翰墨,泪洒素盏,洁白的宣纸上经常出现残山剩水,枯树老藤,残阳夕照,荒村野水,孤鸟枝头,哀鸣啾啾。

我想象得出,那秋风萧瑟的黄昏,或朔风凛冽,雪花狂舞的冬夜,一豆灯火,叠印出瘦削的身影,墨随笔舞,情融笔端,一腔愤懑,满腹孤傲之气,倾泻在画面上。一介前朝的书生怎一个"愁"字了得?山水苍茫,人生苍茫,命运苍茫,对故国的思念,对家世的悲哀,"横涂竖抹千千幅,墨点无多泪点多"(郑板桥语),那是一种多么凄楚悲凉的情怀啊!

八大山人大半生就是在亦哭亦笑中度过的。他哭得凄惨，笑得更加悲哀，是一种比哭更难看的笑。他面前一片苍茫凄楚、荒芜寂寞的境界。

我对中国画没有什么研究，但喜欢阅读，尤其是在寂静的夜晚，或雨雪天气，打开名家水墨画册，一页页地认真阅览，仿佛走进一种寥廓丰富的大千世界。那墨色的枯润浓淡，点线的粗疏细长，一幅幅惟妙惟肖神姿仙态的山水风景，或雄浑苍茫，或清秀细腻，或风格醇厚，或萧条疏散、气韵高迈，或闲静雅逸，流露一种淡定禅意的境界……他们把艺术看成一种单纯的笔墨表现，把笔墨气韵的追求看成是艺术修养的最高境界。

展室的门敞开着，西斜的阳光穿过木格窗棂射进来，室内明亮而空廓，没有一个游客，倒有一两只大土蜂在屋里嗡嗡地飞来飞去，更渲染出展室的寂寞。满壁是八大山人的山水画、花鸟画，书法篆刻，以及历代画论家的评论文字。八大山人的手迹画稿虽是复制品，但其气韵神采完全可以乱真。它们悬挂在墙壁上，是悬挂在时间之上，是悬浮在漫长的历史之中。你和它们相逢，就像和一个朝代相逢，和一段苦难的人生，苦难的历史相逢。我觉得这是一种"暗物质"，是一种精神的物质。

一幅幅水墨丹青，枯树老藤，落日晚照，孤鸟枝头，荒水野渡，风竹残荷……这哪里是水墨画卷，分明是一个孤苦的前朝遗子悲凄命运的细微迹象和种种经历，是一个苦命画家的暗物质的极其微弱的闪光，通过这细节可联想整体的形象。谁看了都不由得大哭一场，但又似有一种解脱和超然，那种强忍的感情是很折磨人的。

八大山人在南昌经历了流落街头的漂泊期，他举目无亲，穷困潦倒，似疯似癫，"独身徜徉市肆间，戴布帽，曳长衫"，履穿草鞋，郁郁跐行，市井小儿观之笑骂，或往其身上投掷泥巴、石子，追逐、嬉戏。八大山人的生活可以想象。

晚上八大山人回到道观青云谱，借一豆屡弱的灯光，纵横翰墨，他如狂如痴般地将一腔愤懑和郁垒倾泻而出。只有智慧的光才能照亮生活，他要这股气不败在生活上，要倾泻在艺术上。他的山水画、花鸟画最突出的特点，就是孤独、孤愤、孤清。他与这些孤鸟、孤鸡、孤树、孤独的菡萏、孤独的小花、孤独的小舟对话。那些孤岛、孤树、孤花是有灵性的，有血肉情感的。它们用无声的语言，温存的语言，抚慰一颗伤痕累累的画魂。鸟解语，花解语，一花一草一鸟皆朋友。他与它们共同创造生存的空间，他已忘却窗外那个凄风苦雨的世界，这是充满哲学和诗意的人生。

三

阅览八大山人的画展，我发觉他的绘画艺术中，成就最卓著者为花鸟画。题材极广，他笔下出现花卉、蔬果、虫蝶、鱼虾、畜兽、禽鸟等数十种。八大山人既汲取古代画家的营养，又有自己的创造，不囿古人，挣脱古人的羁绊，开拓自己的天地，创造独特的花鸟画的意境，他缘物寄情，赋花鸟以精神。画家都有自己的思想，自己的审美意味，自己的美学追求。艺术个性往往是画家个性的外在反映，思想、情感、意趣、心绪都渗透溶解在那点线之中。八大山人的花鸟画意境清奇幽冷，构图和用笔极简，巨大的留白中只有一棵孤独的草，长长的草茎亭亭地直指蓝天，草茎上有一只孤独的鸟，寒风乍起羽毛，能听到鸟的哀鸣，一种孤凄的楚楚的可怜状，又渗透着独立寒秋傲视天地的孤介情操。画如其人。他写生花鸟，点染数笔，精神毕具。即使画巨幅，也不过花朵几片，萧条冷落，给人不是繁华热烈，而是凄寒意境。他人生里没有欢乐，他的绘画作品更无繁荣和生机勃勃的气象。

他画树，不是些崎岖仄倒，就是老干枯枝，一副饱经风霜，历尽沧桑的疲惫感，憔悴感，苍老的形象，给人以颓败的绝望之感。后人说，他画山水、竹木、花鸟，笔墨简洁、凝练、苍劲、冷峭、灵奇。寄托不肯妥协，不甘屈辱的感情和顽强的生命力，画上的题诗多含隐晦、冷嘲热讽之意。署款"八大山人"，字很古怪，似"笑之"似"哭之"，比哭之笑之都难看，都凄然。试想故国不在，家乡何处？生不如死，死又奈何？终日踯躅寺庙道观，和泥胎雕塑相处，僧道不语，泥胎无言，清冷的环境，清苦的日子，只得将诗心画意来展示。

八大山人的画作，并不一味地抒发自己的孤凄寂苦的情感，也有冷眼观世的孤傲精神。他有一幅《墨荷图》便是这傲勃于世情绪的反映。画面荷梗清劲挺拔，长短参差荷叶纵放舒展，繁缛密集，交错有致，脉络清新，浓淡相映，而一支孤独的荷花傲然挺立，奔放怒绽，清秀明媚。画的右隅，山石耸立，苔痕点点，山石之下，水波潋滟，萍藻浮动。整幅画墨色淋漓，葱郁恣媚，给人一种行云流水，生机勃勃的感觉。有人说，这是他怀念大明王朝的富贵繁华，其实八大山人虽生于贵胄，但已处于末世，明王朝乱云飞渡，烽火烛天，李闯王已搅得大明帝国支离破碎，明王朝大厦倾圮已进入倒计时，他何有"繁华盛世"之体验？

给我留下印象最深的是一幅《鱼图》，是写意画，又是写真，鱼体肥硕，鳍、尾形象逼真、自然。尾不翘，鳍不张，浑身鳞片安详地排列着。只是那鱼眼令人瞠目：眼圈似浓墨勾画，上方绘一浓圆点，以示眼珠，呈现出"白眼向上"之状，既生动传神，又寓意深刻。世人有"画龙点睛"之说，八大山人却有"画鱼点睛"之术。那鱼眼里闪射着凄婉而孤独、卑视和高傲的冷笑。一个贵胄飘零子弟的傲岸心态，跃然纸上，表现出不肯妥协不甘屈辱的感情和顽强的生命力。

八大山人在他的画页上的题诗更是孤傲不世，多冷嘲热讽，含沙射影，透出他胸中愤怒悲怆的情感。他的花鸟画比他的山水画更富有思想意义。他画梅，疏枝劲干，高逸之致，傲骨凛然，不仅表现出他贵胄的清高，更表现他前朝遗少藐视当今世界的孤傲，同时也流露出他道士仙人、高僧法师的那种潇散情怀和仙风道骨的雅致。

八大山人从不为清廷权贵画一石一鸟。五十三岁那年，清临川县令胡亦堂听说他的画名，便宴请他到临川官会做客。他十分郁愤，来到官会便装疯癫，撕裂僧服，胡县令宴请他，他拒不入座，后来，独自回到南昌，对统治者的愤懑、睥睨，令人肃穆愕然。他亲手书写"净明真觉"，悬挂门楣，并在方丈堂书写对联："谈吐趣中皆合道，文辞妙处不离禅"，一再展示他倔强傲岸的性格。八大山人有古贤伯夷、叔齐以身殉道的典范，但伯夷、叔齐不食周粟，饿死首阳山，而八大山人食清粟而不为清朝做事，一样千古流芳。何也？固然八大山人以画艺名噪四海，更重要的是知识分子的气节和人格。伯夷、叔齐生前并无什么伟业受人尊重，只是自己的意见没有被周武王接纳，而采取了与周朝不合作的态度，这是他们执拗的性格和独立意识酿成的苦果。而八大山人是国破家亡之恨，是骨子里的抗争，是命运的叛逆。

八大山人被联合国教科文组织评为"中国十大文化艺术名人"。

四

文章写到这里，我不禁想起八山人同宗同源的兄弟苦瓜和尚石涛。石涛比八大山人小十六岁，按辈分八大山人应是叔辈。石涛是明藩靖江王朱守谦十世孙。父亲被南明王朝所害，自幼失怙。朝代更迭，江山旳易主，小小年纪的石涛便隐姓埋名，落发为僧，躲进社会最幽暗的一角，苟且活命，他的法名原济，号石涛，又名苦瓜和尚。他身世飘零，苦难重重，如同八大山人，早年旅居安徽敬亭山，晚年定居扬州。

石涛不同于八大山人，他自号苦瓜和尚，却"安贫守道"，乐于做清朝的降臣，在南京、扬州，他两次见到南巡的康熙皇帝。大明王朝的后裔面对死敌、异族统治者却行三拜九叩大礼，甘当顺民，更有甚者，他还去北京住过一段时间，结交了清朝的权贵辅国将军博尔，他名为和尚，却长就一身媚骨，伏首贴身，甘做顺民，这一点儿终身受到正直文人的睥睨。石涛和八大山人一样，擅长绘画山水、花果、兰竹，特别是山水、兰竹最负盛名。他主张"搜尽奇峰打草稿"，深得元代画家倪瓒、董其昌意趣，反对泥古、囿古，提倡创新，外师造化，形成自己的风神独具，变化万千，新奇多姿的新画风。同样画荷，八大山人的孤傲，茕茕孑立，高迈清俊，到了石涛笔下，则迥然不同，虽然荷茎错落秀拔，茎直亭亭，但荷叶叠叠，舒展有致。荷花或竞相开放,或含苞而立,相互映衬,绰约多姿,妩媚雅逸,野趣盎然。那是画家心态的流露,精神世界的表现。"苦瓜和尚"心灵并不那么苦,至少不像八大山人那样孤寂清苦。我想这和他们的人生经历和生命记忆有差别,明朝灭亡那年(公元1644年)石涛才两岁,明王朝的福泽还未来得及辐射到他身上,严格地说他是清王朝的子民,所以他没有家破国亡的切身悲痛,而八大山人已满十八岁,成年了,是真真实实的前朝遗民了。石涛晚年居住扬州,想当年"清军屠城十日",他只能从老人茶余饭后的谈论中得悉一星半点。家族的衰败,清军的残暴,在他年幼的心灵里仍是一片空白。他睁眼看世界时,满街已是长辫子、马蹄袖的大清王朝的子民,明月已不在,清风却绕膝。衰草孤鸟,八大山人的画幅上常常出现一座孤峰,无草无树,一峰傲立,直薄云天。孤峰是禅宗的意象,"独坐孤峰顶,常伴白云闲",是禅门的重要境界。孤峰又是艺术家孤介情怀的再现,是诗人和艺术家特别喜欢的具象。

八大山人的孤独意识,不仅是这位皇胄飘零子弟悲戚情感的流露,更展示了作者强烈的自尊思想和鄙视尘世的凛然的生命尊严。

这种孤独还有强烈的张力,这是八大山人创作的心态,也是他艺术创作的形式,他把孤独作为生命展示的一种过程。可怜兮兮的命运,他已经视为淡淡流水,渺渺行云,平静而自然。

我在展室里流连徘徊,眼前总幻出一种意象;一块巨石下有一株小花,轻柔芊绵;这是极不和谐的现象。但小花不因环境的恶劣而惶恐,畏惧,她依然自由自在开放,从容自在地展蕊舒瓣,无言地绽放着生命的张力和强健。生命自有存在的理由,一朵小花也有存在的因缘，这是一个圆融的世界，外界的风刀霜剑，凄风苦雨是可以超越，而花开花落自由生命的因缘所决定。所谓沧海横流，方显英雄本色，一个人可以向世界挑战，一豆灯火可以向弥天大夜抗争，更炫耀着生命高贵，生命意志的强化。

大明朝灭亡了。

大明朝之魂，还在这个世界飘荡游弋。

他的山水草木，花香鸟语，多妩媚泼辣，运笔灵活，画意清新，表现出山河阴晴明灭，烟云变幻，寒暑交替的虚虚实实，千姿百态，形成他独特多样化的风格。

八大山人，高标独立，脱凡超俗，独守贞正，就其人格而言，一直得到后世文人的首肯，为世人称赞，他那种"独立大雄峰"的精神，对孤鸟盘空，孤峰突起，冷月孤悬等意境如此偏爱，正是他心中隐藏着"孤"的精神。

同样，八大山人的山水画，也放肆着他不满现实的独立不倚的孤傲个性，形成一种豪迈雄健的笔墨，旨在抒发强烈的身世之感。生命如寄。生命就是一趟独立的旅行。他无可救赎，无枝可依，只有艺术收养他。八大山人笔下的山水都表现了"零碎山河颠倒树，不成图画更伤心"的情怀。他创造的山水形象既不修润简洁，温静娴雅，更无山川清丽，林木蓊郁的生机，是一片苍茫、凄楚、残山剩水的苍凉。他在一幅《孤鸟图》题诗云："绿阴重叠鸟间关，野枣花香窗雨残。天遣浮云都卷尽，教人一路看青山。"他的世界是悲惨世界。

我徘徊在纪念馆里，只觉得四面化为回音壁，从那画幅里隐隐传来历史的回声，低沉、暗哑、悲戚，那是孤独者的灵魂在歌唱。

时代造就一代艺术大师。

命运铸成一尊叛逆者的雕像。

他长寿八十岁,一身骨气仍然属于大明王朝。

五

最后我谈谈关于八大山人的名字。朱耷的名号特别多,中年时期常用"雪衲""纯汉""法堀""灌园长老""枯佛巢""净土人""雪个""耕""个山""掣颠""驴汉""驴屋驴""人屋""主闲"等号;晚年,常用八大山人,以前名号均废而不用。研究朱耷的学者说,八大山人为何用"驴"作号,这个俗丑的字怎能和他联系起来。有人说,朱耷的两个耳朵特别大,因自嘲是一头"驴""大耳朵驴""驴汉""驴书""驴屋驴",这不禁使我想起建安时期大诗人王粲学驴叫的故事。王粲在刘表手下不得志,怀才不遇,便学驴叫,宁鸣而死,不默而生,在旷野,在庭院,高一声低一声学驴叫的长鸣,那是向世界发出的警告。朱耷仅仅是耳大吗?我想,他是郁闷悲哀的心情借驴鸣而倾泻。他"昂啊昂啊"的长啸是通过书画的艺术形式而响彻于世。

一头愤世嫉俗的犟驴。

读读这些文化名人的诗词歌赋,欣赏这些艺术家的绘画,聆听音乐家的乐曲,不仅仅是美学的享受,更熔铸了深刻的文化内涵。这是城市的精神,是城市历史画龙点睛的一笔。有了他们,这座城市精神就会熠熠发光,辐射久远,生活就会充满情爱和诗意。

青云谱道观的庭院里有八大山人的坟墓,青砖垒砌成护栏,坟草披离，茂密葳蕤。坟周围四角有四棵巨大樟树，树躯有双人合抱，像四大金刚守护一颗傲然不屈的画魂，树龄五百年，是八大山人死后，南昌人所植。有一只鸟飞来落在树枝上，那鸟是杜鹃，咕咕地鸣叫着。我想起杜宇之魂化为杜鹃鸟的故事，这是悲情的鸟，其叫声也是悲戚的。

离开青云谱时，我忽然想起贝多芬致李希诺夫斯基（李希诺夫斯基是亲王，曾资助过贝多芬）的信，只有一行乐谱，歌词只有两个字，这是举世罕见的乐曲：

八大山人是一个孤独者，与他对峙的是一个时代，整个的一个王朝。他的思想和行为与这个时代及王朝格格不入。他的艺术玄想奇特且有趣，他反映的世界是一种反常而合理的现象。他的生命是孤独者苍茫的羁旅；他笑之哭之，笑声不是幸福和欢乐，泪珠串起也非璎珞般的璀璨。宿命的无奈，人生的绝境，纵有山水千千幅，梦醒后，残灯孤枕，往事已成空！

人类巨子

鲁迅认为,中国文化之根大抵在于道家。走近长江,走进荆楚大地,你不能不想起老子,他是道家的始祖。老子哲学与古希腊哲学一起构成人类哲学的两个源头,并与儒家释家思想构成中国传统文化的内核。老子的《道德经》比孔子的《论语》传播更广,在西方,有多达三千种译本,是被翻译语言最多的中国书籍,流传之广仅次于《圣经》。

老子的出生地有争议,一说河南鹿邑,一说安徽涡阳,还有一说是楚地,并言之凿凿地说是"苦县厉乡曲仁里人",但我认为应为安徽。我去过老子故里涡阳,传说老子出生时,洵水"上空出现千古奇观""万鹤翔空,九龙吐水,以浴圣姿,龙出之处,因成九井"。这使我想起了孔子出生地,孔子的父亲纥与颜氏女野合生孔子,孔子出生在"圩顶",实际上是一个小山丘,母亲为他起名孔丘。

这两个人类之子的出生似乎带有天意,蕴含着两种文化的异质,一个是水边,一个是丘陵,一个是多雨多水的长江之滨,一个是干旱水枯的山丘。

不同的地域环境不仅有着文化的区别，也直接影响人的才智的发展、性格的形成。水润江南，多雨多水的江南赋予老子多智多思多情的性能。老子孤独、惆怅、忧郁，面对大千世界，他反思、踌躇，审视众生，拷问众生，而孔子则面如春风，朗目如炬，温厚贤让，一副为人师表的彬彬然。

老子和孔子都生于春秋"礼崩乐坏"的乱世，烽火不熄，干戈铿锵，腥风血雨漫布北国江南。诸侯割据，互相争斗厮杀，夺取更大地盘的战幕一拉开，便是一场悲剧、惨剧。

面对着诸侯争霸，各诸侯国相互倾轧，周朝的礼教崩坏，周天子权威式微，世道混乱，竟然出现臣弑君、子弑父的现象，孔子感到悲哀、悲痛，甚至感到恐惧。老子不然，他高标独立，"高蹈轻扬"。他避世，面对现实，他视若无睹，充耳不闻，是人们难以想象的坦然大度。

孔子行年五十有一而不闻道，便招来弟子南宫敬叔一起拜见身在沛地的老子。老子时任周朝国家图书馆馆长，学识渊博，贯通古今，知礼乐之源，明道德之要。孔子要请教老子关于道德的问题，随即报请鲁国国君，国君非常高兴，并给他一车二马一书童一车夫。

自鲁至周千里迢迢，孔子一路风尘仆仆，老子盛情接待了他，便问道：

"子来乎？吾闻子，北方之贤者也，子亦得道乎？"

孔子曰："未得也。"

老子曰："子恶乎求之哉？"

孔子曰："吾求之于度数，五年而未得也。"

孔子在研究六经中遇到困惑，便说《诗》《书》《礼》《易》

《乐》《春秋》，都是讲治国之道，我向诸侯各国进谏，但他们并不感兴趣，不知何因？

老子曰：你那六艺全是先王的陈迹。迹者，脚印也，已过时的东西，有何用哉？并说，周礼那一套已成朽骨，早该扔掉了！

对此观点，孔子是否接受未可知，但老子滔滔不绝大讲其道，说，道假若是一个有形的东西，应该献给君主；如果道可以送人，人们会将它送给亲人，如果可以说清楚，可以告知自己的子孙。这意思是说，如果自己从心中没有对道有正确的认识，那么道也不会来到他心中。

老子又对孔子讲了一番关于道的观念。老子曰："古之至人，假道于仁，托宿于义，以游逍遥之虚，食于苟简之田，立于不贷之圃。逍遥，无为也；苟简，易养也；不贷，无出也。古者谓是采真之游。"

孔子与老子是否达成共识也未可知，他又求教大夫苌弘。苌弘精通乐理，传授孔子乐理；并且陪同孔子观看祭神的典礼，孔子感叹不已，受益匪浅。

孔子要告别老子回国，老子送行，临别时说："吾闻之，富贵者送人以财，仁义者送人以言。吾不富不贵，无财以送汝，愿以数言相送。当今之世，聪明而深察者，其所以遇难而几至于死，在于好讥人之非也；善辩而通达者，其所以招祸而屡至于身，在于好扬人之恶也。为人之子，勿以己为高；为人之臣，勿以己为上。望汝切记。"意思是说，不要诽谤别人，也不要过分夸奖别人，不要自傲。

老子送孔子至黄河岸边，孔子望着滔滔河水，像万马奔腾，气势飞扬，不由感慨道："逝者如斯夫，不舍昼夜！"感叹人生苦短，如江河奔腾不知何往，人生匆匆也不知何归。

老子说："你应该学习水德。上善若水，水善利万物而不争，处众人之所恶，此乃谦下之德也；……此乃柔德也；故柔之胜刚，弱之胜强坚。因其无有，故能入于无间。由此可知不言之教、无为之益也。"

孔子大悟，人生最高标准的善具有水一样的品格，水的品格是"利万物而不争"，人的各种行为若能像水那样，方能取得良好的效果。人只有以柔弱自处，忍辱负重，才能立于不败之地。

孔子感激老子一番教诲："先生之言，出自肺腑，弟子深受教益，我当终生不忘。"说完向老子拜别，与南宫敬叔上车，依依惜别而回归鲁国。

回来后孔子三日不言。弟子问曰："夫子见老聃，亦将何规哉？"孔子曰："吾乃今于是乎见龙。龙，合而成体，散而成章，乘乎云气而养乎阴阳……"

孔子对弟子感叹道："朝闻道，夕死可矣！"

老子守静，茕茕孑立，踽踽独行。他骑一青牛，孤独地行走在夕阳中。

孔子从众，乘牛车，疲于奔波在诸侯之间，四处宣扬自己的治国理念。

老子生活潇洒，不求闻达于世；

孔子宵衣旰食，孜孜矻矻，到处求官。

老子哲学的精髓是"道"。

孔子思想的核心是"礼"。

老子避世。

孔子出世。

老子是浪漫主义的鼻祖。

孔子是现实主义的先哲。

老子哲学的继承者，代表人物是庄子，后人称"老庄"。

孔子思想的发扬者，代表人物是孟轲，后人则称"孔孟"。

老子成为思维敏捷、聪慧、渊博、才智的象征。

孔子则成为保守、固执、循规蹈矩，用自己制造的枷锁来制约自己的代表。

老子是智者，智者乐水。

孔子是仁者，仁者乐山。

江南是老子智慧腾飞的天空。

北国是孔子灵感奔驰的大地。

《道德经》告诉人们为什么这样做事。

《论语》告诉世人该怎样做事。

对世界的阐释，显然孔子不及老子深厚博大，老子阐释世界自然发展的规律，阐述了人类社会发展规律，老子给世界深情而生动的解释。

自汉武帝时代，董仲舒向皇帝上谏："罢黜百家，独尊儒术。"武帝纳谏，将孔子学说视为治国之道，驭民之术。这一下，光辉了儒家思想，孔子的地位与日俱增，尊孔祭孔成为时尚，半部《论语》成为统治者治国理政教民的圭臬。历代帝王对孔子不断追封加冕。孔子被誉为"天纵之圣""天之木铎"，圣人、至圣、至圣先师、万世师表、文宣皇帝、文宣王，一顶顶高帽摞上去，孔子成了他们的神。

恰恰相反，老子的哲学变得黯淡，成为山野之人信奉的道教。孔子居庙堂之高，老子则处江湖之远，荒山野岭，破庙陋观，烟火萧条，信徒伶仃。

两千年来冷淡了老子。

两千年来捧热了孔子。

但是道家哲学被更多的社会精英接受、宣传。《周易》中说，"刚柔交错，天文也。文明以止，人文也。观乎天文，以察时变；观乎人文，以化成天下。"

老子的道家哲学，与水有密不可分的内在联系："上善若水。水善利万物而不争，处众人之所恶，故几于道""天下柔弱莫过于水，而攻坚强者莫之能胜，以其无以易之"……

道家以道论宇宙起源，以道论德，以道论证。《周易》还说："天地之大德曰生。"万物生生不息，也死死不息，但生亦自然，死亦自然。宇宙即时空，时空即宇宙。古人云："四方上下曰宇，往古来今曰宙。"

老子的道是讲生生之源。关于宇宙的起源，古希腊先哲们，以人格神交出了答卷。古希腊的哲学家泰勒斯认为"水"为第一元素；中华先贤则以为世界由阴阳两种元素组成，两条黑白鱼日夜流转就构成了自然之道，老子说："道生一，一生二，二生三，三生万物。"道是自然之道，非"人格神"，上天就反对人的发明创造，例如反对人用无花果叶子造裙子，反对人造通天塔。而"道"却启发人类创造、发明、创新。

道在万物中；

道在卦象中；

道在数中；

道在举一反万的哲学中。

道为自然之道，涵盖了自然哲理。

孔子一生不得志，一生不顺当，曾受困于陈蔡之间，那时正遇到楚国攻陈。两个诸侯国打得热火朝天，孔子困于此，绝粮七日，只能吃野菜，连他最得意的门生子贡、子路都熬不住了，孔子却在那里弹琴。如此山穷水尽，可谓穷矣！孔子却说："君子达于道之谓达，穷于道之谓穷。今丘也拘仁义之道，以遭乱世之患，其所也，何穷之谓？故内省而不疚于道，临难而不失其德。大寒既至，霜雪既降，吾是以知松柏之茂也……"

那意思是说，人生最艰难困苦之时，仍然把坚持真理放在头等位置。这是一种精神高度。

孔子在这里口口声声说到"道"，其实就是老子的人生之"道"，是人类生命的自然规律。人生必经磨难，方成对命运的认知，这里蕴含着生命的哀乐，也是特有的文化原型。以弱胜强，以静致远，人生静时、弱时，正是积聚崛起之时！

有了老子、孔子、庄子、孟子，有了苏格拉底，有了释迦牟尼，有了耶稣，这是时代的轴心。如果失去了他们，中国历史，世界历史将是什么样子？人类社会将混沌到何等程度？这些精神的导师，伟大的天才，人类的巨子，是我们的精神领袖啊！

这些人都是仰望星空、心怀远方之人。一个民族缺乏这种高远之人，这个民族就没有希望。在那个"礼乐崩坏"的乱世，面对着腥风血雨，人命如草芥的社会现实，他们仍然孜孜以求，高举着火把，像狮子一样奔突在黑暗的旷野，给社会以光亮。他们冷傲中有着宽阔的预想，渺小中蕴含着宏阔，卑微中又心怀巍峨。他们是思想者、智者，是人类精神的敲门者，是盗取天火的普罗米修斯，有了他们才有了中国文化的博大精深，才有了世界历史的丰富和壮丽。

老子主张的"无为",并不是"不为",而与"无为"对立的"有为",就是违反万物之自然天性的强为、妄为。我们曾整天大喊大叫"向自然进军",战胜自然,实际上否定了"天人合一"的大哲理。老子的信徒庄子解释得更生动、清晰,《庄子·秋水》:"牛马四足,是谓天;落马首,穿牛鼻,是谓人。故曰:无以人灭天,无以故灭命……"是不要因人自己的需要去毁坏自然界的自然天性,应以天为师,顺应自然。

有资料介绍:1987年《纽约时报》评选古今十大作家,老子名列榜首,老子的《道德经》穿越三千年历史,仍然影响着当今世界人们的思想和行为,启发人类正确处理人与自然生态的关系。伟大的哲学家老子是长江流域天地之精华,是上苍赐予人类的智慧巨子。"道法自然"像一轮精神的太阳照耀着人类的灵魂——自然生态法则,对自然生态持敬畏感,不能违反自然生态的"自然"本性。

《论语》带着黄河流域泥土的芳香。

《老子》飘逸着长江流水的灵气。

第三编

在太阳深处

在太阳深处

我如梦如幻走进一个陌生的世界,只见广阔的天宇有十颗太阳,太阳喷火,大地被炙烤着、蒸煮着。一片森林间的空地上,平坦的草坪上有几个人在活动着,他们烧火做饭,或用石刀切割鹿肉,有老人、女人和儿童,也有健壮的男人,一身赭红色的肌肉,蓬头垢面,野草般的长发,披散在肩头,男女只在腰间围一件草衣,裸胸、坦腹、赤足,他们大汗淋漓。老人和孩子坐在树荫下,不停地用芭蕉叶子扇着风。

这时从树林里走出一个高大健壮的男子,古铜色的皮肤,赤褐色的脸膛,勇武、健壮、肌腱突凸,一种雄性的力量汹涌澎湃地展示出来。他从后背上取下弓箭,箭搭上弦,瞄准天空的太阳。那是颗最大最亮的火团,光芒四射,围绕它的是一圈淡蓝色的光晕,环绕它的还有九颗行星,像孩子围着母亲打转,那九颗小太阳也光亮耀目。

大汉用力张弓,弦上的神箭嗖嗖地向天宇飞去,呼啸声震耳欲聋,转瞬间,一颗太阳落进密林不见了踪影,接着大汉射出第二支箭神,第三支、第四支……连续射出,天空只剩下那颗最大最亮的太阳——那是太阳之母。大汉运足力气还要射出最后一支神箭,一位老人走过来抓住他的手脖子:"壮士留情,她的九个儿子都被你杀了,这颗太阳之母,人间还是需要的,你要天地一团黑暗吗?"

大汉放下弓箭,和老人去了。这天宇不知绵延了几千几万光年,顿时出现清丽明媚的韵律,又像雷雨过后的闪电照亮世界,大地出现无比壮观的景色,田野的葱绿,高山的雄浑,森林的苍郁,河流的奔腾,鸟雀的歌声,群兽的奔跃,鱼虾自由自在游弋,天空和大地呈现出一种天平般的匀称、平等、和谐。

这是我在三星堆博物馆影视厅里看到的画面,那是人类生活的扉页。后羿射日的故事演绎得鲜活动人。接着又看到另一个大汉同样的高大、伟岸、健壮、黝黑的皮肤、丰茂的长发,一双大得出奇的脚掌,飞过高山,跨过河流,穿越海洋,直冲天宇,追赶那颗太阳之母。

我问那位长发老汉,他是谁?干什么的?老人回答说,他是夸父,在追日。我在想,五大三粗身强力壮的夸父干什么不好,种庄稼准是一把好手,当一个青铜匠,也准是一个能工巧匠,偏偏要追赶日头,宇宙浩瀚,太阳日夜旋转不停,凭着个人力量怎能追上日头的脚步,你这样奔跑有什么意义?我真想一把拉住他,别干这种蠢事了,可是夸父已跑出亿万里之外……最终是一场悲剧,夸父渴死在一片沼泽旁,手中的神杖化为一片桃林……

我突然领悟到:这是对理想的追求,对美的追求,是不可思议的高洁的情操和人格!

不知是历史还是神话,我从影视厅出来。远古人类的生活是美的,和谐匀称的美,质朴的美!这是上帝最初赋予人间的生活之美。

希腊神话把人类的历史划分五个时代：黄金时代，白银时代，青铜时代，英雄时代，黑铁时代。人类在黄金时代时，天国的统治者是天神克罗诺斯。黄金时代的人类如同神祇一样过着无忧无虑的生活，他们没有任何苦恼，没有饥寒交迫，他们不需要任何劳动，因为他们需要的一切都会自动而来，大地会给他们提供各种果实、食物，人与人之间和平相处，他们几乎不会衰老。——我想这神话时代，即使亚当、夏娃、伏羲、女娲也是不存在的。其次是白银时代，这是人类的第二时代，宙斯已将父亲克罗诺斯赶进地狱最底层。由他自己统治着整个宇宙。白银时代的人类从小娇生惯养，衣来伸手，饭来张口，白银时代人类的寿命比黄金时代人类的寿命短多了，他们处在漫长的幼儿期，在思维上和精神上都不够成熟，当他们成长起来，一生也就所剩无几了。青铜时代是人类的第三个时代，这是很糟糕的时代，人类出现了战争，出现了杀戮，出现了青铜器，使用青铜器制作的工具，战士穿着的是青铜器制作的铠甲，甚至居住的是青铜器制造的房子。他们懂得了自私，对动物的血肉格外嗜好。青铜时代的人们具有高大伟岸的身躯，却不能避免死亡，他们居住在幽暗的森林里。

我想三星堆古蜀人正处于"青铜时代"。展厅里除了石器、金器、骨器、陶器，充满各个展柜的是大量的青铜器，大青铜立人，小青铜立人，大大小小造型奇特，想象力飞腾，那大小立人多为大眼、直鼻、方颐大耳，戴冠，穿左衽长袍，佩脚镯，这形象是古代蜀人的风貌，还是西方洋人的神采？抑或是外星人的造型？至今考古专家争论不休，莫衷一是。展品丰富，还有大量造型别致的青铜器罍、樽、盘、戈、剑、铜马、铜鹿、青铜眼型器,龙、虎、太阳形器、青铜面具、青铜树、青铜树枝树叶、青铜鸟雀,这是青铜器的世界,是青铜的方程式的解构,复杂的图形,精致的制作,是智慧的创造,灵感的结晶,既闪烁着青铜五彩缤纷的光芒,又彰显着古蜀人的聪明才智,这静穆而高贵的青铜制品,朴拙中却显出威严。古城古国古蜀人的文明的博大精深,气派的宏大豪迈,一个雄浑苍茫的青铜时代展现在今人面前。

展厅中最引人注目的是青铜神树、青铜大立人像除了有大有小,还有跪坐人物、奉璋人物、顶樽人物、人头人面像等,他们都有共同的特征,方形的脸,似人非人,似兽非兽,眼球凸出,狰狞、雄悍、怪诞。"蜀侯蚕丛,真目纵,始称王。"古书上的记载,这就是青铜立人,眼球呈凸出状,也许这是蚕丛后人心目中的古代蜀王蚕丛的形象。

那青铜神树,高达3.96米,三层,分九枝,每一条树枝栖息一只神鸟,枝丫下垂,树旁有一龙援树而上,生动而神秘。一缕古风吹来,我依稀看见神树在摇曳,神鸟在歌唱,那是蜀人灵魂的飞扬。那神树神鸟笼罩着一种义化的氛围,哲思的氤氲。那横弋的枝条是一种精神,挺拔的身躯是一种信念,那神鸟的歌声是一种情愫,我走近仿佛听到风吹树叶的窸窸窣窣声,铮铮有韵,如涛初起,如雨初降,如银瓶乍裂,如鼓瑟齐鸣,令人浮想联翩,仿佛看一个古老的氏族血脉之滥觞。那神树绿冠庞大,顶天立地,仪态万方,那是一个古老氏族的精神图腾。我徘徊在神树前,久久留恋,虽然,铜枝铜干有点儿形销骨立之感,但那一枝一鸟,一树一世界,一鸟一乾坤,这是古代艺术和哲学的结晶。

我想象得出古蜀人生活在森林中，狩猎捕鱼，采集野果，也开始农耕生产，农耕文明之光已渗进这枝繁叶茂的森林里，但神树依然是他们敬畏的象征，这是早期的宗教观念。这神树挑战时空的风貌，伟岸挺拔的雄姿，剪裁春秋，傲视风霜，都在昭示着至刚、至烈、至美的精神，它活了六七千岁，它是一尊有生命的神。

那青铜立人是镇馆之宝，高大铜人像2.62米，是巨人，是尼采所说的"超人"，若是今人，怕是创吉尼斯世界纪录。这是旷世神品。广阔的精神空间，极尽夸张的浪漫主义想象，那是古蜀人心中的偶像，似人似神，又似仙又似妖，既让众人敬畏，又让世人迷惘。

我眼前仿佛出现了一个场景，一位须发皓白的老者，用手撕下一块块烤熟的香喷喷的鹿肉分给众人，一边用简单的话语咿咿呀呀说着，含混不清，还需借助眼神和手势。

这是一种神秘的语言，

星光，"还未来得及镀亮它的词根"。

我静穆地伫立青铜人像面前，只听见——

岁月一层一层被剥落，

但一尊尊雕塑依然坚硬如初，

这就是历史，它的根深深地扎在这片土地上。

虽显苍老，灵魂却依旧鲜艳。

这使我想起欧洲雕塑大师奥古斯特·罗丹的代表作品《青铜时代》，这一尊高大伟岸的青年士兵的雕像，赤身裸体，强健的体魄，发达的肌肉，坚强的骨骼，轮廓鲜明，形象生动，但是士兵神色忧郁，一手抚头，好像心事重重的样子，这是作者十八个月的匠心之作，罗丹以年轻男子裸体形象象征了远古时代人类的觉醒。

由此，我想到希腊神话传说中的人类黄金时代、白银时代纯粹处在蒙昧状态，像婴儿在梦呓中，在熟睡。青铜时代的大幕拉开了，人类从深山密林里走出来，奔赴阳光明媚的历史舞台。

以后人类进入英雄时代。生活在这个时代的人类都是神祇的后裔，他们比以前人类更高尚、更富有创造力，他们英勇、正直、是半人半神，但他们不能避免战争和痛苦，他们多数人都在战争中为荣誉、为信仰、为集团或者为国家而献身。他们的英魂始终为活着的人们所敬仰。

我走近青铜神人，想和他说几句话，他缄默不语，嘴角紧闭，纵目辐射出一道冷冷的光，我想与他握握手，他却不理睬。身板挺直，神色肃穆。我们初次相识，却横穿几千年的光阴，这是缘。你认识我，知道我在北方晾晒的衣物，知道我夜间伏案写作的身影，知道我晨梦醒来第一缕相思；我认识你真是惊喜、惊愕，还有想伸出手画一个大大的问号……你，沉默不语，纵目竖眉，是睥睨时间的荒诞，还是嘲弄沧桑的变幻？你是神，是远古蜀人物化的灵魂。

展厅里文物很多，除了大量的生活用品，还有纷繁多样的生产用具，难以细述。我从一个展室走进另一个展室，无论陶器、石器、骨器、玉器，还是大量的青铜制品，这里展示着一个古老氏族沸腾的生活，歌舞、哭、笑、男情女爱，天伦之乐的幸福，狩猎丰获的兴奋，五谷丰登的喜悦。十月，正是闪亮的季节，丰硕的果实，凝重的稻穗，空气里弥漫着成熟的芬芳。我看那陶罐，眼前幻化出一个画面：陶罐下火苗燃烧了，跳跃着，嚣张着，像长长的鲜红的舌头，饥渴地舔舐着陶罐，使人想起这就是劳作、爱情、家庭。

这是一个太阳部落的热气腾腾的生活。这个曾经燃烧着生命和激情、充满着美好向往的氏族部落，怎么突然走出了历史，迷失在茫茫的时空里，失联了，失踪了，再不见高大伟岸的身影，再也听不到鸟的歌唱，大人孩子的笑声……他们走得无影无踪，任谁都唤不回来。

一缕金风带着浓郁的秋意，从门口吹进来，我觉得那青铜神树，也摇曳晃动起来，飒飒的声韵是青铜树的呢喃，是神鸟的鸣唱，还有泥土升华为陶罐燃烧时的毕剥声，这是远古蜀人的灵魂之声——一个古民族用结满厚茧的双手推开沉重的历史帷幕，走到前台，他们的崛起和表演，伴着时间蜿蜒而来，这是蚕丛的祖先，是渔凫的前辈，居住在岷江岸畔，岷江的流水孕育了他们，他们和古老的黄河文化同庚。

丹青的沧桑

一

行驶在古丝绸之路，不时会遇到一座座佛寺洞窟。西安的名寺古刹已引起游人精神上的亢奋，天水的麦积山洞窟群，举世闻名的敦煌莫高窟，敦煌东西千佛洞、深藏祁连山深处的榆林窟、以及新疆大地的龟兹庞大的洞窟群、克孜尔千佛洞等数以百计大大小小的洞窟，已形成蔚为壮观的景象。洞窟中彩塑众佛，千壁丹青，斑斓多彩的壁画，千姿百态的卧佛、坐佛、立佛，着色艳丽、色彩明目，这是一曲宏伟的色彩与线条的乐章，气势磅礴地奏响在荒原大漠、莽莽大野、巍巍山崖。艺术的巨流涌动着、激溅着、澎湃着，使寂寞的古道有了情感的喧哗，孤独中有了精神的抚慰，古老的民族的智慧得到升华。

这些彩塑和壁画历经千年，色彩依然鲜艳，沉郁的蓝色，庄重的红色和高贵的金黄色，依然焕发着夺目的光彩，旖旎明丽，让人遐想万千。

这些作品艺术风格，都受到早期佛教圣地巴米扬和犍陀罗的影响，也受到古希腊艺术风格熏染。色彩的浓淡，线条的粗细，或写意，或素描，或泼彩，最纯粹的造型，海绿色或赤褐色的壁画、塑像，都横亘千古，历经沧桑，只要轻轻拂去浮尘，依然鲜艳如初，栩栩如生，展露出神与物游的想象，宣示佛祖心灵的风采，"既有印度佛宗的寻幽探秘，又有中原大地的生命特质与深度"。

宗教是艺术的保护神。

艺术是宗教的宣讲者。

立佛像，供人参拜，绘壁画，宣传佛教教义。因为佛教经典庞杂，佛徒信众无法全部阅读，弄明白其意，用壁画的形式反映佛教内容，将佛法通俗化、简约化，使信徒更易理解。

走进荒山，面对层层叠叠的洞窟。无论完整的或是倾圮的，即使化为废墟，都会激起我对历史感的燃烧，一种探寻历史的欲望在涌动。

壁画题材十分丰富，释迦牟尼像寺寺必有，菩萨像也遍布洞窟，还有佛祖涅槃、佛徒千幅、四象图、天龙八部、飞天、天宫乐伎、本生故事、因缘故事、佛教故事、经变图、动物画、山水画、装饰画、供养画等等。佛教经典告诫信众：凡人必须经过布施、持戒、忍辱、精进禅定、智慧等六种途经才能成佛。在莫高窟、榆林窟、龟兹千佛洞窟，我饱览了佛陀、菩萨、比丘、护法诸神生动形象的塑像，和丰富多彩色彩绚丽的壁画，气势磅礴，气象万千，是造型艺术和绘画艺术的协奏曲，是线条和色彩的"九部乐章"。墨蓝色的厚重，赤褐色的沉郁，棕色的古朴，金黄色的尊贵，色彩在这里给人以辽远、深阔的意境，那线条流畅、飘逸，像西域大地起伏跌宕的旋律，又如流云般潇洒。色彩浓淡枯涩，是视觉艺术的表现形式，不仅是美的张扬，还蕴含着宗教文化的幽深，思维的深邃达到那个时代中国绘画艺术的高峰。唐代的菩萨艺术风格更趋于成熟，他在静默中倾听众人的诉求，同时他在沉默中倾听众人的诉求，同时他在沉默中答应，由男性过渡到女性。

有的菩萨头戴华丽的冠饰，身着薄纱和短裙，上半身裸露，丰腴的臂膀，丰满的前胸，白皙的皮肤，轻扭腰肢的身态，面带微笑，口含春色，实际上成了唐仕女的化身。至于她耳朵上的饰品，胸前的项链，都是印度、波斯的舶来品，既有西域的化装术，又渗透中国绘画的元素，体现出东西方文化结合的创造魅力。这些雕塑是线条和色彩的组装，是色彩和线条的协奏曲，壮观、大气，又不乏细腻、婉丽，使人顿感盛唐之风扑面而来——华美、丰腴、舒放，这是唐代艺术家的崇高理想和精神追求。

唐代的敦煌莫高窟壁画，又是唐代文化生活的集中体现。唐代的佛学艺术家，用艺术形象，描绘他们心中的极乐世界：重楼叠阁，乐池舞榭，华树莲花，祥鸟妙音。衬托着蓝天绿波，更展示着一代艺术家富有的精神世界。在这里有大大小小、造型各异的佛、菩萨、飞天、乐伎，他们和睦相处，欢聚一堂，正是人们追求安宁、祥和、愉快、美满心灵的向往。

至于涅槃像，即圆寂、灭度，原意是火的熄灭，风的吹散。涅槃是一种超越时空，超越经验，超越苦难，进入一种不可思议的"常乐我净"的境界，是永恒的幸福，是"静"和"净"的极致。我在张掖看到的大佛卧像，色彩艳丽，似睡非睡，像是涅槃状态。神态静穆，情态安详。

菩萨虽然已到达了涅槃的境界，却仍然留在人间，帮助众人超度到这个境界。菩萨沉默不语，在静默中倾听世界的声音。

　　古希腊对艺术与自然的关系的观念，被进一步发展为艺术与人的精神关系的认识。希腊化佛教传统的独特风格，就是色彩十分强烈。美国学者戈登·华尔纳看到敦煌彩绘和壁画，感慨道："虔诚的人们把他们心目中的神以壮丽的景象描绘在那些墙壁上，这些神或缓缓地走在行进的行列中，或安静地坐在盛开的莲花上，或举手保佑人类，或冥想、或深深地陷入无思想的涅槃中。"这是个文物盗窃犯，他竟然当着王圆箓的面，"把一尊单腿跪地、传神的手紧握胸前，显出崇拜神态的塑像"，从基座上撬下来，用丝巾拂掉灰尘后，塑像身上露出鲜艳的蓝色、深红色和金色，脸颊的颜色则鲜艳夺目，他装箱打包，准备带到美国。

　　看到这满壁丹青，满室彩塑，不仅饱赏艺术的美、整体美、对称美、对比美、平衡美、重复美、动律美，而且开阔了视野，洞深了思想，从死亡中体会到生，从宿命中体会到偶然，从烦恼中体会到清静，从孤独中体会到群聚，从摇曳中体会到稳定，从浮躁中体会到淡定。那艺术的精灵，艺术的美，抚慰了远在天涯断肠人的孤凄情怀。

　　千年的雕凿，千年的绘画，持续千年的文化工程，千工百慧，一代一代前赴后继，呕心沥血，兀兀不休地劳作在瀚海荒山深处，奏响一曲宏大的艺术乐章。

　　人啊，一旦精神有了皈依，什么惊天动地的大事干不成啊？僧侣们的冥思苦想，画匠们的沸腾的激情和丰富的想象力，工匠们汗雨纷飞的劳作，都凝聚在那色彩和线条上了，处处闪耀着他们的智慧的光芒。东西文化的河流在这里交汇，溅起睿智的浪花，激起情感的漩涡，腾起艺术卓越的浪峰，荒茫的大野便绽放出智慧花卉，古老的民族精神不再枯涩。鲜亮的壁画和彩绘，减缩了旷野的疏阔，击破了暗森森的孤寂。

飞天超越了佛教和世俗，经过漫长的抽象和升华，不再是一种文化的艺术形象，而是多种文化的复合体。

唐代飞天已达到一种至美境界。

在榆林石窟，在敦煌莫高窟，我看到那一幅幅壁画，画幅不大，但线条清晰流畅，带着大唐时代的飘逸、洒脱和发自艺术家心灵深处的大气，笔迹圆润，轻重疏密，和谐华严。飞天乐伎轻飞曼舞的形象，春波般曼妙的衣褶，流云般轻盈的身姿，载歌载舞，婀娜清丽，沉静舒雅，她们是人是神？那是一个诗意葱茏、又是线条饱满、色彩调匀得铿锵灿烂的时代，又是拓边阔疆，意志昂扬的大时代。

飞天画像，那是线条和色彩的圆舞曲。飘动流畅的线条，轻盈清华若在云中飞翔的身姿，走近，依稀听到衣服与空气摩擦产生的窸窣声，虽风致嫣然，并无轻薄浮艳之气。微微的收腹，舒展的腰肢，在柔和轻软的曲线结构中呈现出的头部、胸、腿的动态，是纤柔的若飞若舞，若滑移，或游弋，节奏优美，曲线有致，极富有动感。

"从来天意高难问。"我没有膜拜佛陀的激情，望着那轻轻翔动的飞天，心中却涌动着一种诗情。这幽暗的洞窟，因为有了你才这样明媚；暗夜沉沉，是你灿烂的笑容，明亮的目光，驱走千年的幽暗；你撒下的花瓣，已化为胡杨、苜蓿、马兰、山丹。西北高原的天空，一片五彩祥云。这佛窟弥漫着浓浓的诗意。

飞天，在佛教中被称为"香音神"，传说，她们生活在"西天极乐世界"，天宫楼阁，是天宫的乐伎、舞伎，是音乐和美的精灵。她们手持乐器，或手撒花瓣，就是向人间播撒幸福、祥和的爱。

她们是天使。天花纷纷落了一地，让我们一一捡拾起来，编织友谊的花环，经济文化交流的纽带。

敦煌四百九十二窟，窟窟有飞天，多达四千五百身。我感觉印度的飞天和中国的嫦娥似乎有着血缘关系，都有超脱尘世的理念，她们精神的潜力和理想的追求，受到现实的制约，于是寄托于宗教，寄托于神话虚幻的世界。飞天不仅仅是身体远离人间的龌龊，进入美轮美奂的境界，更是精神和灵魂的升华。

我在敦煌莫高窟看到一幅"天宫乐伎图"，一群飞天，手持不同乐器：五弦、阮咸、箜篌、横笛、笙簧、排箫——实际上是艺术家把现实的歌舞笙吹欢腾的场面搬到另一个世界，丰富的想象，精妙的构思，娴熟的技法，诗意的线条，把美定格在壁画上。飞天们舞动的璎珞彩带，击掌的动作，扭动的腰肢，传神的眉眼，都有强烈的动感，浓郁的生命气息，动静有致的韵律，实际是艺术家们把西域歌舞的现实场面搬到天宫，在优美和飘逸中展现佛界中的宁静、温馨、平和、温良、文雅。这是人类精神追求至善至美的境界。

在莫高窟、榆林窟、龟兹窟，那菩萨像、佛陀像，更多人情味，那是唐代泥塑和画像，更接近现代人。千佛千姿，或微笑、或悒悷、或开朗、或淡定。菩萨大都呈现出或喜悦，或微笑，或静穆，慈眉善目，流溢着娴雅柔和之气，流畅的线条，飘动的衣褶，似乎能看到鲜活的血肉，那菩萨大多是眉目低垂，眼睛朝下，一幅体贴下情，关注众生的慈祥神态。

在一个洞窟里，四壁全是佛陀画像，密密麻麻，整齐划一，像小学生列队而排。洞窟很静，只有我一人在浏览、阅读。我贴近壁画似乎听见画上两个小沙弥在交头接耳说悄悄话，大一点儿的圆脸，小一点儿的长脸，都是一脸的平和、虔诚：

甲：看你老是打哈欠，夜里是没睡好觉？

乙：我做了个梦，梦见俺娘死了，醒来再也睡不着了。

甲：不是死。是涅槃。她老人家被西天佛祖接去了。那里是极乐世界。

乙：极乐世界没有悲伤吗？

甲：没有悲苦，没有贫困，只有安乐幸福，那里遍地鲜花，仙果累累，山清水秀，满树生辉，一片吉祥、光明，怕这时你母亲正陪着文殊菩萨游历须弥山呢！

乙：我死后能见到俺娘吗？

甲：能，以后不要说死呀亡的，涅槃。我们涅槃后都能到西天见到亲人，见到佛祖，你上课时没听师傅讲过吗？好好修行吧！

乙：是。

我离开壁画，那两个小沙弥顿时哑言无语，那大一点儿的小沙弥还努努鼻子，逗得我真想笑。

新疆壁画不同敦煌莫高窟的还有一大特色，那就是多菱角形风格，不用斜线，而是起伏跌宕须弥山形曲线，显示灵性、活跃，那色彩的变化，明暗的结合，更引起人们心中一种深度变化的印象。这许多犍陀罗的圆和菱形方格构成西域艺术鲜明特色。线条的奔放、圆和菱形的庄重、肃穆、坚实、集中，极其和谐地绘就了佛祖的圣迹，佛陀、比丘、菩萨、飞天和各种护法神诸人物，佛本故事。奇异的花木，怪诞的飞禽走兽，梦幻般的深远意境，神奇迷蒙的色彩，那线条，那色彩有一种装饰性，更有一种神秘性，给人一种"懔懔若对神明"的感觉。

我沿着丝绸之路一路西去，武威、张掖、酒泉、嘉峪关、敦煌、库车、喀什，其间又经过高昌故城、交河故城、吐鲁番哈密，听听这些名字，本身就是历史，就是故事，还有流沙河、火焰山、高老庄、晒经台、牛魔王洞、女儿国，这些都是《西游记》故事发生地。大西北天广地阔，人烟稀少，正是盛产神话传说和宗教文化的地域。宏大的叙事和浓郁的宗教色彩，必须有广袤的土地来哺育。物质越是贫乏，精神越是葱郁；生活越枯涩，宗教越兴旺。苦涩的激情，浪漫的想象，文明对洪荒的对峙，精神对空旷的对峙，使得这一路寺庙林立、洞窟重重，佛像千尊，丹青千壁，从荒漠深处到大山皱褶，从繁华的小城到被时代抛弃的乡村，他们凿窟造庙，写经画壁，不是一时的兴趣，而是一种精神追求，生活在死亡边缘的人们，更需要宗教保护神，他们的宗教情感更强烈。

"丝绸之路"这个名字是德国学者地理学家巴龙·冯·李希霍芬命名的，他是瑞典探险家斯文·赫定的导师。这个美丽的名字，能激起许多人的热情和辽阔的想象。丝绸之路也是文化之路，宗教艺术之路。随着物质的交流，印度犍陀罗艺术，希腊古风时期的雕塑和绘画艺术也源源传播开来。"水长山远路多花"（宗泽诗），那千窟彩塑，千壁丹青，不是开放在这丝绸之路上的斑斓的艺术之花吗？不老的艺术，不衰的丹青！

一个丢失历史的王朝

一

这个王朝也太大大咧咧了，怎么好端端地把自己的历史弄丢了呢？一个那么雄悍、充满激情、燃烧着生命烈火的民族怎么一下子就无踪无影地消失了呢？李继迁、李德明、李元昊祖孙三代扯旗放炮与大宋朝斗了一百多年，怎么他们的子孙就稀里糊涂地被蒙元大军杀了个精光？太熊包了！

我对党项族还是很钦佩的，剽悍、顽强、坚忍，让北宋名臣范仲淹都大伤脑筋，无可奈何……可是他们的子孙却没有斗过成吉思汗，让人家来了个血洗中兴府，满街满巷滚动着被蒙古人用弯刀砍下的一颗颗鲜血淋漓的头颅。最后，又一把火把皇宫烧成灰烬！连李氏皇陵也被破坏得一塌糊涂！

这是一个民族的大劫大难。

这是一场灭绝种族的大劫大难。

我来到贺兰山下，看到几座陵塔孤零零地矗立在戈壁滩上，没有松柏鲜花相伴，没有阙门殿庑相衬，一片苍凉，一片悲壮。

初冬的阳光用冷色调涂抹在夯土陵塔上，颇带寒意的朔风扬起沙尘在陵前低吟徘徊，旋律忧郁而悲伤。陵园里很静，没有游人，连管理陵园的工作人员也不见身影。

我独自在陵园里走来走去。陵塔的背后是逶迤跌宕苍茫雄浑的贺兰山。冬天的贺兰山面色铁青，瘦骨嶙峋，赤裸裸的黑黢黢的岩石屹立着，凸兀着，展示着一种坚韧和冷漠，和这陵塔倒也和谐，都有共同的性格——那种至刚至烈的不屈和顽强。风雨千年，沧桑千年，礁石般凸现在历史的海平面上，炫耀着一个王朝不死的灵魂，不灭的骨气。

西夏王朝，从建国到灭亡，历经一百八十九年的历史，它曾有自己的辉煌和梦幻，有着独特的生存方式和独特的文化，近二百年的历史最终只铸就了这几座用黄土堆砌的陵塔。

我去拜谒西夏王朝陵塔，是乘"摩的"去的。经过整修的柏油路，油汪汪的，很干净。路两旁是被那位文学大师礼赞过的白杨树，挺拔、高峻。这种大西北的树在干旱亢躁的土地上顽强地生长，真像大西北的汉子一样。

陵墓前的殿庑，门楼都荡然无存了，只留下柱础和八百多年前的方砖，还有四尊雕塑——浓眉、突眼、丰乳、双足踞地的力士像，驮着石碑或廊柱的石雕。那方砖花纹，别具一格，厚重、古拙，如果用石块敲一敲，那声音准是苍凉的，悲壮的。墓前的石羊、石马、石骆驼也已荡然无存。

西夏王陵共有九座，陪葬墓二百余座。西夏王朝历经了九代帝王。皇家陵园建造于公元 11 世纪初至 13 世纪初，每座陵园大体坐北朝南，呈南北长方形，陵园从南到北依次为：阙台、碑亭、月城、内城、外城、角台。内城中有献殿，鱼脊状墓道，陵台。陵台呈塔状,所以被称为"中国金字塔",高度在 15 米以上。

西夏王陵默默地矗立于贺兰山下的戈壁荒野中,默默地穿越时空,坚定地伫立在岁月的高深之处,荒败、残缺、断碑、颓壁、废垣是这里永恒的主题,命运成全了它的存在,也把它交给了命运和时间。只有夏天的烈日,冬天的朔风和漠漠雨雪相伴,孤独、寂寞、凄凉。

我用手触摸那坚实的黄土,像是触摸到历史的一个穴位。从那冰冷的夯土和被风剥雨蚀的纹沟里,我依然读到一个王朝奔腾的血脉,风操凛凛的气节。这陵塔仍然有一种宁静的力度,沉默的力量,虽然伤痕累累,仍不减傲视风云的雄气、霸气。

历史就是否定,就是淘汰。历史就像一张巨大的筛子,把一些血肉鲜活的细节筛去,留下一些有标题或无标题的硬邦邦的故事梗概,而西夏这个坚硬的与宋王朝抗争了一百多年、与金作过战,被横扫欧亚大陆、不可一世的成吉思汗六次才攻陷皇都的一代王朝,的确不应该"筛去"。偏偏一部浩浩荡荡的二十五史,就没有西夏王朝的专史。

一个丢失历史的王朝是可悲、可叹的,也是很尴尬的。

二

走进宁夏,晋谒西夏王陵,不能不想起另一个"大夏"——匈奴贵族最后一个单于赫连勃勃建立的王朝。在黄河流经的这片土地上,有着斑驳的色彩,既有稻花飘香的江南流韵,又有天苍苍野茫茫的塞北风光。这里最早是羌人的摇篮,浪漫而剽悍的羌人、鲜卑人、匈奴、突厥、党项族、蒙古族……鲜花和牧歌、骏马和烈酒伴随着这些游牧民族生生不息,从一个朝代走向另一个朝代。

匈奴末代单于赫连勃勃是成吉思汗式的军事家、扩张主义者。他凭着数十万铁骑,横征竖伐,东拼西杀,马蹄激起滚滚烟尘,杀声震悚山野。在血流如注、地崩天坼的征战中,他的疆域扩展到今陕西秦岭以北,内蒙古河套地区,山西太原、临汾,西南至甘肃南部,形成北方一个强大的帝国。它的首府是"统万城"——意思是统一天下,君临万邦。

游牧民族干什么都是大手笔,大气度,大襟怀,没有一点小家子气,成吉思汗就被称为"天可汗""一代天骄",名副其实。他们历来以征服天下为己任。在他们浩茫的大脑里,从来没有囿于一地为家园的概念,凡战马奔驰所至,都将囊括己怀。一道古墙难道能阻止他们膨胀的欲望,躁动的灵魂,狂妄的野心吗?赫连勃勃活跃的时期,正是华夏大地进入史称"五胡十六国"大分裂、大动荡的年代。这个时期属于赫连勃勃的时代,是烽火、狼烟、杀伐、呐喊、呼啸的时代,是乱世英雄,热血亢奋,激情如火的时代……农耕文明龟缩在江南,在垂杨细柳下瑟瑟发抖,而游牧文化却趾高气扬,杀气干云。

赫连勃勃选择了黄土高原一隅,建立自己的都邑——统万城,这是一座显赫繁华了五百年的帝都。

晋书上曾生动地描绘了这位末代单于的形象:身高八尺五寸,腰带十围,性辩慧,美风仪。还说他,雄略过人,而天性不仁,贪暴。也就是说他是个体态魁伟、风流倜傥、聪慧而残暴的家伙。据说,赫连勃勃下令营建统万城,筑城的土都是用米汤和羊血搅拌而成。指挥造城的大臣、总工程师叫比干阿利，这小子既有建筑师的头脑，又有刽子手的狠毒。每筑一段城垣，必定命人用铁钉锥之，凡锥不进去者有奖，锥进一寸，即杀工匠，而后拆掉重筑，连人筑进墙里。

公元418年，赫连勃勃发兵南下，一举夺下长安，正式即帝位。冬十月，委太子赫连璝为大将军镇守长安，自己则挥师北归刚刚竣工的京都统万城。风风雨雨，喊喊杀杀六百多年，历史一页页翻过去，翻过南北朝，翻过隋唐，翻过五代，到宋王朝这一章，这片骚动不安烽火狼烟弥漫的土地上，出现了一个西夏王朝。1038年党项族李继迁的孙子李元昊，在这里建国称帝，国号大夏。而历史却给命名为西夏，党项族李氏据夏州建西夏王朝，统万城又是西夏的发祥地。大夏而西夏也就终于有了宁夏。

三

西夏政权是党项族建的。居住在夏州（今陕西横山）的平夏部酋长拓跋思恭率军参加镇压黄巢起义，被唐僖宗封为夏国公，并赐姓李。据有河套以南，夏、银、绥、宥、静五州。唐朝灭亡后，经过纷乱的五代时期，大宋王朝奠基中原，这时党项族的首领李继迁的割据势力对宋朝造成很大威胁，到了1032年，李继迁的儿子李德明病故，孙子李元昊继位，这时西夏已控制了"东尽黄河，西界玉门，前接萧关，北控大漠，地方万余里"。1038年，李元昊正式称帝，建都兴庆府。

党项族是一个强悍的民族，国内处处是战场，人人为士兵，年年沙场秋点兵。他们过着半农半牧的生活，人人善战，平时种田也身带弓箭，一旦战事爆发，男女老少全族人上战场。连妇女都是他们重要的武装力量，战争爆发后，她们不仅是后勤保障，而且人人能上战场，杀人、放火、抢掠，疯狂丝毫不亚于男人。按照党项族的习俗，女人践踏焚烧过的地方再也不能旺盛、发达，所以，女兵成了重要的兵力。夏军出征，常常是男女老少，拔帐而起，驱赶着牛羊，声势浩大。他们作战勇猛，拔寨搴旗，所向披靡。

全民皆兵，各自为战，使党项族的男儿个个剽勇，和蒙古族一样，以杀戮为耕作，没有吃，没有穿，就到邻国去抢掠，个个打起仗来都是亡命之徒。李元昊的祖父李继迁二十岁起兵，与宋军作战长达二十二年，最后夺得军事要地宁夏的灵州（今灵武），河西走廊的凉州（今武威）。他们善射，男子汉骑马挎刀，纵横驰骋。大西北恶劣的生存环境，自幼磨砺了他们顽强的意志、剽悍的秉性，培育了他们艰苦卓绝的精神，形成一支能征惯战的铁骑。而宋军指挥不灵，运动迟缓，战线过长，兵力分散，补给线常被他们切断。李继迁的孙子李元昊建立的西夏王朝，首府就设在中兴府，即今天的银川。党项族并不是憨拙鲁莽的民族，北宋朝廷对李元昊称帝很恼火，曾下令削去帝号，赐李元昊为赵姓，但李元昊很倔强，又很灵活，得势时称帝，不得势时称王，有利时就战，不利时就和，和战交替，最后决战决胜，一百多年，弄得大宋王朝边患丛生，不得安宁。最后出现了夏、辽、宋三国对立的局面。

公元1040—1043年，北宋王朝一代名臣范仲淹就任陕西经略安抚副使，抵抗西夏侵略，驻扎在宋夏边境，对西夏军进行了大小几十次战役，但并没完全取胜，且付出很大代价，便写了那首著名的《渔家傲》:"浊酒一杯家万里,燕然未勒归无计""人不寐,将军白发征夫泪。"

这首悲凉的辞章反映了戍边将士的苦闷心情。

读罢这首词,谁眼前不出现一幅凄凉的画面?

秋天的黄昏,边塞更显得荒凉萧瑟。南归的大雁列队向远方飞去,凄厉的雁唳洒落下来,高一声,低一声,给寂寥的边塞带来更凄凉的氛围。大雁都不愿留在这里,何况戍边将士呢?悲壮的军乐和杂乱的边声,更撩拨着人的情怀。落晖脉脉,晚风悚悚,荒草离离,黄叶飘飘,孤城早早关闭城门,长烟、落日、归雁、秋风,为这凄凉的画面更添一抹悲怆的色彩,将士们只能躲进营房,喝着闷酒,思念万里之外的亲人。狡猾的西夏军不时骚扰边境,神出鬼没,像个跳蚤,抓又抓不住,打又打不死,一不小心就咬你一口,折磨得宋军战也不是,和也不是,连将军也气得白发丛生!

范仲淹不仅是一个文人,而且是一个战略家、军事家,戍守边疆,招抚边民,为大宋朝建立了功勋,当时与韩琦并称"韩范"。

范仲淹为部队建设呕心沥血,他手下也确实出现了杨文广这样杰出的军事将领。但面对李元昊的西夏军一次次大规模的进击,而宋军却不能大获全胜,从根本上消除边患,这种持久战、拉锯战,也不免使范仲淹产生悲观情绪。

这首《渔家傲》实际上是范仲淹悲观厌战情绪的流露。

康定二年(1041年),宋夏两军在好水川展开一场声势浩大的战役。李元昊并非是骄悍、凶猛的一介赳赳武夫,他机智多谋,他的国相张元也是狡黠多端之人,为取得这场战役的胜利,他们采取诱敌深入的战术,在六盘山好水川的两岸山崖埋伏十万大军。宋军部将轻敌麻痹,进入好水川峡谷,发现几个银泥盒,封闭严谨,便命士兵打开,从盒里突然飞出上百只带竹哨的鸽子,宋军莫名其妙,继续前进。而夏军却得悉了宋军的行程。鸽子本是和平、友谊、吉祥的象征,它们在《圣经》曾扮演过报悉平安的使者,而此时却充当了李元昊的"间谍"。

当宋军进入李元昊设计的陷阱中,峡谷两边的山崖上早已埋伏着李元昊十万大军,骤然间,矢镞如蝗,喊杀声如雷,宋军惊惶失措,进退两难,人马践踏,死伤过万,整个好水川血流成河,尸堆如山。

宋军彻底溃败。消息传到朝廷,满朝朱紫,一片惊骇,宋仁宗为之旰食。结果,范仲淹被贬知耀州,韩琦也被罢去陕西经略安抚副使之职,改知秦州。

好水川之战,李元昊大获全胜,也为未来宋、西夏、辽三国鼎立的局面奠定了基础。

四

从文化的角度看,党项文化是回鹘文化与汉文化的混合与杂糅,是一种生吞活剥顾不得消化的杂烩。

李元昊建国之初,雄心勃勃,争雄称霸之心很强盛。那时他才三十五岁,血气方刚,一登上帝位,便取消唐宋赐给他的李、赵姓氏,自号"嵬名氏",以怀念祖先,并下令改变与本民族相异的风俗,第一道命令便是秃发。当时党项族模仿汉族蓄发、结发,他们面相多为圆脸、大腮、高鼻、细眼、横眉,身材魁伟,气色凶悍；装束汉蕃混杂，腰间束带，佩短刀、挂包、火镰，一派"混合"品的风貌。李元昊下令"秃发""三日不从，许众共杀之"。一时间，犹如五百年后清王朝入主中原时的政令一样"留发不留头"，西夏朝官民便出现了争相"秃发"的现象——那现象现在看来很滑稽，有点像今天的日本"浪人"，但这项"秃发"工程的实施，反映出李元昊的心态，即摆脱宋王朝的制约，要独行天下，我元昊要和你老赵家分庭抗礼了！什么鸟"李"，鸟"赵"，那是你们汉族给我的姓，老子不听那一套。

李元昊绝非无所作为的皇帝，他取消汉语，汉字也不用，要自己创造西夏文字，推行民族语言。我在河西走廊武威——当年李继迁与宋王朝争夺了多年的军事要塞——看到全国唯一保存完美的"西夏碑"，远看像汉字，近看一个也不认识。他们在汉字的基础上东加一撇西加一捺，修修补补，非驴非马，比日本文字还复杂，还烦琐。西夏文字实行时间很长，前后达四百多年。由于西夏文的创造，推动了西夏文化的发展。

西夏王朝并不故步自封，见先进就学，有一种开放的气度，全国上下崇尚佛教。在宁夏大地上到处看到当年李元昊时代修建的佛塔、寺院。幽幽佛号，喃喃梵音，诵经声浪，翻腾在这片粗糙丑陋的土地上。据考古学家说，用西夏文字翻译的佛经，至今还大量地保存在国家图书馆内。

西夏王朝不仅崇尚佛教，而且还崇尚儒教，他们还翻译出大量的汉民族的经典。孔子的《论语》，孟子、老子、庄子、孙子兵法，还开设汉学，尊崇孔子，建立孔庙，祭祀孔子，尊孔子为先师。

这个半游牧半农耕的民族还有高超的建筑艺术，目前银川存留的古建筑，有些就是西夏王朝的遗存。

李元昊登上帝位后，就在中兴府大兴土木，规模宏大的城墙、宫殿、宗社、寺庙、民居、陵园、承天寺塔，贺兰山拜寺口双塔，贺兰县浓佛塔，贺兰山拜寺沟方塔，青铜峡一百零八塔……依然尚存，从那高耸的塔林中可以看出西夏建筑史的杰作。

西夏文化的发展必然推动文学艺术的兴旺，在敦煌莫高窟壁画、榆林窟西夏洞窟壁画，那精美的绘画，菩萨的娴雅、雍容，大慈大悲的佛陀的肃穆，衣褶的飘逸，眉目的清秀，色彩的浓淡，雕刻的细腻，造型比例的适中，都展示了西夏艺术的精华。

没有文化的民族就是一具僵硬的木乃伊，是文化丰腴了一个民族健康的躯体，鲜活的生命，和富有创造力的勃勃生机。

李元昊坐上龙椅后，与宋军展开了一场场声势浩大的战役。那时黄土高原，黄河岸边，河西走廊的崇山峻岭间，羽檄飞驰，战马萧萧，刀光剑影，腥风血雨，残酷的战争频频上演。

最大的战役是1040年的三川口之战，展示了李元昊的雄才大略。

三川口即延川、宜川、洛水三条河流汇合处。当时镇守三川口的是宋将军李士彬。李士彬骄横，飞扬跋扈，藐视西夏军。知己知彼，百战百胜。李元昊知道李士彬的弱点，便来了个假投降，并称赞李士彬为"铁臂将军"。这顶高帽，弄得李士彬晕晕乎乎，忘乎所以。李元昊还到处散布："闻铁臂将军名，莫不兴旺。"这样李士彬更加骄横，放松了警戒。李元昊率大军乘隙而入，迅速包围了三川口，猛烈的弓矢、炮火，打得宋军晕头转向。先来诈降的西夏兵来了个里应外合，一夜之间便攻破宋军的营寨，连李士彬也未逃脱，成了西夏兵的战俘。

接着西夏军乘胜进军延州，宋将范雍连忙牒令刘平、石元孙从庆州（今庆阳）赶来支援。援军来到三川口，已人困马乏，李元昊早就在这里设下埋伏，待援军一到，便来了一个铁壁合围，全歼了宋军万余人马。刘平、石元孙也被俘。

这一场战役结束后，李元昊喘了口气便在兴庆府大兴土木，建造宫殿，"委迤数里，亭榭台池，并极其盛"。

然而李元昊并没有逃脱悲剧的下场，竟死在宫帷的一场争风吃醋的争斗里。

李元昊本是骄悍之人，称孤之后，更加骄淫，他纳大臣没移皆山的女儿为妃，为她修宫造殿，日夜相伴，这下子却冷落了皇后野利氏。野利氏的兄弟愤愤然，不免发些牢骚，说李元昊如此贪图女色，焉能治理好国家？这话传到李元昊耳朵里，自然十分恼怒，便借机杀掉了他的大舅子。皇后遭冷遇，两个哥被杀掉，真是悲恨交加，怒火填膺，忍无可忍，便大骂李元昊，李元昊又将她打入冷宫。

当时西夏王朝的宰相名叫没藏讹庞，他一心想将与李元昊私通的妹妹所生之子立为太子，以后好大权旁落于他的手中。这是个阴谋家，为此他付出很大心血，终于如愿以偿。

太子名叫宁令哥。宰相对太子说，主上荒淫无度，大臣们敢怒而不敢言，都盼望你早日登基。于是两人密谋一番，决定行刺李元昊。时值公元1048年元月的一天，太子乘李元昊酒醉，一刀砍下李元昊的鼻子，李元昊由于伤势严重，流血不止，第二天便一命呜呼了。英雄一世的李元昊从1038年建国称帝到被刺身亡，短短的十年便结束了他的帝王之梦，死时四十五岁，正是大有作为的年纪。

阴险毒辣的宰相没藏讹庞见阴谋得逞,翻手为云,覆手为雨,立即把太子宁令哥以弑君罪,连其母亲野利氏一块杀掉,接着将刚满周岁的李谅祚立为皇上,自此没藏讹庞大权独揽,权压朝廷。

恶有恶报,这是佛家的因果轮回。讹庞也没有逃脱这一轮回。李谅祚长大亲政,一举抄斩了讹庞全家——西夏王朝绵延跌宕的历史,也有汉族朝廷祸起萧墙宫帷厮杀帝后党争的血腥画面。

五

13世纪初,黄河右岸,辽阔的蒙古草原上经过多年的厮杀、吞并,蒙古族各个部落被一个叫铁木真的年轻人统一了,于是天骄成吉思汗亮相世界战争史的舞台。这位蒙古族的天可汗叱咤风云,南征北战,东拼西杀,如飓风狂飙般横扫欧亚大陆,铁蹄所践踏之处,伏尸遍野;城化为一片废墟,这种可怕的焦土政策,使得中世纪的欧亚大陆都觳觫战栗。成吉思汗一生灭了四十多个国家。他是世界史上独一无二的战争巨人,而拿破仑比起成吉思汗只不过小巫见大巫。

成吉思汗一登上汗位就盯上了这个眼皮底下的西夏王朝,多次用兵攻打西夏,谁知这粒"酸枣核",又苦又涩又坚硬,成吉思汗的大军已兵临中兴府,却没攻下,败北而归。逼得这好战好胜的"天可汗"暂时放下这块难啃的硬骨头,先西征阿拉伯的花剌子模国,后征俄罗斯的钦察草原,把西部和北部的大大小小四十多个国家——征服后,才回到蒙古草原上,准备再度征讨西夏。

成吉思汗不愧一世豪杰,他凯旋后,连口气也来不及喘息,便用兵西夏。

这是公元1224年冬天,成吉思汗回到首府和林。此时正是金蒙对峙状态。蒙古军在西征期间就知悉,曾一度向蒙古称臣的西夏王朝,转而与金和好,乘蒙古军西征后方军力薄弱之际,竟联合金兵,夹击蒙古,使蒙古兵腹背受敌。成吉思汗闻悉,不禁大怒,不想小小西夏如此猖獗,于是消灭了俄罗斯联军后,来不及占领那广阔的土地,便掉转马头,飞驰东归。

蒙古军先攻西夏,然后灭金。

1226年,成吉思汗率大军跨过黄河,突破秦汉长城,直扑西夏的领地六盘山,在六盘山上扎下营帐,坐镇指挥这场灭夏战役。

成吉思汗是个大老粗,没有文化,脾气易激动,又暴戾,但他聪明机智,作战时相当冷静、沉着,是个天生的军事家、战略家。他四处征讨,所向披靡,攻无不克,战无不胜,对这个小小西夏曾多次用兵竟然没有取胜,怎能不怒火攻心?

此时西夏王朝的在位皇帝叫李尊顼,闻蒙古大军直逼京畿,很是害怕,便传位给儿子李德旺;李德旺还是个孩子,很懦弱,实权由大将们把持。

成吉思汗先派使者到中兴府吓唬西夏王朝,西夏的大将阿沙敢钵却不听那一套,对使者说,如果厮杀,我在贺兰山上立马恭候;要金银马匹,请你问我手里这把宝刀给不给;要我们的太子作人质,礼尚往来嘛!说完便把蒙古使者赶了出去。

成吉思汗一听使者回报，气得脸歪鼻斜，于是不顾身体有病，让人扶上战马，便率军直扑贺兰山而来。果然，西夏大军阿沙敢钵已在贺兰山做好了迎敌准备。

贺兰山缺，战马萧萧，旌旗猎猎，蒙夏两军杀声如雷，血肉迸溅，尸横山野。西夏军虽然强硬，但成吉思汗很狡猾，略使小计，竟然使西夏军损伤大半。

成吉思汗探得西夏军兵强将勇，只是国主孱弱，于是决定掉转马首，率大军先攻打其他州郡，最后攻取其首府中兴府。蒙古军先后攻下了西凉府、灵州府等地，中兴府便成了一座孤城。

成吉思汗在出征西夏途中，烈马受惊，摔伤身子，本应该好好休养一阵，但西夏朝廷不投降，这位争强好胜的大汗抱病上马，率大军同西夏军展开一场场厮杀。毕竟是六十开外的人了，第二年夏天病重了，不得不退到六盘山营地休养，谁知病情日益加重，这位杀人如麻的成吉思汗有一种死亡的预感，便通知他的儿子们赶来六盘山营帐作临终的嘱托，他躺在病榻上，上气不接下气地说："我死后，你们要秘不发丧，千万不要让西夏人知道……饭要一口口地吃，仗要一个一个地打，敌人要一个一个地消灭。要先联宋灭金，然后再兴兵灭宋，万不可同时用兵。还有，我戎马一生，竟然在这个小小西夏丧了命，我死不瞑目……一旦李睍出城投降，你们便杀进城去，与我杀个鸡犬不留！"

这位战争巨人，不可一世的军事家，留下最后一道屠城令，便结束了他壮烈的一生。

他身边的三个儿子中的窝阔台留守大营，察合台和拖雷各带一支大军，迅速包围了中兴府。

察合台和拖雷按照"既定方针"，兵临城下，西夏王朝最后一个小皇帝李睍身披白纱,手捧玉玺,开城门纳降。蒙古兵接过玉玺,便一刀削去其脑袋,接之而来如洪水猛兽般涌进城去。

一场血洗中兴府的浩劫上演了,城中不论皇胄贵戚、平民百姓,杀得血流成河,尸塞街巷,鸡犬不留,接着纵火焚烧皇宫、民居,烈焰腾腾,烟火弥漫,整个中兴府成了一片血海、火海。

《蒙古秘史》载:蒙古大军破灵州,屠众三十万;攻盐州时"免者百无一二;占领肃州,一概诛杀,无一幸免;进入中兴府,殄灭无遗"。这个以杀戮为耕作的民族,对西夏恨入骨髓,不仅灭其"形",而且灭其"神",对这个有过二百年辉煌的西夏王朝连一部专史都不准修撰。所孑遗的党项族不是融入汉族,就是沦为蒙古族的奴隶,这个剽悍、"善骑射"、"月月不虚战"的党项族从此消失了,消失得无影无踪。

六

蒙古大军对中兴府实行了"三光"政策后,并不满足,对离中兴府几十公里外的西夏王朝的祖坟——陵塔也来了个彻底毁灭。

在银川我访问了考古学家,这是位儒雅而敦厚的学者,他面目清瘦,戴着一副花镜,霜染两鬓。他谈吐温文尔雅。老先生说——

你去过王陵,你看到的只是一些土堆型陵塔。其实,当初是很豪华很有气魄的。原来的陵塔是内土外砖,高者23米,直径6米,有9层。陵台四周用砖镶裹,外涂红泥,出檐覆瓦,檐角铆以套兽,顶为八角攒尖式的宏伟壮丽的建筑物。除陵台外,陵园还有中献门、门阙、碑亭、颧台、角台等。如果能复原的话，一种恢宏的皇家陵园气派，雕梁画栋，红墙碧瓦，与中原皇陵并不逊色。

他吸了一口烟，语调冷静而又惋惜地说：

要破坏这皇家陵园，也是一个很大的工程。蒙古大军在陵区安营扎寨，先破坏群台，然后挖坑进行大规模盗掘，掠夺有实际价值和经济价值的东西，然后一把火又烧掉了地面上的建筑物，使这片宏丽的陵区变成一片废墟。

这是1227年7月的事。

然而，经过旷日持久的大规模的破坏工程后，用夯土筑的陵塔、陵台、墙基、神墙，历经八百多年风霜雨雪，依然屹立在那里，这莫不是展示了一个民族不屈的雄魂！

改朝换代，新的王朝开始后，总要对历史负责的，对前朝修史是他们责无旁贷的义务。蒙元帝国占据中原后，为宋、金、辽都修了史，秉笔直书，详略得当，但唯独不给西夏王朝修一卷史，可见这个马背上的民族，一代天骄成吉思汗的子孙对西夏的仇恨是多么深刻！这个自建国到灭亡共经历了十代皇帝，在中国西北角活跃了一百八十九年的西夏王朝，失去了自己的历史。他们创造的文字也成了今天的密码，要研究西夏王朝，只能从宋、辽、金、元的历史中剥离出星星点点斑斑驳驳的碎片，拼凑起来，才能模模糊糊看到西夏王朝的风貌。

浩浩华夏，一部多民族的历史录像带，在这里竟出现了一段空白。

这是历史的悲哀！

西夏王陵被誉为中国金字塔，但蒙古人灭掉西夏王朝，并非像马其顿亚历山大灭掉埃及时那样宽容,那样大度。马其顿在埃及建立了托勒密王朝(公元前305—前30年),却保留了埃及文化,包括法老们的坟墓——金字塔。如果,当年的马其顿像后来的成吉思汗子孙那样心胸狭隘,那么我们今天就不会看世界古代八大奇迹之一——金字塔了,那将是人类历史最悲惨的一页。

恰恰相反,年轻的希腊文化却成功地保护和吸收了有着四千年历史的繁荣的古埃及、古巴比伦文化的精华,从而丰富了自己,充实了自己,发展了自己,造就了世界文明史上最辉煌的篇章。而蒙古大军却将西夏王朝的文化破坏殆尽,以至留给今人的是一个又一个谜。

这里有一个很有趣的文化现象,从公元前五世纪至亚历山大大帝东侵,希腊建立了横跨欧、亚、非三洲的大帝国,与其同时,它在科学、哲学、文学和艺术上的光辉成就也深深地影响了它所占领的地区,出现了史称"希腊化"的欧亚非地带。希腊民族的智慧的强烈闪光曾照亮了欧亚非广袤的土地。我国五四时期的学者也曾以"言必称希腊"为荣。因为希腊的民主政治体制赋予公民最大益处的创造自由,所以一时间,希腊在哲学、伦理学、修辞学、逻辑学、物理学、天文学、生物学、数学、文学都有飞跃性的发展,出现了亚里士多德、柏拉图、毕达哥拉斯、苏格拉底、欧米里德、盲诗人荷马等一大批闪烁着天才光芒的人类智慧的巨星,这些哲学家、数学家、科学家、艺术家、文学家,为人类古代文明史的发展,起着何等巨大的推动力,没有他们的出现,人类历史的进展将要拖延不知多少个世纪。希腊的雕塑、建筑、绘画、诗歌,也是前空千古、下垂百代的,是西方文明最宏丽最辉煌的丰碑。

而蒙元帝国——这个马背上的民族,当他们的铁骑横扫欧亚大陆,建立了庞大的四大汗国,却没有给被占领地区的文化发展做出任何贡献。铁木真的后代忽必烈,入主中原,虽然吸取了儒家文化的精要,也来了个祭孔、尊孔,但是他的胸襟远非亚历山大那样博大宏阔,海纳百川,包括宇宙,总揽人物。他们把中国各族人民分为四等:蒙古人、色目人、汉人、南人。而对灭亡的西夏王朝的孑遗,是女人化为他们的性奴隶,是男人便杀掉;有的党项人,不得不改名易姓,逃到汉族居住地,和汉民族融合一起,躲避蒙古人的捕杀。

这样一个带有奴隶制浓重色彩的封建王朝,怎能推动文化的发展,怎能促使文明辐射出璀璨的光辉?所以元代比起汉、唐、宋、明、清,在中国发展史上的贡献差得多了,不过百年,便被一个当过和尚、叫花子出身的朱元璋推翻了,且将他们赶回漠北——蒙古人的发祥地。尔后,这个马背上的民族一路衰败下去,在中国以及世界文明发展史中,再难看到他们纵马天地叱咤风云的形象了。作为一个骑士英雄,同样也像西夏王朝的悍将猛帅一样,被历史无情地淘汰了。在历史的舞台上他们再也难以承担主人公的角色了。

这是历史的轮回,这是生命的轮回,这是命运的轮回。

一个民族可以用刀剑用弓矢征服另一个民族,但是要征服一个民族的灵魂,却非刀枪剑戟所能为的。只有文化才能征服人心。而恰恰这马背上的民族只知烧杀抢掠,跑马圈地,并不注重文化建设。

七

我跋涉在荒野戈壁。西夏陵墓近200座,有的是皇陵,有的是文臣武将和皇戚贵族的陵墓,无不是一片荒凉,几乎成了一个模式,没有殿庑阙门,没有石马、石羊、石骆驼的雕塑,连一棵青松翠柏也没有,赤身裸体般矗立阳光下,朔风中,谁看过都不能不从肺腑中窜出一股冷气,一种悲壮感弥漫周身。

陵塔沉默着,荒原沉默着,身后的贺兰山沉默着。金戈铁马血肉迸溅的战云早已散去,留给这片土地的只有这锥塔形的土堆。然而,我总觉得这沉默有一种孤傲,有一种铁骨铮铮的不屈,有一种浩然凛然之气。

我徘徊在王陵间,遥想当年,这帝陵何等辉煌、壮观,何等气派,而今却落得如此衰败、寥落、荒凉。此时,我脑海里涌出许多古人咏史怀古的诗章:"江山故宅空文藻,云雨荒台岂梦思""兴废由人事,山川空地形""人世几回伤往事,山形依旧枕寒流"。成吉思汗一生"灭四十国",但消灭得如此干干净净的唯有西夏王朝。

我想,当初西夏王朝不受骗于蒙古人的"离间计",不随蒙古人征战金国,而是联金共同抵抗蒙古人,或不至于落到这么凄惨的下场。"唇亡齿寒"这个简单的道理,你不懂吗?历史不能假设,也无法假设。但历史对失败者却任意阉割,任意褒贬。西夏王朝只能在历史的夹缝里扮演一个可怜兮兮的角色,这是最悲惨的角色。

一代天骄成吉思汗的马蹄所践,一片废墟;兵锋所至,血流成河，西征南伐，像狂风暴雨般席卷欧亚大陆，疆域东至日本海，西至多瑙河，北至高加索，南至印度半岛，辽阔的疆域，煌煌昭昭的世界大帝国，前空千古，后绝百世。铁木真成了名副其实的"天可汗"。蒙古族的伟人既为本民族创造了震撼世界史的辉煌，同时也制造了空前绝后的世界性的灾难。

西夏王朝虽然丢掉了历史，但这些残存的陵塔依然是历史的雕像。

没有悲伤，就没有艺术。

没有悲壮，也就没有崇高。

我要离开西夏王陵了。我准备留一张影。这次来宁夏最大的遗憾是忘了带照相机，而陵园里几乎没有游人，也没有照相的小摊。我正惆怅，一位东北来的游客出现在眼前，他是一位吉林省农科院的负责同志，手提照相机，拍摄陵塔的形象，我求救似的向他说明了自己的想法，他欣然答应，为我照了几张相。

选好角度，我站在陵塔前。当拍照的那一瞬间，我忽然感到我身后站起一排李元昊的子孙，男男女女，老老少少，男的英武、魁伟、圆脸、大腮，腰间束带，佩短刀、挂包、火镰；女的呢，斜对襟皮袄，束着长辫子，耳朵挂着巨大的耳环，在阳光下闪烁着金属的光泽，他们都脸面黝黑，皮肤粗糙……啊，这不是拓跋氏的"全家福"吗？我站在他们前面，忽然感到很尴尬。正犹豫间，我的摄影师咔嚓一声，于是我们就永恒地站在一起了。

草原,一页绿天

沉默的草原

福楼拜看到草原心里便涌出一种快感,希望自己变成一头奶牛,好去吃草。我走进天山南麓这片美丽的巴音布鲁克草原,真想变成一匹马,一匹孤独的马,我觉得这草原应该属于我……其实,我应该骑着马,一匹白马,像童话中的白马王子走进情人的怀抱。

巴音布鲁克草原位于和静县西北部,在天山中部,伊犁河谷的东南。广袤无垠的巴音布鲁克草原是古代游牧民族的乐园,是牛羊马驼的天堂。秦汉以来,乌孙、月氏、匈奴、厌哒、铁勒、突厥、回鹘人游牧于此。清乾隆年间,卫拉特蒙古准噶尔部首领在此建鄂托克,乾隆三十八年(公元 1773 年)东返故土的土尔扈特渥巴锡辖南路四旗迁至游牧。巴音布鲁克,蒙语意为富饶的泉水,亦意称水草丰美的地方。

天蓝、地绿,构成大草原单纯而壮美的风光。我们的车子就在这阔大的风景里奔驰。车窗外是阳光的伊甸园,阳光在歌、在舞、在吼、在叫，却是无声的。只有我们的车轮轧过草浪，发出缠绵的情语般的呢喃声。

草原是宁静的。这是气势磅礴的静，大度豁然的静。这静里蕴含着一种精神，一种囊括万千意蕴，襟怀风雨雷电而又沉默不语坚实的静。这静酝酿出一种哲学和宗教的氛围，只有哲人和虔诚的信徒才能进入它的境界。

不知是命运的注定，还是上帝在冥冥中的安排，我生命的坐标总是指向荒凉和空旷。我觉得只有大西北的旷野、戈壁、大漠和蒙古高原的大境界、大空间，才能容得下我一颗骚动的灵魂，铺得开我成吨成吨的情感。我喜欢草原，草原的寥廓，草原的舒朗，草原的纯净，草原的漫漶。那飞翔的云，那潇洒的风，那奔驰的马，那如云卷般的羊群，那山岭跳跃的线条，那河流动荡的旋律，都展示着一种生机勃勃而又坦然自信的心态！再浮躁的人，再浅薄的人走进草原，也会变得雄沉和宁静。

在一片草场上，我们停下车来，坐在绿茵上，望着连绵而来的绿浪，波涌着，飞溅着，向天边荡去。那是一种墨绿，油汪汪的，把天的一角也浸透了，蓝天也变得绿蒙蒙的，化为草原的一个组成部分。草原，一页绿天！

我想起13世纪，当成吉思汗征战花剌子模国胜利归来，马的屁股上系着国王的头颅，战刀上凝固着敌军的血污，当他率领部众踏进这片美丽的大草原，大汗惊喜地勒住马缰，打起眼罩，鹰隼般的目光扫描着四野，驰骋的马群，骚动的长风，涌动的白云，热烈而沉默的群山，还有冷漠很有耐性的流水和被风诱惑得前仰后合的草浪……他兴奋地叫道："巴音布鲁克！巴音布鲁克！有水草的地方就是我们蒙古人的家园！"于是，爱你没商量；于是,就留下一支军旅;于是,大汗的马蹄就在水草丰美的土地上盖下一枚枚鲜艳的图章,偌大的巴音布鲁克便划入大蒙古帝国的版图。哈萨克、维吾尔语言的土地上,便播下蒙古语的种子。

我在草上徘徊,眺望无边无际的草原,风拨动着浪琴,发出窸窸窣窣的声响。那是草原的语言,是大地的语言。而那牛群、马群、驼群,还有狼群、虎群、兔群,还有昆虫和飞鸟、河流和山阿,都展示了它们与巴音布鲁克草原的血缘关系,是那样和谐、自然。蹄鼓、兽鸣、鸟语、水韵,这一切都是从草原上生长出来的,和民族语言一样极其丰富,且具有动人的情韵。

啊,巴音布鲁克!

你是敕勒歌的旋律。

你是艾略特智慧的灵感。

你古典脉脉,现代眈眈。

你是现实主义和浪漫主义交媾分娩的情诗。

岁月悠悠,八百多年了。谁曾想到,一代天骄成吉思汗的后裔的秉性发生了变异:化剽悍为温厚,化狂妄为谦卑,化激动为恬静,化狂躁为安谧。在天山脚下,绿草丛中,搭上帐篷,牧羊放马,丰美的水草,散淡的风景,陶冶了他们的性情,也净化了他们的心灵。

乾隆三十六年这里出现近代史"最光荣的事件"。早在一百四十年前,成吉思汗帝国的另一个部落曾移居在伏尔加河流域,他们忍受不了沙皇的残酷虐待,思念故邦热土,想东归祖国。但是沙皇政府派兵横截竖拦。十七万人口的土尔扈特蒙古部族在他们的首领、二十八岁的英雄渥巴锡的率领下,男女老幼赶着牛羊,浩浩荡荡迎风冒雪开始了漫长的大迁徙,他们一边和堵截的沙皇军队作战，一边艰辛跋涉。渥巴锡骑着白龙驹，手持戟枪，高喊着："我们子孙永远不当奴隶，让我们回到太阳升起的地方去！"穿过冰雪覆盖的伏尔加河，翻越巍巍的阿尔泰山，回到了巴音布鲁克草原。清政府表示极大欢迎，得悉后，立即指派察哈尔蒙古部族积极参与接济土尔扈特部众活动，并赐赠孳生牛一万头，孳生羊一万只，皮袄两千件。于是广袤的巴音布鲁克草原，又出现新搭的帐篷，新点燃的牛粪烟……

土尔扈特蒙古部族的东归，反映了中华民族固有的凝聚力和强烈的向心力，反映了统一的多民族国家各民族互相依存、共同发展的血肉关系，连西方学者也誉之为当时"最光荣的事件"。

前面出现一座帐篷，看到我们的到来，走出一个老人，他是典型的蒙古人，高颧骨，塌鼻梁，前额突兀。他用眼睛盯着我们，他脸上皱纹纵横，是一部风风雨雨、浩浩荡荡的历史，是整个巴音布鲁克草原的缩影。和老人攀谈起来，原来他的祖先就是那次大迁徙中的一员，老人说，那次东归，有许多亲人死在沙皇军队的枪弹下。谈起往事，老人忧郁的眼睛饱含着一种深情。

我们听着老人的讲述，望着这苍茫碧绿的草原，伤感和豪气同时在心中升起。然而，这一切都融进了草原的历史和草原牧人滚沸的血液中。我想起了古希腊的史诗《伊利亚特》，想起了蒙古族的史诗《江格尔》，想起成吉思汗的传说，想起许多美丽的神话故事，让人强烈地感到，为了爱的妒恨和仇杀，是非常悠远的，它属于神灵，更属于人类。

弥漫在草原上的大气是平和的，安谧的，没有声音，静默里甚至能听见草原思想的流动声，草原意识流动的潺湲声。在这种氛围中，顿时会有一种精神褶皱被熨平的惬意感，人，也会变成一股青烟，一缕蜃气，一种温馨的氤氲，一种忧郁的哲思，在这茫茫草原上横溢流淌……

草原是沉默的。这沉默是歌，一支美丽忧伤的歌。

早晨的鹰

巴音布鲁克草原的早晨有着一种梦幻般的美。当太阳从东边的山包上升起时，整个草原便被霞光浸淫，洋溢着初潮的红润，变得妩媚、婉约、明丽、丰盈。青草、野花幸福地战栗着，惊悸着，仿佛初恋的少女期待情人的到来。随着太阳的升起，磅礴的朝霞汹涌澎湃，轰轰烈烈地涌来，天空和大地都燃烧起来，四面八方红光闪烁，火星飞溅。然而早晨的风并不浮躁、也不激动，平静地掠过草滩、河流，搅起草的涟漪，水的波纹，花的笑窝，然后便悄没声地躲进在那片蓝色的山坳中。我站在山包上，阅读巴音布鲁克草原壮丽的早晨。就在这时，我看见一只鹰，从霞光中飞来，从太阳的金轮中飞出来，像神话中的太阳鸟，像涅槃的凤凰。巨大的翅翼闪烁着毛茸茸的红晕，它悠悠地扇动着，飞得很低很低，一圈一圈地盘桓着，双爪踏云，两翅生风，俯仰自如，无拘无束，像一曲如歌的慢板，一支优雅的圆舞曲。我看见它那双苍老的眼睛蕴含着一种忧郁，一种眷恋，一种淡淡哀伤，像是寻找什么。蓦然，它好像受到什么昭示，飞速加快了，翅膀拍打着早晨，霞光和天空被割裂了，顿时划开一道缝隙；风被撕扯得发出哧哧拉拉痛苦的声音。那鹰昂首云霄，越飞越高，化为一点墨渍，融进无边无际的红霞中。我觉得这鹰是太阳的儿子，是苍天的骄子,它从哪儿飞来?又飞向哪里?它还会飞回来吗?

我不禁想起西藏神话中关于鹰的故事。藏族对鹰无限崇拜,鹰的形象在藏族宗教文化中无处不在,随处可见,山口路旁玛尼堆,村头屋顶悬挂的五色经幡,寺庙经院的雕梁画栋和曼陀罗壁画中以及他们制作的"唐卡"上,到处看到鹰的雄姿。在他们心灵的圣坛上,鹰自古以来就是一种神灵,它笼罩着一种神圣的光环。在西藏原始宗教——苯教中,就有鹰的创世纪神话:传说在天地鸿蒙之初,只是一片空冥,后来生灵逐渐形成,光芒和光线在生灵中出现,光芒为父,光线为母,于是昏暗和黑暗也出现了,之后便出现了白色的冰霜。冰霜中又出现了一颗略呈白色的露珠。有了冰霜和露珠也就有了池塘,这片池塘便形成一层薄膜,并滚成一枚卵,从卵里孵化出两只鹰,一只白鹰,一只黑鹰。白鹰和黑鹰交合又产了三只卵,卵破裂了,便出现神山和神灵,出现人和生灵……在这里,鹰可以说被视为苯教原始信仰中神、人、鬼"三界"的创世之神。在藏族人民的心目中,鹰还是战神的标志,是力量,勇气,生命的象征,苯教中的鹰还以"神圣大鹏"和其他许多神灵,被密宗大师收为"护法神"。

我第一次见到鹰,还是在帕米尔高原。夏天的阳光照耀在世界屋脊上,远处的雪峰冰川在阳光下熠熠闪烁。天空有大团大团的白云,野性的云狂妄得不可一世地独霸天空的广阔。突然,我发现一只鹰,它有点苍老,但仍不减雄健气度,站在突兀的峭岩上,昂着头,凝着神,敛着翅,风一阵阵扑来,羽毛被撩起,犀利的目光闪电般极富有穿射力,凝视远方,俨然像一尊雕塑,孤独、傲岸、雄奇、高古。它身后的雪峰冰川,凛然射出一束束白光,和阳光迅速交融,分泌出一种狞厉恐怖的透明体。这神秘的背景，更映衬出鹰的峥嵘、肃穆，桀骜卓然的风采。

它庄严得像宗教，像神，一尊战神和力神。

鹰，沉默着，是那种铜雕铁铸般铮铮铿铿的沉默。

突然，那只鹰张开巨大的双翼，开始起飞了，一声啸叫，穿过云层。天空是海洋，风是水，鹰翅是桨叶，我听见双桨击水的砰然声，风的浪花四处飞溅，打湿了云彩，也打湿了它的羽毛。它依然自由地俯冲、腾翻，时而扶摇直上，时而低空盘桓。天空不再荒芜，白云不再寂寞。阳光也变得生动。它双爪向前伸着，翎羽抖擞，我清楚地看到它的骨骼、筋肉，雄劲苍健，展示着力与美，张扬着生命的强悍和动感。它的翅膀遮住一片阳光，地面上投下一团阴影。它开始降低了高度，越飞越低了，我听见翅膀撞击风的声音，悲壮得犹如铁骑敲击雪野的声响。我看见它那眼睛了，犀利，灼亮，像两颗燃烧的星。

这是一幅壮美的油画。

我曾见过帕米尔高原塔吉克人的鹰笛，那是用鹰翅膀上最大的空心骨做成的，钻上三个小孔，便吹奏出美妙动人的乐曲。塔吉克语称之为"那依"。鹰笛是塔吉克人的骄傲，是塔吉克族的乐舞的灵魂。牧人骑着马口衔鹰笛，吹奏一曲民歌，排遣寂寞和孤独。在白云缥缈的蓝天下，在碧草如茵的大地上，他们吹着鹰笛，抒发喜怒哀乐的情感，寄托他们对自由和美好生活的热烈向往。鹰是帕米尔高原的神鸟，是自由勇敢的象征。过去，塔吉克人过着狩猎生活，家家都养着鹰，白天随主人狩猎，晚上给主人放哨，一只好猎鹰往往是传家宝，能活一百多岁，被称为鹰王。

……

巴音布鲁克草原的早晨变得宽广无边，晨光如水如浪漫溢草滩、冈峦，整个草原变得生机勃勃。帐篷里升起蓝色的牛粪烟，牧马的少年和牧羊的少女，赶着牛群、羊群、马群，游弋在绿草茫茫之中。

我渴望再看见那只鹰，但天空是纯净的蓝，是那一碰就碎的瓷瓶般的蓝。这广阔的舞台，失去了鹰，就会变得寂寞、平淡、平庸。

我听牧人说，那只鹰是老鹰，它要死了，它要进入天堂了。鹰死亡时不是在夜晚，不是在黄昏，总是在早晨，在太阳升起之时，它告别人间时，总要在它曾经飞翔、栖息的空间和土地上盘桓，那是一种痛苦的眷恋，一种生死别离的悲伤，一种庄严的告别仪式。现在世界上再不会出现它的雄姿了，它是太阳的儿子，已经回到太阳母亲的怀抱。

我听罢，油然产生一种揪心的痛苦。我怅然地凝视着苍穹，追寻远去的鹰魂。

地面上有一团游动的阴影，不是鹰的投影，是云。

中午的天鹅湖

我总有感觉，我的读者在警告我：且莫把这篇散文写成风景散文，那将是失败，这类散文比比皆是，碰头碰脸，躲闪不及，你再来凑热闹，岂不是东施效颦、令人讨厌了吗？何况风景，是任何天才的作家都难以描绘得真实和传神的。风景是什么？是天地万物灵魂的展示，是大自然精神的外在表现，是宇宙之神的杰作，任何文人的风景佳篇或画家的临摹，都是赝品，用时髦的话说，假冒伪劣。譬如湖吧，诗人绞尽脑汁，不就是打了几个比喻吗？什么大地的眼睛啊，上帝遗落人间的宝石、珍珠呀等等。其实，湖就是湖，那静幽的一汪蔚蓝，犹如处女的期待，那风过的细波微浪是她的微笑，那喃喃的涛声浪语，是她向大地倾吐的情话……你看，我又犯了文人的老毛病了。

打住吧，我眼前就是一片湖水。她躲在草丛后面，躲在芦苇丛后面，躲在柽柳林后面。她害羞地仰面朝天躺在那里，像个睡美人眯着眼睛想心事。她在想什么？也许是一个千年的梦。

我不想惊醒她。可是我们车子的马达声破坏了这里的宁静，她一下子睁开眼睛，眼珠在阴影中是黑色的，在阳光下却泛着一抹蓝，她整个躯体白皙得像琉璃，像瓷瓶，闪着毛茸茸的光晕。湖滩上的水草是她的睫毛，风吹草浪，整个湖水变得生动，妩媚，一种富有魅力的动感。

中午的太阳给她带来温暖，风带来温熏，我想，她心里准装满欢乐，精神平静，肉体满足，不断地咀嚼梦中的甜蜜，爱的幸福。

这时有几只水鸟拍岸而起，掠水而去，也惊断了我的遐想。

这天鹅湖，实在不像湖，不像博斯腾湖波涛拍天，浩浩荡荡，横无际涯；更不像江南的湖隽秀典雅，烟波氤氲，波光浩渺，芳菲夹岸，堤柳成行，更无水榭楼台，仙山琼阁，画舫穿梭，当然也没有历代文人骚客题咏的诗词歌赋。也就是说，她没有承载任何文化负荷，是一片野性的湖，一片荒芜的水，一片赤裸裸的自然，一片天姿丽质的纯净。一位哲人说："大自然不是精神，但它有精神。"然而这天鹅湖的精神也是单纯的，那就是高洁。我想，如果，这片水流落到江南或华北，还会这么纯净吗？她会由一个处女变成沦落风尘的妓女。明媚的眼睛会蒙上荫翳，变得昏蒙，她的血液变得浑浊，感谢上苍，为天地间还珍藏着一片净丽。

这里没有可凭吊的历史，连民间故事和神话传说也纯朴得不值得大书特书。

传说很久以前巴音布鲁克草原上有一位蒙古族英雄少年，为追捕一条毒蟒，少年在水中与毒蟒厮杀了九九八十一夜，仍不分胜负，后来，毒蟒化为一个美女，对英雄说："你敢在这里休息三天三夜吗？你能休息三天三夜，咱们再比个输赢！"英雄信然，睡了三天三夜，湖水结成坚冰，英雄冻死在湖中……

故事毫无新奇之感，说明了人类征服自然的幻想。

天鹅湖，没有湖的模式，实际上是几条平行的河流，或者把一条河裁成几截，排在那里，间隔着沙渚和草滩。在这阔大的背景里，显得寂寞、寥落，激不起诗情画意。虽时值盛夏，牧人并不多，偶有几点帐篷，三五群牛羊，漫漫漉漉，散散淡淡，出现在湖畔草地上，不像古敕勒歌描绘得那种壮阔气派："天苍苍，野茫茫，风吹草低见牛羊。"

湖中沙渚上果然有天鹅，不多，有二三十只，时飞时栖，时而长颈朝天，鸣叫几声，时而拍翅而起，在水面上盘桓几圈。这里是鸟的天堂，天鹅的伊甸园。白天鹅形体特别大，体长可达一点八米，体重十五公斤以上。鸟类学家说，这种天鹅，在地球上已为数不多，濒临灭绝。看到它，我不禁感到一阵悲哀，默默祈祷，愿它的子孙繁衍，家族兴旺。

当地牧人告诉我，当年成吉思汗西征归来路经这片湖水，曾经在湖畔搭起帐篷休整，是这片湖水洗净了他们的征尘，补充了水源，丰腴了他们的精神。那时候，这湖畔水草丰美，高过腰身，草丛里有狼、有熊、有虎，水面也深阔，天光瀚瀚，水光渺渺，蒹葭苍苍，是巴音布鲁克草原最精美的一页插图。

听罢牧人的叙述，我沉默了，我还有什么话可说呢？我凝视着湖水，就像阅读了一本厚达几百页的书：她的目光蕴含着悲哀，有鲜明的主题，有动人的情节，有催人泪下的故事……可是，现在一切都变得平庸、呆板、苍凉。是大自然的风沙戕害了她的躯体，还是人类文明奸污了她们的梦？我环顾巴音布鲁克草原，内涵丰富的草原，用富有哲理的牧草、阵风、马群、羊群告诉我，是人类替它们创造了历史，同时，也是人类在扼杀着它们的青春和生命。

夕阳中的树

智慧的所罗门曾下令制定树木间应有距离。这距离太大了，几十公里，不见树影。巴音布鲁克草原是起起伏伏、跌跌宕宕、平平仄仄的碧绿，但驰目八极，却看不到一棵树。那绿涌来荡去，色彩单调而缺少立体感。偶有野花，散散点点，被阔大苍茫的绿吞噬了。

整个草原荒凉得不可思议，不可理解。荒凉得深沉、坚实，似乎透着一种难以推翻的哲学原理，荒凉得有点疯狂、高傲、任性！

我毕竟来自草原外部五彩缤纷的世界，现在我们成了草原上的流浪汉。但是草原老了，满面皱褶，裸露出成片成片砂石的老年斑，成吉思汗时代青春的光彩，生命力的辉煌，已属于遥远的故事了。我怀疑草原的生殖力衰竭了，像个乳房干瘪的老妇人，已无能力孕育新生代了。

寂寞，沉重的寂寞！

我们的车子在草原上驰骋，嗡嗡的马达声使沉闷的空气战栗起来，但转瞬间又恢复了死一样的沉寂。

夕阳在远处的地平线上跳荡，苍穹如盖，晚霞如血，淋淋漓漓，洒满天空，浸淫草原。这油画般色彩浓烈的黄昏，只有巴音布鲁克草原这壮阔的背景，才演绎得如此绚烂，如此生动，洋洋洒洒的赤橙黄紫，纵贯天地，横阔万里。

突然，我的眼前一亮，啊，前面草滩上出现一棵树，一棵化石般古老的胡杨树，那躯体粗有合抱，树冠庞大无比，孤零零地站在那里，流露出峥嵘与高古，也流露出悲怆、肃穆、寂寞和忧伤。它像一座久经风剥雨蚀而不失伟岸的神庙。

我不知道这棵树怎么会出现在这里，为什么只有孤零零的一棵，是上帝的旨意，还是造化的创作？

从当地牧人的传说中，我知道：一代天骄成吉思汗西征胜利归来，曾在这里驻跸歇息，无意间将马鞭插在这丰美的草地上，谁知第二天马鞭的木柄便冒出绿芽，第三天便长出绿叶，第四天便成长为挺拔英俊的一棵年轻的树……人们称这棵树为神树，也叫成吉思汗树。

还有传说，蒙古骑兵西征归来，在这草原撑帐过夜，发现一棵被烈日和干旱折磨得奄奄一息的小树，这个以"杀戮为耕作"的民族忽然萌发了对生命的爱心，他们打开盛水的羊皮袋子，将饮水浇在树苗上，于是这棵幼树便活了下来。

对于前者那荒诞不经的传说，我是不相信的，那是人们对英雄爱慕的心灵幻化，是对偶像崇拜虚拟的张扬。而后者却有点道理。但是在这空旷的草原上出现一尊孤独的立体的雕塑，却是一个谜。

据有关资料说：这棵树至少生长七百多年了。边地多悲风，树木何修修？这七个世纪它经历了大自然怎样炼狱般的苦难？寥寥长风，煌煌烈日，厉厉酷霜，怎样年复一年地残酷地折磨它？七百多圈生命的年轮里录进了多少惊心动魄的故事和传奇？蒙元帝国的铁蹄从它身边踏踏而过，那气吞万里如虎的磅礴和恢宏，那气吞八荒囊括四海的雄风，那撕肝裂胆的呐喊和狂啸，那刀光剑影血肉迸溅的壮烈和残忍，它是深藏在记忆中的。看到它，就像看到历史的一个章节。当然，它的枝头上也停泊过蒙元帝国安谧的清晨，也栖息过凄清的冷月，月光下，草地上，也曾燃烧过篝火，篝火也曾照亮一章章爱情故事，变得生动而鲜艳……

我抖抖一身夕阳的飞红，走近树。只见那树皮斑驳，皲裂苍老，枝丫有断裂的新痕，裸露出白花花的骨渣，但枝叶依然繁密，圆圆的叶子，犹如万千飞鸟振翮欲翔，向天地间展示着生命的顽强和坚韧。而树根更有一种震撼人心的力量：肌腱粗犷，蜿蜒遒劲，盘节交错，构成庞大的体系，和大地的血脉融在一起了。正因为它如铁锚般紧紧地抓住巴音布鲁克草原，才展现出一种狂勃傲世的雄姿，狂放不羁的浪漫，横空出世的飘逸精神。

树身的下部有一个黑洞，风吹进树洞，发出木琴般的嗡嗡之鸣，其声凄清寥落，其音悲咽苍凉。我想这是天籁，如同一架古老的风琴，千百年来，在这天旷地阔的草原上演奏着风雨雷电的狂飙曲，生命的英雄进行曲，历史的奏鸣曲。

这树是巴音布鲁克草原之魂。草原有了它，就变得庄严、神圣。它生命岁月的无数主题演绎着一个民族苦难的历程。我想，当年曾萌发救活这棵小树的士卒，是否代表了这个四处征战、八方漂泊的游牧民族有了"根"的意识，启悟了他们的家园观念？我想，那流浪在伏尔加河畔的土尔扈特蒙古人，当他们思念故乡时，一定思念过这棵树，是这个树的灵魂召唤他们的归来，这是蒙古人的寻根意识。

夕阳中，这棵孤独的胡杨树变得更加伟岸和肃穆，巨大的树影铺了一地绿诗，绿歌，满树的绿叶闪烁着绿蒙蒙、红茸茸的光晕，是一种生命之光。它虹吸天地淋漓之元气，根植四极八荒之旷野，长成巴音布鲁克草原一部伟大的经典。

我默默地望着夕阳中的胡杨树，只觉得它有着浓缩时空的幽玄，使我蓦然想起高更那幅名画《我们从哪里来？我们是谁？我们到哪里去？》中的"宇宙树"。

黄昏中的马

草原最宁静的时候是黄昏，夕阳在天边战战兢兢地抖擞着，仿佛一不小心就摔个粉碎。它没有摔碎，但被锯齿形的山峰划破了脸，鲜血淋淋漓漓地滴落下来，渐渐湿了草滩、河湾，连山包都被弄得斑斑驳驳的红。这时天边出现一道宽阔而耀眼的绛紫色的光带，迤逦蜿蜒，散发着浓郁的血腥气，使草原增添了一种恐怖的气氛。

随着夕阳的下沉，天地间呈现出太初的框架，天圆如张盖，地方如棋局，混沌的暮霭弥漫开来，野花、青草的面影变得模糊了，草原进入一种天地合一的和谐和静谧中。

我沿着一条无名的河流慢慢地走着，呼吸着野草青苍气和晚霞的血腥气,只觉得黄昏的草原四面八方都弥漫着一种淡淡的惆怅,淡淡的悲怆,还有一种无可言状的哀伤。

我看见河对岸有匹马伫立山包上,面对落日,头颅微微垂下,脚下的牧草黑乎乎地淹没了马腿,而马鬃,马背,马尾都有鎏金般的霞光。它沉思的目光眺望着远方,远方落日在挣扎,晚霞在狂舞,流动的风扬起马尾,更具有一种动感,一种雕塑感。

落晖冥冥,暮色苍苍,大原荒荒,天地间伫立着一匹孤独的马,像一首哲理诗,一篇宗教的经典,抒写在这天荒地老的阔大背景上。

我知道,这马叫汗血马,汗水透血的马,马毛蒸汗,马血腾烟,肌腱勃怒,奔驰如电,这是汉天子梦寐以求的汗血马,是波斯王视为国宝的汗血马,是唐太宗视为神骏天骄的汗血马。它踏踏的马蹄富有金属般的声韵,从青铜时代、从编钟前驰来,从刀耕火种、栽满剑戟的血土上驰来,从烽火狼烟、冰河入梦、大雪满弓刀中驰来,走进二千年后的草原。强健、刚毅、剽悍、潇洒,历千年风雪,毛不褪色,志不衰减,是天池之龙种,古西域之神灵。而今,我看见这汗血马独立黄昏,这马的静默和天与地交流的神圣里,一半是殷红,一半是沉郁;一半是沉思,一半是憧憬。

我分明看清那马的目光流露出忧伤、悲戚,像这黄昏的草原,也像草原的黄昏,一种悲剧的氤氲,扑面盈怀,直透肺腑,这形象,这意蕴,使我蓦然感到我和马有着共同的壮烈和忧伤。

托尔斯泰说:"马是有感情、会思想的动物。"那么这匹孤独的马在思考什么呢?像孤独的散步者卢梭?像追忆流水年华的普鲁斯特?

我多想走近它，和它进行一番情感的交流。那马不理睬我，无声地凝视着落日。我想，它可是汉天子"神骥"的后裔？可是唐太宗"六骏"的后代？可是成吉思汗铁骑的第 N 代嫡孙？它们的祖先曾创造"马踏飞燕"的传奇，曾写下"脚踩匈奴"的神话；踢翻了一个又一个王朝的御座，闯开一道又一道历史的铁幕。"落日照大旗，马鸣风萧萧"的悲壮，"铁马冰河入梦来"的豪放，"朝登剑阁云随马，夜渡巴江雨洗兵"的潇洒，"角声一动胡天晓"的壮烈，都展示了先辈们生命的强悍和力度，写下边塞诗中最壮丽的一行；即使"野战格斗死，败马号鸣向天悲"，那种杀气干云，血肉横飞的场面，那种萧萧悲鸣，也使天地震惊，壮怀千古！

进入 20 世纪的黄昏，汗血马的子孙背负的梦想下垂了，它的颓势像落日一样，只能追逐着祖先的英魂，低吟长叹。肩上的使命脱落了，虽然眼前这片舞台还广袤得很，壮阔得很，后现代社会文明的带着血丝的眼睛尚未注目这片荒旷和荒凉。当然它的脚步，还未惊动这里的肃穆和神圣，但是没有烽火羽檄，没有伐鼓鸣金，没有画角连营，空荡荡的舞台只是一个静场。当然，汗血马的后代也失去了展示力与美、张扬生命力的磅礴和恢宏的背景。尽管它可以依风长啸、飞鬃扬蹄地放肆地展示它的傲慢与剽悍，它的刚毅和勇猛，然而毕竟是一种生不逢时、怀才不遇的悲哀，有着"马放南山"英雄无用武之地的痛苦，有着壮志难酬，"栏杆拍遍，无人会，登临意"英雄末路的忧愤。

战争让战马走开。这是悲哀还是辉煌呢？我想起一位哲人的话：当人类的智慧企图超越造物主的智慧时，他们的末日就来到了……

汗血马,这伊犁河谷、巴音布鲁克草原上的汗血马,二千多年来在这片乌孙国故土绵延不绝的汗血马,现在它的名字已变得陌生和黯淡了,当然它的传奇和故事也早已画上了句号。汗血马的祖先能想到它的子孙的衰败和悲哀吗?

那马面对夕阳,昂首伫立,有一种雕塑感,辽阔的草原,五彩斑斓的晚霞,是它庄严的背景。烈马的孤独和天地的壮阔,酿造出一种悲壮的氛围,直透肺腑。使我蓦然感到生活的壮美和储藏心中共同的忧郁……

我正在遐想,忽听见那马扬起头,对着落日,长啸一声,像一吐胸中郁垒,接着如鼓的马蹄踏踏地奔驰起来,敲打着大地和草原。草原战栗起来,晚霞被惊得四散飞去,宁静的黄昏被撕得支离破碎。那马向着落日奔去,很快与地平线融在一起,和落日融在一起。

落日沉沦了,黄昏走至尽头。

第四编

解读凉州

在敦煌,我仰望星空

一

青天一碧,风清月朗。

这是敦煌的夏夜,小城已经酣睡,万物已经入梦,天地一片静寂。我坐在宾馆一处观景台上,仰望星空,敦煌的夜空是那么寥廓、深邃,那么无穷无极,我的思绪像一堆燃烧的火焰。人类为了探索宇宙,发明了望远镜,射电望远镜,最近中国制造了方圆五百米的"天眼",面对深阔无极的宇宙,又能探索到什么呢?留给人类的仍然是困惑,是神秘,那么人类的智慧只剩下想象了……

于是宗教产生了。

许多宗教都有一套关于创世的神话。古埃及神话说,女神露得被其父大气之神逼迫离开其夫,也就是她的兄长大地之神,于是依依不舍的露得手脚紧抓大地,身体变成苍穹。

宗教是非物质的,是人类精神的延续,是想象中的产物。

黑格尔的话:"一个民族有一群仰望星空的人,他们才有希望。"

今夜星光灿烂，北斗七星，耿耿在天。仰望星空，我想起《哥舒歌》"北斗七星高，哥舒夜带刀。至今窥牧马，不敢过临洮。"北斗七星，又称天罡星，凶星，主战乱。唐军大将哥舒翰昼不歇兵，夜不卸甲，不辞劳苦地戍边防守。"中天悬明月，令严夜寂寥"，那是一番怎样军风威严的景象！勺柄朝南，正是八月既望。北斗星是由大熊座的七颗明亮的恒星组成，曰：天枢、天璇、天玑、天权、玉衡、开阳和瑶光。前四颗称为斗魁，后三颗称作斗杓。在《道藏经》里，七星的名字全换了：天狼星、巨门星、禄存星、文曲星、廉贞星、武曲星、破军星。

惠特曼说："每当我遇到极为悲痛和苦恼的事，总是等到夜晚走到户外星空下，以求得无声的满足。"而星空是浩瀚的，苍茫的沉寂。仰望星空，你会产生生命的原初感、清新感，精神的自由，思想的寥廓，骤然间你感到生命的回归，灵魂的纯净与升华。

人是需要仰望的，仰望天空才知道宇宙的自由、广阔、无极、圆满。面对宇宙，谁能不油然而生出一种敬畏感，神秘感。原来，宇宙就是一尊巨大无比的神，人在它面前忽略不计。这尊神既没有从前，也没有以后，谁也看不到它的身影，它的面容。

也许我与敦煌有缘，从兰州，经武威，过甘州，涉酒泉，越嘉峪关，又经瓜州，一路来到敦煌，来到三桅山下。一路风尘仆仆，一路激情洋溢，我要在敦煌寻找什么？或是敦煌会给予我什么？我想都未想，这其中是一个巨大的谜。但我知道宗教精神实际上是一种英雄主义，精神的皈依不仅仅是信念的坚定，信仰的崇高，而是像耶稣一样面对苦难、淡定、从容，哪怕钉在十字架上也表现出殉道者的节操。是这片精神的高地在吸引着我。

祁连山过去了,焉支山过去了,嘉峪关过去了。我依稀看到霍去病的铁骑刚刚奔驰而去,班超的战马踏踏西驰,远处山野处还有一缕不散的烟尘;我依稀看见玄奘大师,孤独的身影跋涉在戈壁大漠,一袭破旧的袈裟被风撩起,干渴的喉咙,皴裂的嘴唇,疲惫的神色,身上的汗水被吮吸殆尽了……为了一个信仰,磨顶放踵,一步一步艰难地前行。天地茫茫,路途茫茫,眼前只有茫茫沙野。我想,能够穿越河西走廊、塔克拉玛干大沙漠的人,一定是满身披戴着阳光的人。

那是一个秋天的黄昏。阳光明媚而含蓄,天空高远,晚开的小花从容而又淡泊。一条小河扭动着细瘦的躯体,有气无力蠕动着。一个老僧来到三桅山下,他手拄锡杖,一脸倦色。他下意识地抬起目光,蓦然看见山上"忽见金光,状有千佛",心头掠过一阵惊喜。他情绪顿生兴奋地惊叫:"我看到佛光了,阿弥陀佛!"那是鸿蒙之光,是虚幻之光,是智慧之光,来自太阳之光,佛祖不再显得虚无缥缈。古希腊的太阳神是赫利俄斯,是光明之神。佛教里也有大量的和太阳有关的传说和神话。西方的上帝说要有光,于是便有了光。基督教徒在教堂中祈祷来自穹顶的光线,那是上帝之光。上帝存在于信徒心中,他们以自己天才的智慧和工匠精湛的技艺建造了一座座教堂,动辄以几十年几百年的财力,几代人的精力投入这项工程中。这是灵魂的庇护所,又是精神的高地。乐尊和尚没有想这么多,他决心在这里开凿洞窟,那是公元366年。于是乐尊和尚"肩负着秘密的宗教仪轨",雇人开始一项跨世纪的伟大工程的营建。

一座有灵气、有仙气、有神气的大山,便成了佛家的精神家园。随后法良禅师来了,在旁边开凿第二窟,这是莫高窟最早的洞窟。后来佛家文化便沿着丝绸之路奔涌而来。

北凉的皇帝沮渠蒙逊,尊佛礼佛。他在辖内河西走廊四处修庙建寺,开凿洞窟,敦煌自然是最佳选择之地。在他倡导下造窟运动蓬勃兴起。

那洞窟在荒山野岭,它本身就在修行,檀香淡淡,青烟袅袅,清凉、圣洁的空间,静谧如沉默的佛。

所谓洞窟,就是开凿在山崖河岸的佛教寺庙,这里人迹罕至,环境优雅,宜于静思、修行,加之开凿洞窟比修庙建寺省钱省工省力,且又坚固,所以得到众僧的欢迎。三桅山上响起一片叮叮咚咚铁钻声,岩石上火星迸溅,汗水和石屑齐落,落霞和尘雾共舞,春夏秋冬,年年岁岁,一千年的雕凿,一千年的描绘,一千年的渴望,这里出现一片庞大的洞窟群。僧人们闻悉,跋山涉水,披风沙,顶烈日,千里迢迢来到这里,他们用经声哺育信仰,用虔诚铸成信念。诵经声里延长了黄昏,夕阳为山峰镀金。这些沿着丝路散布各地的洞窟,像佛陀的串珠,点缀着这苍茫雄浑的荒凉的土地,为河西走廊增添了绚丽多彩的石窟文化。

汉武帝开疆扩土,西域的门打开了,河西走廊佛风渐盛,敦煌莫高窟的开凿,接着是东、西千佛洞,榆林窟的开凿,随之便是文殊寺石窟、马蹄寺石窟、炳寻寺石窟、麦积山石窟、水帘洞石窟的动工,而敦煌名震遐迩。

敦者,大也;煌者,盛也。

  阳光下的敦煌空旷苍茫,
  月光下的敦煌幽远高古。

二

沁人的月色给大地带来一片空明，远处隐约的沙山、古堡、长城的残堞、烽燧，近处的胡杨、红柳、屋舍、沟壑，像水墨画里的景物，清晰而醒目，混沌而苍茫。敦煌的夜晚和白昼有些殊异。白天看得见的，夜晚看不见；夜晚看得清的，白天模糊着。我恍惚觉得那城堡、垛堞上有张弓荷戟的健儿，死心如铁地守边把关，历千年风雨而不动。敦煌的夜晚给人一种清朗如昼的感觉。我总觉得那幽暗被一种光驱逐着，那是佛光，是千年前乐尊和尚见到的那束光。乐尊和尚把那光留给了敦煌。

这是照亮人类心头的一缕圣光、生命之光。每当黑暗降临时，这光顿时光芒四射，心头昭昭然，天地昭昭然。使人醒悟、憬悟，如醍醐灌顶，从而谨言慎行，弃恶从善，这光是精神的紧箍咒。

人性是恶的，丑恶的成分很强大，善的力量很弱，一切宗教都极力倡导弃恶从善。上善若水，水往高处流很难，上善也很难，人的本性自私，"克己复礼"，孔子提倡了一辈子，有谁能达到这种精神境界？几千年来，特别近百年来，自然科学、人类征服太空、向宇宙探索的成果，包括杀人的大规模的尖端武器，足以毁灭地球几十次，可人类的精神境界又提升了几重？人变善了还是变恶了？物质主义、消费主义、霸权主义，已弄得整个地球一片肮脏、混乱，陷入恐怖、死亡的图圄。人类能主宰别的生命之命运，却很难主宰自己的命运。当一种生命强大到不受任何生命制约时，等待他的只有毁灭。自己毁灭自己。"只有今天的人类拥有毁灭族类的危险和可能性。"我们的前人做出了很多愚蠢的事,而今我们不仅不反思,反而变本加厉,以超速度、前无古人、无所不用其极地干着更蠢的事,最终只能加速毁灭人类自己。

公元前5世纪是人类文化的曙光初露,并随之普照大地的时期。苏格拉底、柏拉图、亚里士多德出现在希腊那片神话般的土地;释迦牟尼属于热带印度神秘的国度;孔子、老子、庄子诞生在古老的中国,这些圣贤圣哲不谋而合地开始思考人与自然的关系,人与社会的关系,人与自身的关系。他们提出的理念,至今还是真理。

佛教讲因果报应;"福祸无门,惟人自名;善恶之报,如影随形。"古希腊哲学家柏拉图坚信因果报应,他在《理想国》中说:"人在世间犯有一罪者,死后当受十倍惩罚;在世时公道而勇敢者,死后,每一项亦受十倍的酬报。"法国大思想家伏尔泰也坚信因果报应:"要建立一个良好的社会,应当是需要宗教的。"大物理学家牛顿说:"有限的知识常使我们远离上帝,随着知识的丰富和研究的深入,又常使我们回到上帝身边。"科学巨擘爱因斯坦年轻时反对迷信,对基督教不那么热衷,晚年却彻悟道:"宇宙是神秘的,上帝是存在的。"还有惊人之语:

如果有一个能够应付现代科学需求,又能与科学共依共存的宗教,那必定是佛教。

佛教所讲的一切因缘,最终都归于空性,由反观心性而获得证悟。道教的方法是遵守中庸之道,坚持符合客观规律的原则,而不是按自己主观臆想去行动。也就是说,人在各种非分贪婪的欲望支配下何去何从，是决定生死，也决定祸福的关键。

敦煌曾是人类命运交会之地，是三条文明线相聚之所：印度文明、希腊中亚细亚文明、中华文明。古老文明之光聚焦至此，必定产生大宗教。乐尊游方僧看到三桅山的佛光，并非虚幻，是一种生命感应。

敦煌的月夜是那样静谧。白天，阳光那么浓烈、强悍，使人难以承受它的灼热，大地蕴含的水分全被榨干了。深夜从戈壁滩吹来的风，带有寒意。天地一片昏蒙幽暗，是创世纪初的沉寂。无边无际的苍穹，一无所有的空旷。

边月高远，平沙辽阔，浩瀚洪荒中的一片绿洲，承担了历史的天赋重任。

白天的敦煌属于历史。

夜晚的敦煌属于神话。

三

月光如水，倾泻大地。远处的沙山隐约，近处的烟树朦胧，月光下的树、花、草，层次分明，高冈、凹洼、沟壑，明暗相间。像一幅木刻画一样清晰。这些天，我以河西走廊为轴线，走过被金钱裹携的城市，走过被时代遗弃的乡村，走过荒漠、戈壁、山野、河流、废墟，在烈日下，月色里，我一页页阅读，一章一章翻检，这古老的书卷丰厚深邃，意蕴无穷。大漠孤烟、黄河落日、石窟塔影、荒刹古寺、绿茵草原，是那沙场秋点兵，"落日照大旗，马鸣风萧萧"边塞诗吸引我吗？是那"撩乱边愁听不尽，高高秋日照长城""叠鼓遥翻瀚海波，鸣笳乱动天山月"

的豪情燃烧着我吗？是关山月，甘州曲，"长风几万里，吹度玉门关"神秘旅行鼓舞着我吗？

白天，我走遍敦煌的大街小巷，阅读了莫高窟对游人所有开放的洞窟，游览了阳关、玉门关、养天马的渥洼池，魔鬼的杰作魔鬼城，以及天下绝境月牙泉。我是在苦苦地寻找心灵的家园和精神的高地。

那千百年以来跋涉这条古路的旅人，他们的足迹被风沙抹去，他们的故事已被岁月剥蚀得瘦骨嶙峋，只留下几句怨怼、忧愤的诗句燃烧在汉唐的诗册上。东汉时期，丝绸之路得到进一步繁荣，波斯人、希腊人、罗马人早就知道东方有个丝绸之国，称中国为"赛里斯"，于是出现："驰命走驿，不绝于时月；商胡贩客，日款于塞下。"中原文化和西域文化、希腊文化相互渗透、融合。我依稀感到荒漠、戈壁滩上的骆驼刺下，芨芨草丛中还残留着他们疲倦的叹息；绿洲的树荫里、小河边还储藏着他们惊喜的感慨，激动的情绪，飞扬的灵感；我看见李白的利剑，曝着青色撩人的寒光，将放荡不羁的楼兰拦腰斩断，又挥动如椽巨笔，借黄沙一片，写下震古烁今的诗篇；我看见岑参一身戎装，驰马边塞，"晻霭寒氛万里凝，阑干阴崖千丈冰"那种壮怀激烈、悲壮气概，只有大唐诗人才有如此豪气。

月色的长城垛堞，烽燧都已破败、倾圮，有的化作几坏封土堆，孤立于空旷、清寂的荒漠戈壁滩上。寂寞、孤独，只有早来晚去的漠风来问候它们，抚慰它们。

敦煌天生就是佛家圣地。敦煌市里的白马塔向人们昭示着一代大师鸠摩罗什的故事。鸠摩罗什被西凉吕光大军"劫持"到敦煌时，他那匹白马已耗尽生命的最后力气，倒毙在这块土地上。

大师给爱马在党河岸边举行了隆重的葬礼。这白马立下赫赫功勋。它背负的不是一介赳赳武夫,是一位高僧大师,是一种文化,是改变世人精神的力量。

鸠摩罗什在敦煌休整的日子,三桅山凿窟的斧钺斫劈声声传来,这是暗示古老的中原大地祈盼佛教的甘霖?是晨钟暮鼓的演绎?唤醒梦中人的排练?他感到弘扬佛法的责任更沉重了。

鸠摩罗什在凉州生活十七年,在长安十二年,他把最大的精力献给了佛教经典翻译,他译文精美准确(后来玄奘的译文和鸠摩罗什只相异几个字),他的名句"非色异空,非空异色,色即是空,空即是色",流布甚广,成了人生警句。鸠摩罗什在长安圆寂。临终前他告诉人们,他的肉体可能焚烧成灰,"唯舌不灰"。果然,他的遗体化为灰烬,舌头依然鲜活如生。

在敦煌壁画中出现深目高鼻、披发左衽、头戴尖顶帽的胡人,与汉人的形象迥异。有些胡人则牵着骆驼、骑着大象从远方而来。有些胡人成为西方的使者,成为汉人心目中的仙界人物——天外来客。

这些胡人的形象已经超越世俗,走进汉人信仰深处,化为永恒的历史细节,成为佛教传入中国的重要文化现象。

《山海经·大荒西经》说:"西有王母之山,壑山、海山。有沃之国,沃民是处。沃之野,凤鸟之卵是食,甘露是饮……鸾鸟自歌。凤鸟自舞。"这是我们先人对胡人遥远的想象?还是最初一缕佛光照亮他们灵魂深处?

随着鸠摩罗什的到来,丝路上又来了一批青年女子,她们不是走,是飞,裙裾飘飘,衣襟带风。她们一个个面容娇美,肌肤白皙,眉眼秀丽,热情大方,嬉笑着,歌舞着,像仙姑、像天使,边飞边舞,最后都栖落在洞窟画壁上。她们的衣着是那样鲜艳,她们的身段是那样轻盈,给这寂寞的洞窟带来青春的欢乐,生命的浪漫和激情。也许有了他们山野才有了春的蓬勃,秋的芳艳,夏天嘛,才有了骚动和喧哗。

她们是飞天。

莫高窟有飞天四千五百余身,有龛必有佛,有窟必有壁画,有壁画必有飞天。飞天出现在佛教艺术中,绝非偶然。人类追求思想的自由,精神的解放,便渴望人像鸟儿一样,在天空飞来飞去。那是摆脱世俗的桎梏,摆脱尘世的缧绁。"思维潜力的无穷和生命生理的有限,精神追求的无极和物化社会的种种制约",这深刻的矛盾怎么化解呢?于是就出现了宗教,出现了飞天。飞天超越了宗教和世俗,经过漫长的抽象、升华的过程,达到超越苦难,超越生死,将自身与大自然合一,达到"天人合一"的境界。这和道教、老庄宣扬的"逍遥游"有何区别呢?庄子的生命观归根结底就是要超越生死,使自我的身体来去自由,完全达到顺其自然的境界,也就是"天地与我并生,万物与我为一"的境界。佛教中的"涅槃"和老庄所言"不形之形,形之不形"的生死观、人生观、自然观,又何其相似乃尔!这是超越的生命精神,是吸取了天地间迥劲力量的生命精神。

敦煌飞天不仅是一种文化的艺术形象,而且是多种文化的复合体,它是印度佛教天人和中国道教羽人、西域飞天和中原嫦娥奔月的长期交流融合为一的产物。

敦煌飞天在唐代已达到至美的境界,成为一位面目俏丽,绢衣丝带,飘飘如云的天仙美女。

飞天是佛教中乾闼婆与紧那罗的复合体,乾闼婆是歌神,紧那罗是乐神,她们在天龙八部中分工明确,乐神献花供室,歌神奏乐歌舞,到了敦煌又合二为一,化为飞天。

有一幅画,一飞天"反弹琵琶",堪称琵琶舞难度最大、姿势最优美的绝技。那飞天身披璎珞,头束高髻,衣裾华丽,将琵琶置于脑后,反臂而弹,蹈足而舞,她们扬眉动目,神态自若,动人心魄,真可谓古代绘画的神来之笔。

敦煌洞窟的雕塑,多为泥塑,又称彩塑,题材多为佛像,菩萨像、弟子像、天王、金刚、力士像、羽人、飞天、地神、天女像、禅僧、高僧像,还有禽兽像。从北朝至隋至唐,唐代是雕塑和彩绘的鼎盛时期,也是成熟时期。艺术家淋漓尽致地发挥他们的想象天才,冲破佛家清规戒律,以现实生活为题材,以现实人物为模特,并加以概括、提炼、抽象、夸张,塑造富有生活气息的宗教人物形象,千姿百态,栩栩如生,呼之欲应,具有强烈的艺术感染力和审美价值。

月升中天,月光发白,雪一样的白,银一样的白,银白的遥远,银白的切近,银白的沙丘,银白的山峦,空旷的银白,没有生命的银白。白就是无。

敦煌的阳光热烈而臃肿;

敦煌的月光孤独而清瘦。

四

夜空的辽阔和清朗,才有了平平仄仄的情感的跌宕,在这静夜里,我的思绪驰骋飞翔,用梦幻的形式,把俗世积累的欢乐、向往、憧憬,一齐抛向星光璀璨的夜空。我想起欧洲的教堂,没有上帝的塑像，没有焚香跪拜的祈祷，但他们期望上帝之光，每座教堂都会泻出一缕阳光，无论圣索菲亚大教堂，雅典卫城光影交织的万神庙，西班牙的巴塞罗那教堂，天顶上和窗户都渗出一缕光线，虚无缥缈，如梦如幻。那便是希望，那是上帝所在，人的力量和才智是有限的，人的生命是有限的，那穹顶不绝如缕的光线弥漫下来，人顿时变得崇高伟大起来，这是上帝赐予了信念和力量。

上帝是虚构的偶像。佛不是，佛是人，不是神。它的创始人是释迦牟尼。他看到人世间到处充满苦难，便传授摆脱痛苦的方法，他告诉人们：人生有缘分，善恶有报应，生死有轮回。他教导众人要从茫茫苦海中解脱生老病死，到达永恒的快乐，必须做到"八正道"。人是自己哭着来到世界上的，离开人世时是别人哭着送行的。人的一生充满了悲剧性，但人生又是美丽的，人生只有超越苦难，才有价值。

一位诗人说得好：人类是宇宙的行者，一不留神路过人间/大地上到处摆满时间的栅栏/每一次抬腿都是通向未知的轮回。

人生无须悲观，即使潘多拉把盒子里的所有魔鬼都放出来，最下面一层还有希望，希望就是光。

白天我在洞窟里观察阅读洞顶壁画，那苍茫浩瀚的宇宙到底蕴藏着什么？人与宇宙是什么关系？上帝之光和佛宗的"法门"，能拯救人类的灾难吗？无论西方人或东方人大都相信人有灵魂，人死后，灵魂脱离肉体，自由自在地在天空飞翔，像飞天一样吗？肉体消失了，还有非物质的灵魂存在吗？佛教的六道轮回真的会出现吗？生与死是属于哲学范畴，六道轮回则属于宗教。那么灵魂呢？我认为，它既不属于哲学也不属于宗教，属于神学。

西方文化认为神是存在的，东方则认为神存在于大自然。万物有灵。

上帝存在于众人心中，但人不能成上帝。佛存在于众人心中，人可成佛。这是基督教和佛教的区别之一。

漫漫长夜，只有星月给人带来光明，多少童话和传说是在月光下发生？多少人在月光下释去身体的疲倦，取得精神的抚慰？多少人在月光下培育了美丽的爱情？又有多少人仰望星空，产生了智慧和探索的勇气？

我仰望星空，思考宗教和哲学：宗教是想象的产物，哲学是思维的结晶；宗教趋于玄虚，接近诗性，哲学则富有理性，靠近真理；而科学解答不了问题，它不是求救哲学，而是乞求宗教。我想起牛顿。他发现了万有定律，但他对宇宙空间的探索却感到困惑：宇宙从哪里来，要到哪里去？宇宙会膨胀吗？会萎缩吗？宇宙的边际在哪里？时间有起点吗？终点又在哪里？爱因斯坦是天才的物理学家，他的"相对论"，据说全世界只有十二个人读得懂，他本人是其中之一。他却弄不懂宇宙和人生："我们是谁？我们从哪里来？我们要到哪里去？"面对这一系列的天问，他踌躇，他沉默，他迷惘，无言回答，最后只得求救上帝。上帝说有光就有光。上帝只用七天时间便造出人及万物，天地间便有了一部卷帙浩繁的人类起源史，文明发展史，当然也包括宗教史。

宗教史和哲学史都是思想史，佛教作为宗教看似抽象玄远，其实它从未脱离尘世喧嚣的社会和人生，哲学来自社会和人生，又直接服务社会和人生。

《大唐西域记》中记述高僧辩论的对话："雅知提婆博究玄奥。欲挫其锋，乃循名问曰：汝为何名？提婆曰：名天。外道曰：天是谁？提婆曰：我。外道曰：我是谁？提婆曰：狗。外道曰：狗是谁？提婆曰：汝。外道曰：汝是谁？提婆曰：天。外道曰：天是谁？提婆曰：我。"

哲学探索宇宙；佛说：宇宙就是我，我便是宇宙。

敦煌的白昼是荒芜沉寂的苍天；
敦煌的夜晚是星光璀璨的宇宙。

西北望长安

"西北望长安,可怜无数山",我童年时代就读过辛稼轩的词,对他那种"栏杆拍遍",扼腕长叹的悲愤,怎么也激发不出历史的感悟,还责怪一个南宋的臣子管人家大唐的国都长安做什么?后来才渐渐理解了这位"挥手起风雷,落笔著华章"的一代将军词人站在赣州郁孤台上,望着早已沦陷的故都汴京,山河破碎,壮志难酬,怎能不感叹唏嘘啊!而今在金钱喧哗、商海乱舟的年代,想静下心来,发点历史之幽情也是困难的。我几次去古都西安,古城墙的垛堞,大雁塔的古砖,碑林里的拓片,还有大唐的朱雀门街,街面上的莲花砖,金元殿依级而上的巍巍殿基,大汉的灞河桥头,鹳雀台门的金铺玉户,华榱璧珰的未央宫殿,及至秦咸阳的冀阙,阿房宫的廊柱,以及周京丰镐的颓垣……虽然在我心灵里荡起几缕历史的波纹,但很快又消逝了!

然而,在这个春雨霏霏的日子,我站在阳台上,望着窗外高楼耸峙、烟波荡漾的故城,读上几句唐诗宋词汉大赋,忽然感到长安是一座多么伟大的古城啊!中国历史若抹去了长安,那简直把一部二十六史删削得瘦骨嶙峋,轻薄得不屑一顾了!

长安，十三个王朝在这里坐胎、分娩，怎能不令人感叹这片土地的天高之恩，海阔之德啊！

一

不过，我对《西京赋》和《三都赋》中对长安极尽铺夸饰的赞誉，心存异议，是否有些浮夸？是否存在五光十色的泡沫？我觉得那重重叠叠的宫阙里既有皇权的九五之尊，也有奸佞的险恶；锦帷翠幄里既有贵妇人的妖艳，也有腥风血雨的阴冷；碧砖青瓦朱户簪缨之内弥漫着皇戚贵胄的奢靡，也漫溢着恐怖肃杀的气氛。尽管那里有秦皇汉武唐宗，也曾住过司马相如、太史公、李白、杜甫、白居易、李长吉——代代光照千秋的政治巨人和文化巨匠，然而人事代谢，古往今来，江山胜迹，都成了历史的凭吊，都有一种巨大的悲剧感悟。

长安旧迹很多，细论，宫殿名气似乎最大，它不仅仅建筑恢宏壮美，而且会引出许多与人相关的故事，钩史海之沉像是不难。

阿房宫"覆压三百里，隔离天日""五步一楼、十步一阁。廊腰缦回，檐牙高啄。各抱地势，钩心斗角"。杜牧的《阿房宫赋》怕是中国文人都读过的，现在仍可以在西安城西郊三桥镇之南看到阿房宫的旧址，两千多年前的宏伟富丽辉煌壮观不仅是中国之最，怕是世界与之相媲美的也不多，希腊神庙、泰姬陵、吴哥窟……气势远不如阿房宫磅礴。秦始皇每年征发七十万人修建阿房宫和他的陵墓，以至"男子力耕不足粮饷，女子纺绩不足衣服"，竭尽天下之财富，垒砌起覆压三百余里的宫殿。这豪华的宫殿演绎了一幕幕悲剧和正剧。某年某月某日秦始皇突然心血来潮，一简御旨传昭天下，于是出现了二千多年之后被列入世界八大奇迹之一的兵马俑，出现了至今在人造地球卫星上能看到的人类居住的这颗蓝色星球上唯一的建筑物——万里长城，当然也出现了流传千古的孟姜女的悲剧，出现了车同轨、衡同制的肃穆，也出现了焚书坑儒的暴虐。古老的象形文字经李斯那双白皙而绵软的手变成优美的小篆，揭天盖地、浩浩荡荡贯满华夏大地。

历代皇帝一登基首先想到的就是宫殿和坟墓，前者为生，后者为死，实际上最关心的是"住"的问题。

说也怪，浩浩荡荡的二十六史，兴亡荣枯演绎排练的只有两个舞台：一是战场，二是宫殿。战场不必细说，阔野万里，金戈铁马，驰骋杀伐，血肉迸溅，天崩地坼，那熊熊烈烈的场面无论胜与负，生与死都是在阳光下生命与生命的撞击，那是生命力的张扬和升华。而后者宫殿，却是阴谋、陷阱、摇唇鼓舌、播弄是非、奸佞小人施展伎俩的舞台，实在看不出崇高和伟大。但是，这宫殿有时占据导演历史的中心位置，朝代的更替往往是从这里引发的。

就是那个太监赵高在阿房宫里颐指气使，指鹿为马，信口雌黄，杀死扶苏扶胡亥登上龙座；还是那个白白胖胖手无缚鸡之力的最卑鄙无耻的奴才，竟然，手指轻轻一点，隆隆奔驶的秦王朝的列车就脱了轨，一下子改变了一个王朝的命运；也是这位说话公鸭嗓门的太监，惹得陈胜、吴广爷们号令天下，揭竿而起，义旗连天，干戈如林，接着是楚汉相争，血染华夏，尸伏千里，最后这个宫殿连同秦王朝被楚霸王一把火烧成灰烬！

汉刘邦夺得天下，初始，在咸阳残城无所可居，暂栖栎阳。

一天刘邦作战归来，见城内大兴土木，宫阙壮甚，大怒，责问萧何："天下匈匈，苦战数岁，成败未可知，是何治宫室过度也？"萧何说："天子以四海为家，非令壮丽无以重威。"刘邦高兴了，当然也就默许了。其实刘邦也不过装装样子，展示一下创业者的艰苦奋斗的风采，这未央宫并不亚于阿房宫，未央宫周长九千多米，台殿四十三座，占长安总面积七分之一。有史料记载："前殿东西五十丈，深十五丈，高三十五丈……以木兰为棼橑，文杏为梁柱。金铺玉户，华榱璧珰，雕楹玉碣，重轩镂槛，青琐丹墀，左碱右平。黄金为壁带，间以和氏珍玉，风至，其声玲珑然也。"

当时，长安城内宫殿棋布，楼台亭榭林立，除未央宫，还有长乐宫，长乐宫又有十四殿，奢侈豪华，令人咋舌。在长乐宫内就发生过一件震撼千古的悲剧。那是高祖十年，大将军韩信叱咤风云、横扫楚霸王四十万大军，凯旋，这时刘家江山已经定鼎，但是刘邦的夫人吕雉与萧何设计，将韩信招至长乐宫，在屏风后面设下埋伏，不用吹灰之力，杀掉了这位军功赫赫的大将军。山埋伏、水埋伏，十面埋伏，却躲不过屏风后面的埋伏，韩信终于用生命祭了刘氏江山的祭坛，为古老的汉语留下了"兔死狗烹"的典故。

悲欢离合，生死歌哭，大起大伏的悲剧在宫帷中层出不迭地演出，一幕又一幕。大概也是在未央宫吧，这位吕后极其刻毒，刘邦在世时，她就忌恨高祖宠爱的戚姬，刘邦驾崩，尸骨未寒，当即吩咐宫役，先把戚姬剃光头发，勒令她舂米。然后又卸下她的宫妆，穿一身赭服，接着又挖去戚夫人的两眼，用铁链锁住双脚，把她关进永巷掖庭，砍断四肢，熏聋耳朵，药哑喉咙，变成

"人彘"。吕后除掉戚姬，毒死其子赵王如意，吓得惠帝不敢上朝。待惠帝驾崩，吕后便"临朝称制"，史称高后元年（公元前187）。吕后一上台就对初建的汉王朝大动手术，剪除刘氏根基，重用吕氏家族，有朝一日变刘氏江山为吕氏天下。先是罢了刘邦的忠臣王陵，任陈平为右丞相，审食其为左丞相，一口气又分封好些吕氏王侯，并追认她的亡父为宣王，亡兄为悼武王，又封侄儿吕台为吕王，封吕种为沛侯，吕平为扶柳侯，吕他为俞侯，吕更始为赘其侯，吕忿为吕城侯，甚至连吕后的妹妹，也受封为临光侯。一场没有刀光剑影、腥风血雨的宫廷政变在未央宫里实现了。但是仇恨和怨愤也种下了，当吕后一死，一场讨伐吕氏政权的斗争在宫廷内外展开了。陈平、周勃都是刘邦时代功盖天下的老臣，他们有位无权，对吕后专擅早已怀恨在心。他们内外联合，来了个血洗未央宫。刘章杀死了相国吕产、长乐宫卫尉吕更始，控制了首都军权，周勃又分头捕杀了吕后的党徒，接着又铲除非刘氏血统的小皇帝，推荐了刘邦的儿子代王刘恒继承大统。刘氏王朝又走向正道。吕后与后来的武则天有天壤之别，虽然都有阴险毒辣的手腕，但一个是阴谋家，一个是政治家。武则天的胸怀比吕后宽宏得多，这是后话。

二

至汉武帝时，国力雄厚，汉武帝本有好大喜功之嗜好，他下诏建造建章宫，殿宇台阁林立，宏伟、侈靡程度远远超过未央宫。其宫殿错落参差，气度恢宏，屋瓦鳞鳞，烟波荡漾，一派富丽繁华的气魄。

长安是皇都，一代汉大赋，一部千古绝唱的《史记》，都源于斯，成就于斯。

司马相如和卓文君的爱情故事千古流传。我青年时代读司马相如的赋，感到这位才华盖世风流倜傥的才子和卓文君相恋私奔的故事，就是一部爱情的经典。他们吹竹弹丝，鼓琴弄瑟，吟诗作赋，红袖添香，秋波云鬓，烹茶兼调素琴，寻求梦境之美，那种古典的浪漫，即使现代派青年也会倾慕。

我走进古城那幽幽青砖灰瓦的小巷，仿佛还能听到扫眉才子的温雅谈吐声。

那是一个细雨霏霏的日子，我顶一把雨伞，也顶着一天淋漓，徜徉在古都的街巷里，雨珠在伞上跳荡，在秦砖汉瓦上跳荡，像卓文君弹奏着一曲凄清的古乐。

司马相如被传入宫，甚感惊讶，见到养狗太监杨得意问："我在千里之外的蜀郡，皇帝陛下如何得知？"这位太监说："那是你的《子虚赋》被皇上看到，皇上以为你是前朝人，叹道：'朕独不能与司马相如生于同时，见他一面，实是件憾事！'当时我在皇帝身旁，说你是我老乡，现在蜀郡闲度，这样就传诏你进京。"

汉武帝是重文治而不轻武功的，爱才惜才，一见司马相如，便对这位相貌堂堂、风度翩翩的文坛巨子产生好感。二人便谈辞论赋，从《子虚赋》谈到枚乘的《七发》。这次汉武帝召他来写篇《上林赋》，同时被召的还有枚乘的儿子枚皋，文星荟萃，俊采星驰，各展才华。枚皋才华横溢，笔有神助，很快写出了《上林赋》，但汉武帝看了并不满意，由于推敲不严，文中常有累句。而司马相如决心超过枚皋，自然不敢怠慢，日思夜想，广采博引,字斟句酌,惨淡经营,一写就是几个月,连汉武帝也不耐烦了,催之,司马相如才献上《上林赋》。汉武帝看罢甚喜,赋中歌颂了大一统的中央王朝的气魄和声威,渲染了宫廷生活的豪华,迎合了年轻天子的好大喜功、志壮凌云的口味。这篇赋控引天地,错综古今,包蕴宇宙,总揽人物,辞章华美,文字典雅,成为千古之名篇。

汉大赋这种鸿篇巨制的创立,也只有在汉代这样的开放朝代,纵横恣肆地描写山河的壮丽、都邑的繁华、宫室的靡丽、祭祀的庄严、射猎的热烈、饮宴的畅快。汉武帝是个文学爱好者,而且自己也亲自作诗写赋。然而文学史并不买他的账,中国历代皇帝在文学史上被称为文学家的也只有曹操父子以及那个李后主。汉武帝想成作家,并未实现理想。江山不幸文人幸。倘若汉武帝真正成为一位作家怕倒是历史的不幸了。

对文人的重视,像汉武帝这样的一代君主是不多的。他设金马门——大概是一座很豪华的宾馆,让文士待诏于此。文士们冥思苦想,日月献纳。据班固记载,到汉成帝时,奏给皇上的赋就有一千多篇,可谓云蒸霞蔚,郁郁葱葱,成为中国文学史上一道壮观的风景。当时在长安城里就住着司马相如、东方朔、枚皋、王褒、刘向、倪宽、孔臧、董仲舒、刘德、萧望之等这一作家群体的佼佼者。试想除唐朝,哪个朝代还有如此文坛之辉煌?

司马相如一篇《长门赋》竟撼动圣心,使被汉武帝废的陈皇后重新受宠。陈皇后住在长门宫,愁闷悲思,孤独凄清,为了重新得到皇上的宠幸,不惜重金赠给当时的文豪司马相如,请他代作骚体赋向皇上表表忠心,司马相如于是才思如涌,写下凄切而悲恸的《长门赋》。汉武帝看罢,大为感动,陈皇后重新回到正宫。其实陈皇后被废的原因,是因为她本人太娇骄,又没有生下儿子,失宠后被废到长门宫,立卫子夫为皇后。

这位陈皇后被打进冷宫,终日郁郁,以泪洗面,天天盼君王到来,却是一场空幻,哀婉跌宕,悲切凄苦,望眼欲穿,多少次独上兰台遥望灯火辉煌的未央宫,更是悲痛欲绝,"雷殷殷而响起,声象君之车音",凝神远望已经产生了错觉,错把雷声当成皇帝的御驾来临。走下兰台,回到冷宫,更觉得形单影只,孤独寂苦,看窗外明月高悬,空照孤影,弹琴变调,愁思如云,往事涌来,不禁"涕流离而纵横"。其绝望萎靡可谓令人肝胆碎裂,汉武帝也非铁石心肠,读到此,我想也会目光湿润,心潮难抑吧!《西厢记》里说"文章无用",谁说文章无用?一篇文章挽救了一个女子的命运,这不能不说是一段佳话。

汉武帝时代长安的繁荣也达到鼎盛时期。古都长安对西方诸国带来巨大的诱惑,豪商富贾不避风寒,跋山涉水来到长安,带来西域各地的葡萄、胡桃、红花、胡麻、蚕豆、大蒜、芫荽、胡萝卜、石榴、黄瓜、苜蓿,还有骏马、香料、宝石、象牙、犀角、玳瑁、火浣布(石棉布)以及珍禽异兽,以至"明珠、文甲、通犀、翠羽之珍盈于后宫;蒲梢、龙文、鱼目、汗血(马)之马充于黄门;巨象、狮子、猛犬、大雀(鸵鸟)之群食外囿。殊方异物,四面而至"。上林苑还有观象观、虎圈观、犬台宫、葡萄宫、走马观,应该说繁华至极,昌盛至隆。这样的时代,的确是产生汉大赋的时代。

三

腥风血雨送走了南北朝，送走了隋王朝的侈靡，长安在大唐三百年的历史中可谓走进中国二千多年封建史辉煌的顶巅，成了国际级大都市。

我漫步在西安街头，寻觅旧朝遗迹。

皇城又名子城，在城内东西五街和南北七街交错的街道，整齐地排列着尚书省、门下外省、中书外省、秘书省、御史台、太仆寺、鸿胪寺、鸿胪客馆、太庙、左右领军卫、左右千牛卫、左右武卫、左右卫率府等文武官署。柳宗元、刘禹锡、韩愈、白居易、元稹等人曾在这里办公，相当于现在的中央各部委办的衙署。

盛唐时，长安已是"四方珍奇，皆所积集"，商贾如云，店铺相连，有上万家胡人居于城内。长安城酒肆饭铺的胡姬又带来异国情调，使得长安城内充满扑朔迷离的胡风。李白在《少年行》中描述道："落花踏尽游何处，笑入胡姬酒肆中。"长安东西市都有一些资本雄厚的"货赂山积"的富商。据说，有一富豪名邹凤炽，由于背驼，人称邹骆驼。《太平广记》中记载他"尝谒见高宗，请市终南山中树"，说一树若值绢一匹，"山中树虽尽，臣绢不竭"。这富商竟向高宗皇帝夸富，可见邹凤炽家垄断了多少丝绸！

商业的繁荣，使金钱大量集中，出现了专门经营串钱绳索的商店，就在宣平坊贺知章家的对门。贺知章自称为"四明狂客"，曾任礼部侍郎、秘书监等官。这位大诗人很有眼力，且心胸豁达，他重才爱才，是他发现了李白。李白入长安前，知名度就很高，贺读了李白的《乌夜啼》《乌栖曲》大为赞赏，称之为"天上谪仙人也"。于是李谪仙便名冠京城。贺知章，又将李白推荐给唐明皇，于是便有了李白为杨贵妃写赞美诗的故事。其实李白这两首诗都是乐府诗中很旧的题材，写男女离别相思之苦，可李白别出新意，言简意赅，博得贺知章的赏识。李白来长安的目的是求官，本来机会很好，可是他狂傲不羁，放荡纵横，人家唐明皇让你写几首诗，不过利用你的笔、你的才华，博得杨贵妃的欢愉，你可好，倒端起架子来了，又是让唐明皇的宠臣、一介新贵杨国忠铺纸磨墨，又是让高力士脱靴，那做派比皇上还皇上，这样的人还能做官？李白的文化人格决定了他不是当官的材料，所以在长安混了一些日子，除了喝酒就是吟诗，终日里酩酊放浪，酒助诗兴，诗借酒胆，酒诗相生，诗酒相伴。喝醉了还躺在大街上耍酒疯："天子呼来不上船！"

李白是盛唐时代的歌者，他对帝都长安的壮伟气象曾有热情的礼赞："紫阁连终南，青冥天倪色。凭崖望咸阳，宫阙罗北极。万井惊画出，九衢如弦直。渭水清银河，横天流不息。朝野盛文物，衣冠何翕赩。厩马散连山，军容威绝域……"对帝京庄严雄伟、富丽繁华景象的尽兴描绘，实际上也是对蒸蒸日上、人物鼎盛大唐帝国的赞美。街衢巷间，如画如绘，宫阙楼阁，连片成群，恢宏壮丽，连山上散牧的战马，也是威武强大的象征。李白在《南都行》中还赞美了帝国的商业繁荣、物阜丰茂："白水真人居，万商罗廛阓。高楼对紫陌，甲第连青山……"一派兴旺富足的景象。

恩格斯在评论古希腊建筑时说："古希腊建筑如灿烂的、阳光普照的白昼。"大唐帝国的宫殿楼堂，气势磅礴、高贵端庄，不是丽日中天，盛世豪华的表征吗？那些宫殿都是木与石的飞歌狂舞，都散发着无言的、黄金般的神秘魅力。

走出东西市场，前路像是还未尽头。我素来喜欢山水园林。盛唐时曲江池是最好的去处，瓦肆勾栏，朱阁绮户，花卉环园，烟水明媚，彩幄翠帱，匝于堤岸，入夏则菰蒲葱翠，柳荫四合，碧波红蕖，湛然可爱。唐代很多诗人在这里驰骋笔墨，拈花赋诗，对酒联句，倾尽才华，有白居易的《早春独游曲江》、卢纶的《曲江春望》、秦韬玉的《曲江》、王棨的《曲江池赋》等等。安史之乱后，曲江两岸高台楼阁被毁，曲江池污泥淤积，一片衰败景象，杜甫触景生情，写道："少陵野老吞声哭，春日潜行曲江曲。江头宫殿锁千门，细柳新蒲为谁绿。"杜甫离乱之后回到长安，来到曲江岸边，触景生情，感慨唏嘘，满腹悲怆。相传后来唐文宗读到这首诗，也颇感悲哀，立即传旨，命人清理曲江污泥，重修紫云阁、落霞亭等建筑物。

唐长安人有浓厚的春游习气，每年三月三游人如织，花繁锦簇的曲江岸，"日照香尘逐马蹄，风吹浪溅几回堤""江头数顷杏花开，车马争先尽此来"。王公贵胄嫔妃丽人当然是锦幡彩幢，翠华摇摇。踏青游春，是唐人的风习，即使平民百姓也来游春，农家姑娘也采一朵杏花插在鬓边。"莫怪杏园憔悴去，满城多少插花人。"唐人妇女喜欢采鲜花插在发髻上，野外的春景阑珊了，而城内却仍然满眼春色。

不过现在的曲江池已是人烟稠密，屋宇拥挤，是一片都市里的村庄。江水，池水早已干涸湮灭。没有了柳丝冉冉青莲碧荷，没有了亭阁香榭风流豪华。那些落仕弟子感怀伤时的悲叹已不再,那些怀才不遇的志士豪俊的诗赋歌吹的浪漫已不再,烟柳画桥的良宵已不再,舞池灯畔的轻歌曼舞已不再……风流总被雨打风吹去,鸡鸣狗吠,人声嘈杂的声浪已将历史淹没。

四

现在,我们再回到唐朝的宫殿里来。唐太宗在《帝京篇》中赞美"皇宫和离宫":"秦川雄帝宅,函谷壮皇居。绮殿千寻起,离宫百雉余。连甍遥接汉,飞观迥凌虚。云日隐层阙,风烟出绮疏。"唐太宗除在城内修建了太极宫、大明宫、永庆宫,以及禁苑、东苑、西苑、芙蓉宫等,还在四处郊区修建了翠微宫、玉华宫、望贤宫、华清宫、万金宫、九城宫、永善宫等消夏避暑的离宫。可谓九重宫阙,屋瓦鳞鳞,栉比鳞次,画阁凌虚构,遥瞻在九天。"霭霭浮元气,亭亭出瑞烟",庞大的建筑群,峨峨岌岌,若云兴雾涌,豪华之极,宏伟之势,空前绝后。那是一部英雄的乐章,是世界建筑史上的辉煌。它以史诗般的语言,展示了盛唐时代恢宏的气魄、旺盛的精力、蓬勃的元气、汹涌澎湃的青春激情。正如现代建筑大师勒·柯布西耶称赞古希腊建筑多立克柱时的感慨一样:"在人类的作品当中,有哪些东西曾经攀登到如此高度啊!"

太极宫,是唐朝最早建筑的宫城。李渊在太极宫登基。太极宫附近有两仪殿,平时皇上在这里处理朝政。两仪殿之北又有甘露殿。甘露殿东北有凌云阁。贞观年间,唐太宗命绘画大师阎立本将长孙无忌、房玄龄、杜如晦、魏徵、李勣、尉迟敬德、程咬金等二十四位功臣像画在阁上,太宗一一撰诗赞扬,并由著名书法家褚遂良题于阁上。

还有一个女人不能忘记,那就是唐太宗的长孙皇后。长孙皇后在政治上给唐太宗极大的帮助,她孝侍高祖,恭顺妃嫔,尽力弥逢,以存内助,一句话是有政治头脑的贤内助。玄武门政变时,她是发动政变的决策人之一,政变成功,她亲自慰问将士。更为可贵的是,唐太宗走上政坛后,她极力限制长孙家族人仕进,支持唐太宗重用魏徵、房玄龄等直臣,并督促唐太宗保持纳谏的作风。用今天的话说,一个成功的男人后面,必定有一个坚强伟大的女性。长孙皇后临终前还嘱咐太宗:"妾生既无益于时,今死不可厚葬。且葬者,藏也,欲人之不见。自古圣贤,皆崇俭薄,惟无道之世,大起山陵,劳费天下,为有识者笑。"唐太宗遵嘱没有大事铺张,采取了"因山起陵"的办法,将长孙皇后葬于昭陵。

寻访大明宫的遗址,它原是永安宫扩建而成。大明宫是极其豪华庄严的宫殿,层层叠叠的宫殿大门如九重天门,迤逦打开,深邃伟丽,玉阶丹墀,气势非凡,是唐太宗后历代皇帝早朝和接见外宾的场所。贾至曾写过一首《早朝大明宫》诗:"银烛朝天紫陌长,禁城春色晓苍苍。……剑佩声随玉墀步,衣冠身惹御炉香。共沐恩波凤池上,朝朝染翰侍君王。"杜甫、岑参、王维也都曾写诗赞美过大明宫。王维诗云:"九天阊阖开宫殿,万国衣冠拜冕旒。"一代女皇武则天就是从后宫走进大明宫而登基的。

与长孙皇后恰恰相反,武则天不是贤妻良母,而是很有手腕的政治家。武则天参与朝政,掌朝政长达四十余年。武则天虽女流之辈,且出身低微,却有唐太宗之风度,多权谋,能纳谏,敢说敢干,敢作敢为,心胸宏阔,坦坦荡荡,搞阴谋就是搞阴谋,不是把阴谋当作"阳谋"来宣扬的政治骗子。她有那个时代的大度和自信。即使对撰写《讨武曌檄》的骆宾王，也未怀恨在心，当她见檄文写得慷慨激昂，有"一抔之土未干，六尺之孤安在"等句子时，甚为动容，她对臣下说："宰相之过也。人有如此之才，而使流落不偶乎！"可见武则天非凡之胸襟。她执政时，既重用酷吏，又重用人才；既从谏如流，又敢剪除逆党；既重视发展经济，又重视科举和官吏的选拔；既重视文治，更注重武威。她训练了强大的军队，连隋文帝、隋炀帝甚至唐太宗都没征服的高丽，她派军队一举征服了。她既把国家管理得兴旺发达、纲纪肃严、井井有条，又挣破封建宗法的缰索，纳男宠，满足放荡不羁的生活。张昌宗和张易之兄弟，薛怀义、侯祥云便是宠臣。这是个性格极为复杂的女人，誉满天下，谤满天下。制定《建言十二事》，也就是发展生产，广开言路，重用人才，减轻徭赋等大政方针。她的政绩上承贞观，下启开元，巩固和发展了唐代中国的国际地位，"万国衣冠拜冕旒"。在男尊女卑封建宗法极其严酷的社会，一个女人登上政治舞台，且驾驭着这只庞大的舰船在诡波谲涛里破浪航行，谈何容易！千秋功罪，任予评说！所以她死后，在乾陵上竖起无字碑。

写到武则天，不能不让人想起诗人宋之问，这是个无耻之徒，诗虽然写得不错，但人格卑劣，他为了攀爬，对二张极尽谄媚，写了许多吹捧二张的诗。宋之问有个外甥，名叫刘希夷，也是个进士，写了一首诗，宋之问非常欣赏其中一个联句"年年岁岁花相似，岁岁年年人不同"。因诗刚写好，尚未传出，宋之问便提出这两句给他，用在他的诗中，刘希夷不同意，宋之问便命仆人用布袋装上土，压在外甥的身上，生生使刘希夷窒息而死。

但宋之问的下场也很惨，唐玄宗李隆基一上台，便将他流放岭南，并赐死桂州（今桂林）。

勤政殿，故址尚存。走进这片宫阙遗址，整个盛唐在我眼前一幕幕出现，魏徵的诤言，唐太宗的雄心壮志，武则天的宫廷政变……然而，我脑海中却蓦然跳出个很不起眼的小人物，这就是张祜的诗告诉我的："八月平时花萼楼，万方同乐奏千秋。倾城人看长竿出，一伎初成赵解愁。"

赵解愁是唐代很著名的杂技表演艺术家，善"马舞"。相传当时曾"以马百匹，盛饰分左右，施三重榻，舞《倾杯乐》数十曲"，这些马"衣以文绣，络以金铃，饰其鬃间，杂以珠玉"。奏乐开始后，舞马"奋首鼓尾，纵横应节。又施三层板床，乘马而上，抃转如飞。或命壮士举一榻，马舞于榻上，乐工数十人立于左右前后，皆衣淡黄衫，文玉带"。这位赵解愁绝技在身，倾城倾国，其马术可谓空前绝后。可惜赵解愁的绝技失传，不然中国会在奥运会马术比赛中一举夺冠，震惊天下。

还有位"女歌星"姓许名永新。也叫许和子，此人音质优美，音域宏朗，声情绝佳，是那个时代最走红的大腕。每当勤政楼前举行大的庆典活动，人山人海，喧嚣不已，其他节目演出时听不清声音，就请来许永新出台压场。她一上台，貌压群芳，声夺群星。万人引颈，屏息专注，凝神倾听，"至是广场寂寂若无一人"。其歌声使喜者闻之气勇，愁者闻之肠绝。看来，大唐时期，中国就出现了"追星族"。

还有一个舞剑的公孙娘，当时号称"雄妙"，连被誉为草圣的张旭看罢公孙娘的剑舞，而灵感骤至，笔下走龙奔虹，时人形容其书如公孙娘舞剑。

文学与艺术发展到如此境地，怕是五千年华夏历史唯大唐一朝。

有个诗人名叫郑嵎，名气不大，却写过一首诗真实记述了勤政殿前千秋节的盛况："千秋御节在八月，会同万国朝华夷。花萼楼南大合乐，八音九奏鸾来仪。都卢寻橦诚龌龊，公孙剑伎方神奇。马知舞彻下床榻，人惜曲终更羽衣。"花萼楼高高耸立在兴庆宫附近，三层，是一座大型宫殿，堪称古代建筑之最，是大唐盛世的象征。唐太宗、唐玄宗，大宴、国宴常在此举行。皇亲国戚，高官权臣，外国来使，一朝朱紫，满座华服，佳肴名膳，千舞百戏，争新斗奇，文采风流，无与伦比。张说也写诗："西域灯轮千影合，东华金阙万重开。"那时候，皇上令宫女头梳骑仙髻，身着孔雀翠衣，佩七宝璎珞，为"霓裳羽衣"。曲终人散，遗落地上的珠翠可用笤帚来扫，可见场面之宏大，奢华之极致。

五

兴庆宫中有一汪碧水，名九龙池，是地下水溢出汇集而成。岸上嫩竹茂密，新荷摇翠，殿台楼阁，倒映水中，如诗如画。池边细草柳枝和水中浮萍，酿就一汪浓酽的春色。风吹冉冉，覆岸离离，金堤带色，玉树影移。唐明皇常携杨贵妃到此处赏花，并亲自吹笛，让一代名演奏家李龟年演唱李白为杨贵妃写的《清平调》。

玄宗是唐朝皇帝中最富有音乐修养的人，他善于吹笛，能打羯鼓，会制谱作乐，既是一个作曲家，又是一个演奏家，而且他还是乐曲指挥家。他在皇家梨园里教授数百名乐工习艺,以致后世称戏班为"梨园",将玄宗奉为梨园之祖。唐玄宗的音乐代表作便是《霓裳羽衣曲》,据说此曲是改编西凉节度使杨敬述所献西域《婆罗门曲》而成。唐玄宗对他改的这支舞曲很满意。相传他刚得到杨贵妃时,进见之日便奏此曲以导之。杨贵妃也熟悉这一舞蹈。玄宗想起汉武帝为瘦而轻的赵飞燕修造了七宝避风台,见杨贵妃体态丰腴,便笑问:"尔则任吹多少?"贵妃答道:"《霓裳羽衣》一曲,可掩前古。"她又"醉中舞霓裳羽衣曲",使玄宗大为高兴。这故事就发生在华清宫。

长安千里之外是血迸肉溅、剑戈相击的古战场,"夜听胡笳折杨柳,教人意气忆长安"。而长安城内则是雅琴颂瑟的吹音,月色轻笼,瑶席金樽,风月清景,吹竹弹丝,悠缓的舞曲里,闪过杨柳般袅娜的倩影。偎红依翠的唐明皇,和杨太真欣赏《霓裳羽衣曲》,这位"三千宠爱在一身"的贵妇人,云鬟高髻,雪肤花貌。谁知渔阳鼙鼓动起来,到头来红泪飞雨,化血为碧,马嵬驿外,一丘荒冢葬芳魂。

《霓裳羽衣曲》正如《玉树后庭花》,是一曲亡国之音。几声渔阳鼙鼓,狼烟四起,烽火烛天,安禄山率大军直逼京畿。蝉鸣西风,乌啼凉月,一代盛唐,几度云烟,却入一纸编年。当年的勤政殿、兴庆宫、骊山华清宫,已被胡儿折腾得面目全非,紫苔滋蔓,绿锈凝门,冷落凄凉,衰败凋零。

唐明皇逃往西南路上,四处黄尘,栈道天险,日色黯淡,秋景凄凉,回首遥望故都长安,有家不可居,有妾不可依,玉颜不见,宫阙遥隔,怎能不老泪纵横,愁颜如云?

安史之乱之后,唐明皇回到长安,物是人非,"夕殿萤飞思悄然，孤灯挑尽未成眠"。迟迟暮鼓，耿耿星河，长夜如年，更兼梧桐夜雨，怎能不黯然神伤，泪水潸然？山长水阔，天上人间，知音难觅，芳踪不见，人间面目，浮世悲欢。

西安也叫长安。长安，长安，长治久安。安全包括两个层面。一是生命财产的安全，二是精神灵魂的安全。为前者，历代统治者不惜代价修城墙，外墙、内城、皇城，一道道高墙大垒，巍峨厚重，砖石相加，垛堞连连，固若金汤；为后者则大建寺院、道观、祭祀的祠堂。在欧洲不管城市大小都有教堂，中国历史也是这样，西安也有很多寺院，大兴善寺、开元寺、青龙寺、法门寺、大慈恩寺、大雁塔、小雁塔，那是精神的庇护所，灵魂的安放之地。社会性就是人的本性，城市的出现，也是满足人性的需要。然而这一切都未阻挡住安禄山的金戈铁马，杨贵妃那样的绝代佳人，最后一条白绫结束了如花的生命。

大唐二百八十年间，除末世，在整整一个盛唐时期，音乐歌舞，书法绘画，雕刻建筑，诗歌文学，宗教传播，文化教育，对外交流等等，都创中国历史之最，当时与大唐交往的，包括来长安的外国使节，留学士子，僧侣商贾，计有一百七十多个国家和地区。泱泱大国，皇皇国都，盛极、大极，成为世界文明史上的一座辉煌的丰碑。

六

今年四月，我又一次来到西安。几年未见，西安发生了惊天动地的变化。满城高楼大厦，马路纵横，宽街阔衢，两旁绿树如幄，车水马龙，人头攒集，商场栉列，琳琅满目。古都再现了它气势磅礴的风度，成了大西北繁华昌隆的重都大邑，现代化的名城了。

我走在古都的街道上，目光触及之处，总幻化出千年的风景，内心碰撞着千年的遗迹，我匆匆的脚步惊醒了一个个王朝的历史。千年的遗韵激起我邈邈情思，校点历史，批注风月，纵览十三个王朝在这里粉墨登场，兴衰荣枯，没有"春风得意马蹄疾，一日看尽长安花"的潇洒浪漫，却有"念天地之悠悠，独怆然而涕下"的感念畴昔。

在这巨大的时空里，王朝的更迭，政潮的升沉，喧嚣沸腾的历史都云飞烟灭了。风华千古的诗人，风流绝世的美女，威加四海、声震九垓的帝王将相都已销匿在岁月的苍茫中了。但那众多的宫殿遗址，琼楼玉宇、朱楼翠馆的遗迹，秦砖汉瓦，汉柏唐槐，名寺古塔，还有郊外多如繁星的陵墓，依然无声地向我叙述着它们昔日的繁华和昌隆，昔日的恢宏和庄严，昔日的壮烈和悲哀。

历史总是呈线性发展，由无数个点连接起来。每个点横向延伸开去，才能看到相关联的广阔的生活画面。毕竟是长安啊，这里的繁华鼎盛，歌舞升平；这里的金戈铁马，呐喊嘶鸣；这里的骄奢淫逸，酒池肉林；这里的血溅簪缨，尸横朱门；这里的慷慨激昂，长吟当啸……触景生情，犹如放在档案橱落满时光尘埃的胶片，用显影液稍加冲洗，历史便鲜亮亮地展现在眼前。汉代歌舞场面的宏大，动作雄健，音容旷朗，充分展示了一种豪迈气概，雕塑的古拙粗放，浑厚凝重，简洁雄强，则体现了那个时代大气磅礴的精神；而唐王朝那种细腻、丰腴，多元文化的融合，任情适性的自由，阔大的胸襟，富丽的绘画，华美的雕塑，宏伟的建筑，旷朗的书法，欢腾酣畅的乐舞，扑朔迷离的胡风，还有那百室连歌、千筵接舞、高楼大观、金堂玉户、丝哇管语的盛世豪华，则体现了尊卑有序的儒家思想，又融合了道法自然的道家精神，成为我国建筑史上的奇迹，也为当时周边国家都城建筑提供了范本。

长安让我肃目凝神。登上古城墙，放牧视线，这繁华的古都，巍巍大雁塔作为古长安的标志依然在，塔檐叠涩浑然一体的小雁塔依然在，兴庆宫虽无殿庑，已成为兴庆公园，华清宫亭台楼阁碧波清泉依然在，以及远郊存在的和湮灭的汉唐陵阙，让今人依然能读到历史的苍茫，岁月的悠远，文化的厚重。有道是文章照千古，汉赋唐诗已成为中国文化发展史上永恒的风景。不灭的是汉唐雄气，不老的是汉唐精神，不偃的是汉唐风骨，不死的是华夏民族开拓创造、踔厉风发的灵魂。你看到那碑林了吗？那林林总总三千多块碑碣雕刻，依然闪耀着震撼千古的艺术魅力，或风骨俊逸，或雄健凝重肃穆典雅，或仗剑纵舞呼风唤雨，潇洒的笔迹，绝代的精湛，依然体现着汉唐魏晋时代莘莘大端的气度。一代代大师用心血和灵肉冶炼的艺术精华怎能不让后人五体投地顶礼膜拜呢？怎能不产生高山仰止的情感呢？我对长安的兴趣更多的是历史文化的辉煌。古城墙虽非大唐盛世的建筑，但那厚重的砖石，雄伟的墙体，长满时间的苍苔，又怎么不让人肃穆起敬呢？它仅仅是圈住了一段历史吗？站在古城墙上纵目驰骋，现代高层建筑、高科技开发区、绿树裹挟的大学城，夹杂在古老的建筑丛里，使你感到历史并未断章，华夏子孙正在谱写着新的续篇。水有源，树有根。苍天在上，古墙在旁，泱泱华夏，皇皇古都，啊，长安！

解读凉州

一

离开兰州,我乘上汽车,直奔武威——古称凉州的边塞名城。时值阳春四月,几天前我离开故城济南时已是春色酽酽、绿意沸腾了,而这里却是一脸的边塞相:肃穆和苍凉。左边是霸气粗豪的祁连山,白雪冠顶,渗透出一缕缕凛凛寒气;右边是雄浑苍莽的龙首山,呈现出一抹冷漠的灰黄。看不见山泉流水,听不见莺歌燕语,路边新栽的杨柳似乎还未从冬眠中醒来,光秃秃的枝条摇曳在干燥的旱风中。稀稀落落的村庄里偶尔传来一两声鸡鸣犬吠,传递出一缕生命的气息,天地间一片旷达的静寂,一片枯涩的静寂。

汽车穿行在河西走廊,像穿行在时间的隧道里,历史的密码从四面八方蹦跳出来,雪花般地扑落在大脑的屏幕上:边墙塞障,大漠孤烟,古道驼铃,石窟塔影;耳边不时响起羌笛的哀怨,筚篥的呜咽,胡笳的悲鸣……似乎卫青、李广的战马刚刚从这里踏踏驰过,大唐王朝的边塞诗人就在我们前边,那飘动的衣袂依稀入目……

凉州词、塞下曲、陇头吟、阳关三叠在我的记忆中还未温习一遍,眼前的走廊忽然变得开阔,转眼间不见了龙首山,祁连山也退避三舍,在白云下缥缥缈缈,躲躲闪闪。视野里出现一座城郭,人们说,前面就是武威了。

啊,武威,一片孤城万仞山。王之涣没有说谎!

对凉州我心仪已久,曾引起我多少缤纷缭乱的遐想,那是汉唐边塞诗留给我的意象。汉唐时代多少诗人钟情凉州,写下了辉映千古的凉州词,那是中国文化流韵中一道壮丽的景观。秦、汉、南北朝、隋唐,以至宋明,历经两千多年,这片被风沙裹挟和烈日燃烧的赭褐色的土地上,总是烽火狼烟,干戈如林,战争的剧目频频上演,连绵不绝。

凉州是古代羌人息居之地。羌,就是"西方的牧羊人"。羌人以游牧为业,逐水草而居。华夏族一个部落的酋长就姓姜。姜、羌,文字上同根同源,也就是说,炎帝部落很可能就是东迁的羌人。

秦汉之际,匈奴在中国北方崛起,他们击败了东胡,又驱逐了月氏人,河西走廊的羌地也受到了侵略,祁连山下丰美的牧场成了匈奴人纵横驰骋的天地。剽悍、骁勇、善骑射的匈奴人不断南下侵犯汉境。从汉高祖刘邦到汉景帝,几代皇帝,因汉业初创,数十年间没有力量与匈奴抗衡,只好采取和亲政策,以缓和边境危急。但匈奴贵族贪得无厌,得陇望蜀,不时骚扰汉廷。到了汉武帝时,这位气宇宏瞻,有囊括四海之志的一代霸主,决心要解决河西走廊问题,要同匈奴决一雌雄。

汉武帝要开疆拓土,疏通丝绸之路,连续派卫青、霍去病、李广率军出击河西走廊。骠骑将军霍去病,首战首捷,一举击垮了匈奴休屠王,占领了河西走廊的东端,并获得了匈奴的祭天金人。武帝将它陈列于甘泉宫,以示武功,为了纪念这场战争的胜利,命名此战场为武威,炫耀汉王朝的军威和武功。

由于连续对匈奴人用兵,匈奴屡遭失败,不得不远走他乡,河西走廊完全被西汉王朝控制。汉武帝在河西走廊开设郡县——即置酒泉、武威、张掖、敦煌郡,后昭帝又设金城(兰州)郡,被称为河西五郡,其行政机构和内地完全一样。武威郡即凉州刺史的治所,这样,武威便有了凉州的别称。

到了唐朝初年,由于隋末天下大乱,河西走廊被匈奴人的别支突厥和吐蕃族、吐谷浑割据。唐高祖李渊统一天下后,深感凉州地理位置的重要,特别任命善于征战的儿子李世民为凉州总管。但李世民并未就任凉州,李渊就派了黄门侍郎杨恭仁为安抚河西的大使,并专任凉州总管。

从唐开国到以后的一百多年中,唐王朝与西北少数民族发生了多次战争,而战争大都是以凉州为根据地而进行的,也就是说凉州是当年的前线总指挥部。《资治通鉴》载,唐开元仅二十九年,在这里就进行了二十四次大的战役。整整一个唐朝,在丝绸之路上进行了上百次的大战役,前后三百年,前仆后继,为开拓这条人类文化的"运河"、中西友谊之路,所付出的代价,真是血流成河,尸堆成山。贞观余烈,在唐朝国力极度强盛时,西域诸国与大唐的关系进入了政治、经济、文化艺术水乳相融的阶段,凉州作为河西走廊的桥头堡,自然也达到了繁华鼎盛时期。

战争给人类带来了无数灾难,却也在人类文明史的发展中起着不可替代的促进作用,正如人类学家说:战争选择的是大道义,大精神,战争是一种金属文化。如果没有战争,人类怕是还处在茹毛饮血的原始社会。

凉州在大唐时代的知名度极高,仅次于都城长安。凉州词、凉州乐、凉州伎舞,风靡全国。王建有诗云:"城头山鸡鸣角角,洛阳家家学胡乐。"这里胡乐指的就是凉州乐。温子升描述当时凉州的繁华景象"车马相交错,歌吹日纵横",而岑参也激情洋溢地写道:"凉州七里十万家,胡人半解弹琵琶。"可见盛唐时期,这西北边塞重镇的歌吹喧天、文化葱茏绚丽的画面。

二

这就是古凉州吗?这就是王维"百尺烽头望虏尘"的凉州吗?这就是岑参"胡人半解弹琵琶"的凉州吗?这就是"车马相交错,歌吹日纵横"的凉州吗?不闻边声鼙鼓动地声,不见假面胡人假狮子,哥舒翰的大军安在哉?高仙芝的营帐安在哉?那跑雪踏沙的胡马呢?那荷戟执戈的戍卒呢?我还没有来得及从唐诗的韵里醒来,眼前扑面而来的是成群的高楼,是宽阔的街衢,是穿梭的汽车,是蠕动的人群,是喧嚣的市廛,嘈杂的声浪。这一切都淹没了边塞诗的古韵。

我千里迢迢来到河西走廊,想撷拾古典的浪漫,苍茫的诗情,寻觅风华葱茏盛唐诗人飘零的身影,一切都不在了,一个现代化的小城,以鲜活的、富有生机的倩丽和繁华呈现在我的眼前。

我走在古凉州的大街小巷,似梦似幻,我触摸现实,遥岑历史,眼前总幻化出汉唐时代边塞古城的风貌。啊,你看,从那酒肆里，从那曲曲小巷里，从秦砖汉瓦垒砌的小院里，走出一个个宽衣长袖、峨冠博带的士子。他们步履或潇洒，或蹒跚，或稳健，或轻捷，边风吹拂着他们的蓄发，秋阳在石板路上投下长长的身影……

啊，那不是高适吗？他显得苍老，才五十出头呀，两鬓染霜，满脸是被风沙揉皱的纵横，双眼溢满忧愁和悁悒，腿脚也显得蹒跚，眉额攒聚。他在想什么呢？是咀嚼新酝酿的绝句，还是因边声风紧而为将帅哥舒翰思忖作战方略？

啊，路边酒肆里传来琵琶声声，丝弦嘈嘈。一位风度翩翩、眉目英俊的年轻人掀开门帘走出来，他瘦削的脸颊被冷酒烧得一片赤红，肩上一把长剑，口袋里还露出被揉搓得缺边少角的半卷诗书。他是岑参吧？两度出塞，戎马倥偬之际，烽火狼烟之中，他跻身于边塞诗人的行列。打开全唐诗，没了岑参，边塞诗会出现缺行断垅，不成气候。

那是王维，还是王之涣？王维我认识，他既是诗人又是画家，被世人称之"诗佛"。诗仙李白，诗圣杜甫，再加上这个诗佛，使全唐诗奇峰突兀逶迤跌宕。他老先生也隔三岔五地写几首边塞诗，一不小心弄出几首千古绝唱。还有王之涣和高适、王昌龄三个"铁哥们"上演了一出"亭上画壁"的故事，成了诗坛千古美谈。王之涣显得颓丧，没有戴唐士子帽，一头花白蓄发被风撩得零乱，虽人到中年，仍富有狂傲不羁、放浪形骸的诗人风度……

后面还有王翰、李欣、李益，他们的相貌还有点陌生，但名字早已熟悉，都是盛唐名冠华夏、声播九垓的"星"级诗人。他们都来凉州干什么？举行笔会，还是诗人论坛？

我知道，凡是文化名城，总是和文人分不开的，街巷里总是要飘曳着文化人的衣袂。这些诗人为何都患有凉州情结？也许有了凉州，边塞诗才得以崛起，边塞诗的崛起，又为诗化的大唐帝国耸起一座巍峨的高峰。全唐诗有一千八百余首边塞诗，而边塞诗又有一百多首冠以"凉州词"，或以凉州为背景的诗。许多诗人并未来过凉州，凭着浪漫主义的想象，也写了不少凉州词，抒发一腔忧国忧民的爱国情怀，成了千古绝唱。王之焕的"黄河远上白云间"，王翰的"葡萄美酒夜光杯"，李益的"只将诗思入凉州"……每当我吟诵这些诗篇时，总感到有一股肃杀悲怆的意蕴从字句间丝丝缕缕地冒出来，直透肺腑。

人类社会的发展史上，剑与诗，骷髅与鲜花，狂啸与低吟，铁血烈火与歌舞伎乐，总是在战争与和平两条并行的线上交替弹奏，构成一曲雄浑壮烈的乐章，一曲永恒的乐章。

在凉州活动时间最长的是高适和岑参。唐代是恢宏壮阔的大时代，姹紫嫣红的文化景观处处闪烁着诗化的光芒。那个时代，吟诗成了时髦。考官要作诗，交友要作诗，甚至求偶也要作诗。长安曲江池，当年是很风流的地方。那里既是落第士子借酒浇愁、发泄牢骚的地方，也是贵族以文才择婿的重要场所。我想高适也许曾在曲江池畔饮酒浇愁感时伤怀过吧！

高适二十岁时在长安求仕不遇，到了天宝八年，经人举荐混了个县尉。县尉是县令的属官，官阶从九品下，是官吏中最低的一级，相当于现在的副科级或股级。他曾作诗道："拜迎长官心欲碎，鞭挞黎庶令人悲。"他毅然辞职，投奔河西节度使哥舒翰幕府做掌书记，驻守凉州。后来安禄山叛乱，哥舒翰大军开往潼关。潼关失守,哥舒翰被俘。高适在乱军中逃出。这时唐玄宗也出逃巴蜀。高适追循太子李亨到了灵武。

凉州虽然没有夕阳箫鼓曲院风荷,没有烟雨霏霏晓风残月,没有江南的杏花春雨烟柳画舫,但这里边风浩浩,大漠茫茫,山岭峻拔,戈壁旷大,他在这里度过了一段充满审美体验的浪漫人生。

高适在《陪窦侍御灵云南亭宴诗》中对凉州山川风物地理形貌有过动人的描述,并序言如是说——

> 凉州近胡,高下其池亭。盖以耀蕃落也。……军中无事,君子饮食宴乐,宜哉。白简在边,清秋多兴,况水具舟楫,山兼亭台,始临泛而写烦,俄登陟以寄傲,丝桐徐奏,林木更爽,觞蒲萄以递欢,指兰茝而可撷。胡天一望,云物苍然,雨萧萧而牧马声断,风袅袅而边歌几处,又足悲矣。……

这是一幅天高地阔、秋色悲戚的边塞画卷!

高适写这首诗时是天宝十三载,也就是公元754年,那时高适年逾半百,生命的秋天已如寒霜降临。回首大半生,命运多舛,仕途蹇涩,书剑飘零,功名未遂。他和岑参一样,都有热衷功名的世俗追求,又有恃才傲物、狂放不羁的独立人格,面对这胡天塞地的凄楚秋风,飘零的黄尘落叶,羁愁别恨能不黯然生悲?"一樽易致葡萄酒,万里难逢鹳雀楼"(陆游诗),和友人郊野宴乐,借酒浇愁,洗涤尘烦,感叹相聚不易,相会佳期难卜:"河汉徒相望,嘉期安在哉?"

我来寻觅高适宴乐的灵云池。武威的朋友带我到郊外踏青。

往事越千年，人非物也非。灵云池已不再，南亭已不再，萧萧牧马已不再，唯有祁连山还耸立着，耸立着巍峨，耸立着雄浑，耸立着千年不变的苍莽。而峡谷里有一泓碧波，云影山影树影，倒映在水中，水光潋滟，烟波澹澹，偶有水鸟掠过，撒下一串啾啾鸣韵，给这荒凉的大山增添一抹灵性和缥缈的温馨。朋友告诉我，这是20世纪60年代修建的一座水库，库水源自祁连山冰雪的消融。

我站在湖边远望，颇感"檐外长天尽，樽前独鸟来"的诗情画意。高适和朋友们在这里举觞醉酒时正是秋天。望天地鸿蒙，六合八荒，阳光薄金，秋风薄寒，心境自然会变得凄然，怆然！

岑参是和高适齐名的边塞诗人。他比高适小十几岁，而且两次来过凉州。洋洋大观的边塞诗有了岑参便平地又拔起一座高峰。

岑参对河西走廊和古西域有着更多的生命体验。他曾于天宝八载在安西节度使高仙芝幕府掌书记，驻在武威。约四年之后，也就是天宝十三载，岑参第二次从戎，这时正是封常清任安西节度使，他也曾住过武威。

我在武威的街巷里寻寻觅觅，但寻不到高适住过的营帐，找不到岑参醉饮的酒楼茶肆，一切都被现代生活的烟尘遮住了，物换星移，一个繁华喧嚣的边塞古城已湮没在岁月的苍茫中了。

无独有偶，岑参也是约二十岁时到长安求仕不遇，只好另辟蹊径，投笔从戎，仗剑出塞。"琵琶一曲肠堪断，风萧萧兮夜漫漫""一生大笑能几回，斗酒相逢须醉倒。"这是岑参第二次到西北边疆、由临洮赴北庭，途经凉州，重逢节度使幕府的朋友而写下的诗句。也是个秋风裹寒，瘦月清霜的夜晚，在街上某一个小酒馆里，老友相聚，泪眼相望，冷饮边秋，醉酹寒月，豪气中不乏苍凉，欢乐中更添忧伤。

> 弯弯月出挂城头，城头月出照凉州。
> 凉州七里十万家，胡人半解弹琵琶。
> 琵琶一曲肠堪断，风萧萧兮夜漫漫。
> 河西幕中多故人，故人别来三五春。
> 花门楼前见秋草，岂能贫贱相看老。
> 一生大笑能几回，斗酒相逢须醉倒。

岑参这首《凉州馆中与诸判官夜集》，写出了凉州的繁华，胡人云集、琵琶声喧的景象，又道出书剑飘零的诗人的悲苦心情。在前线与老友相会，感情极为复杂，热酒冷梦，吟诵如潮，不是江南才子的浅斟低吟，而是军旅诗人的狂饮浪醉。也只有边塞重邑凉州，户外战马嘶鸣，风沙萧萧，边月凄清，边秋肃杀的大境界，大氛围，才能酿就这一缕豪迈悲壮的诗情！岑参在另一首诗中咏叹："词赋满书囊，胡为在战场。"满腹诗书，一腔经天纬地的凌云之志，在京都却不能施展，只能从戎。这牢骚也透出岑参的心中块垒。

记不得在哪本科幻小说里读过这样的情节，说当一个人乘坐超光速的运载工具，便可以追上历史的脚步，看到近代、古代，甚至远古人类活动的画面，像看连环画似的，一页页翻阅，清、明、元、宋、唐、汉、秦……历史逆流而来，历历在目。可惜，现代科学还未发明制造出这种超光速的运载工具，自然我也无法追寻远逝的历史，更难寻觅远去的边塞诗人。

三

说起凉州,不能不提到王维。王维是一个重量级的边塞诗人。他的命运和高适、岑参都有相同之处,多舛和蹇涩。王维出塞时间比高适、岑参都早。在开元二十五年(公元737年),王维奉命出任凉州河西节度判官。他在凉州住了不到两年,开元二十六年回到长安。

当时是崔希逸将军任河西节度使。唐初,唐王朝和吐蕃和好,边境安宁。但不久,唐玄宗听信谗言,令崔希逸率兵出击吐蕃,于是双方失和,战争的荫翳又骤然笼罩河西走廊。那时王摩诘任监察御史,唐玄宗便派他去崔的幕府任判官。此时凉州已处在战争的前沿,"凉州城外行人少,百尺烽头望虏尘"。路断人稀,站在百尺高的烽火台上就能望见滚滚虏尘。

王维多才多艺,他不仅是诗人,也是画家。他的诗画名盛天宝、开元年间。他前期生活积极进仕,后期消极隐退,张九龄罢相,李林甫上台,安史之乱中王维被迫当了伪官,使其对政治失去了热情,而趋向于其早年受熏染的佛门,他买下了风光清幽的辋川别墅,于政务之余,闲住在终南山中参禅修化。

我在武威还撷拾到一段民间传说:"王维画石"的故事。

唐玄宗时,凤翔(今陕西宝鸡)封有岐王。一天岐王听说大诗人、大画家西出长安,大概是奔赴凉州就任判官,路过凤翔。岐王盛情邀王维作画题诗。王维欣然答应,面对备好的纸墨,沉思片刻,一挥而就,画出南山怪石一幅。墨迹虚实相宜,气度非凡。岐王看画,高兴至极,赞不绝口,令下人悬挂中堂。谁知一日，忽然狂风暴雨，雷鸣电闪。宫侍向窗外一看，阳光灿烂，风烟俱净，而室内何来风雨？吓得人躲的躲，藏的藏，乱作一团。狂风暴雨过后，众人一看，室内一切毫无损伤，唯有墙上那幅"石画"，不翼而飞。岐王命宫中文臣武将内查外找，皆无踪影。

事过百年，到了唐宪宗时，一日，忽然有大臣禀报，说高丽王派使节送来一件重要文物。宪宗令高丽使臣进宫。只见使臣抬着一架红漆木箱，众人打开，原来箱里装着一块石头，众人大惑。再看高丽国王的信函，说是，某年某月某日，雷雨交加，天降一块大石头，上有贵国诗人王维的题诗印章，如今我们双方已是友好邻邦，愿"完璧归赵"。唐宪宗细细观察，果然有王维的题诗印章刻于石上，和过去保存的王维的画稿一比较：手迹印章一模一样。

传奇是有点传奇。王维的诗和画在中国文化艺术发展史上确实独标高格，影响了一代代诗歌和绘画的创作。

还有个诗人王之涣，此人留下的诗并不多。全唐诗中仅有六首。诗不在多而贵于精。这六首并不影响他成为杰出的诗人而横陈在唐朝诗歌发展史上。而这六首诗中的《凉州词》《登鹳雀楼》又成为传世之作，流传千古。比起乾隆爷的万首诗，可谓"一句顶一万句"。艺术承认的是创新，而不是数量的多寡，更不被官位和权势所左右。

王之涣和王维、高适、岑参略有不同，他没有成边的经历，但凭着一首《凉州词》而成为唐初卓尔不群的边塞诗人。

王之涣是山西太原人，曾作过小小县尉。他性格豪放，又不拘小节，你想在那个君君臣臣的封建专制的社会里能有多大出息？尽管你学富五车，才高八斗，诗满书囊！性格已先天性地决定了王之涣的仕途坎坷。

王之涣做县尉时曾有"文安放粮"一案。那是他到河北文安县的第三个年头，文安闹起天灾，旱魃、洪魔、虫祸，联翩而至。秋天，颗粒无收，文安百姓已是家家断粮，户户断炊了。他连写了几份奏章，要求皇上开仓放粮，但是半年过去，泥牛入海，毫无音讯。王之涣愁眉不展，夜不能寐。一天，他闷闷不乐到街上散步，来到一家小酒店，想借酒浇愁。谁知刚刚坐下来，进来一老一少，老者六十多岁，少者是个七八岁的小女孩，饿得面黄肌瘦，两只大眼睛怯怯地望着陌生的一切。她牵着爷爷的衣襟，躲在身后。这时酒保走来大声驱赶。王之涣制止酒保，并命他："再加两个菜，拿几张饼来！"老人热泪盈眶，述说他们是河东人氏，家乡闹灾，儿子媳妇已饿死，自己便带着九岁的孙女来讨饭，说着便急忙跪下："客爷，你行行好吧，收下这孩子，她会烧火做饭，打水扫地……客爷，孩子跟着我也是饿死，就让她跟着你逃条活路吧！"王之涣见孩子可怜，便收留了。

回到县衙，越想越难受，怎么办？灾情越来越严重，死人越来越多，等圣旨，至今杳无音讯；不等圣旨，私开官仓，要犯杀头之罪呀！王之涣辗转一宿，难以入眠，最后下决心，开仓赈灾！……老百姓得救了。消息传到朝廷，皇上大怒，立即命钦差到文安捉拿王之涣。幸亏有在朝做官的好友保奏才免遭死罪。随后，王之涣弃官，浪游四方，并结识了大诗人李白、杜甫；他西游长安又结识了岑参、储光羲等人。

王之涣何时来过凉州，史书上没有记载，但那首流传千古的《凉州词》（"黄河远上白云间"）描写的却是古凉州一带旷阔凄凉的景色。

我想，那是一个天高气爽的秋天的早晨，王之涣登上凉州郊外某一座山包上，举目远眺，黄河仿佛从白云间奔流而来，而身边是一片孤独的边塞小城，背依耸立千仞的祁连山。在这胡天塞地，人烟旷稀的地方，哪有什么春色可言？戍边的将士啊，你们不要吹奏羌笛，怨恨杨柳不绿边塞，春风是不会吹度玉门关的！这悲怆的诗句，渗透着怨恨，渗透着凄凉，也展示了塞外苍凉宏阔的画卷！

孤城一片，苍山万仞，悠悠白云，黄河远去。这里一切都是死亡般的沉寂，是大自然的静默。这是一种大境界，大风景。大象无言，大音希声。这首《凉州词》喊出了负戈戍边，开边立业千万将士的心声！

王翰、李欣、李益，他们有的来过凉州，有的并未来过，却借凉州这个"酒杯"，来浇自己心中忧国忧民的块垒。他们或浅酌低唱，或狂吟浪醉，烈酒冷梦，感念畴昔。性格放达、粗犷豪放的王翰，极喜乐饮，常常喝得酩酊大醉。他来未来过凉州，无籍可查，但那首"葡萄美酒夜光杯"，悲怆凄凉，直透肺腑，也只有他放浪江湖的豪气，才写出这震撼千古的绝唱！

李益祖籍是凉州，但他出生河北，一生未回过浸润着祖辈血汗、埋葬着先人骨殖的故土。他才华横溢，二十一岁中进士，可出仕二十载，没有升迁，一直在渭北节度使臧希让幕府中，身居微职。他深感仕途失意，毅然弃职浪游，足迹遍及幽燕、河溯边塞。他写了许多边塞诗，被乐工谱之管弦，传入宫廷中歌唱。后来宪宗闻李益诗名，便于元和初从河北召李益回长安，随即入朝为秘书少监、集贤殿学士。李益又"狂妄"起来，自恃有诗才，言行失检，授人以柄，结果让人打了小报告，被朝廷降了职。他看到官场险恶，宦海诡谲，干脆把乌纱帽一拽，退出这片肮脏的是非之地，做他的诗人去了。他虽未回过故土，却对凉州寄予无限的乡愁乡思。"腰悬锦带佩吴钩，走马曾防玉塞秋。莫笑关西将家子，只将诗思入凉州。"

凉州是人文荟萃之地。千百年来，凉州曾负载过边塞诗人的生命和卓越才华，曾负载过中国文化史上一段流韵千古的壮丽景观——凉州词。高适、王之涣、王维、岑参、李益、李欣……他们的诗章具有丰富的想象力和情感色彩，成为超越时空的绝唱，诗人们以凝重的历史感和指点江山的风采，为凉州在唐诗中留下了不可磨灭的形象。

四

高楼、绿树、宽街、阔路，尽管现代化的脚步喧嚣而热烈，但边塞古城仍保留着一角静谧和肃穆，展示着这片土地的厚重和沉淀了的历史苍凉感。青砖斑驳的鸠摩罗什古塔，古色古香的城门钟楼，出土铜奔马的擂台，气宇轩昂古树千章的孔庙，还有稀世珍宝的西夏碑，依然向人们昭示着：灿烂的文化依然在，丰隆的历史依然在，古道驼铃商贾络绎的繁华依然在。虽越千年，这边塞古城依然闪烁着历史的幽玄；凉州词依然闪烁在中国文化星光浩瀚的苍穹。

词，是音乐文学。凉州词是为凉州乐而写。而今，凉州词依然在，凉州乐却已失传。

凉州乐曲曾风靡天下，这是东西文化交流绽开的鲜葩。那时这个丝路要塞，这片干渴焦苦的土地曾接纳几番东风西雨。凉州乐曲是西域龟兹乐曲和中原乐曲结合而形成的一种独特风味的乐曲，浓郁的地域特色，富有野性的激越的情调，苍凉雄浑的旋律，为唐代乐坛吹进一股新鲜的山野之风。《隋书·音乐志》记载："大业中，炀帝乃定清乐，西凉……以为九部。西凉者，起符氏之末，吕光、沮渠蒙逊等据有凉州，变龟兹声为之，号为秦汉伎……至魏周之际，遂谓之国伎。西凉伎，即乐曲名。"也就是说，早在隋朝之前……东晋十六国时的吕光、沮渠蒙逊占据凉州时，把龟兹乐加以改造而形成凉州乐。

凉州是多民族杂居的地方。维吾尔族的先人回纥，土耳其人的先人突厥，藏族的先人吐蕃，还有吐谷浑人。这些少数民族的音乐歌舞像一条条河流从四面八方汩汩滔滔涌流而来，它们携带着大漠戈壁的雄旷，挟着雪域高原的清洌，裹着大草原的苍莽，还有中原大地的凝重，汇聚在凉州这片赭褐色的土地上，能不搅起汹涌澎湃的情感波涛，激起撼人心旌的漩涡吗？它们鲜活的生命色彩和浓郁的地域特色，交融渗透化合，孕育出凉州歌曲舞蹈的瑰丽音乐之花——凉州文化。正如希腊、罗马文化在印度和土著文化相撞击而出现了犍陀罗文化一样。

到了唐代，凉州已发展成为一个繁华的边陲大邑。唐人小说《集异记》中讲述过一个故事：有一年正月十五，唐明皇在上阳宫张灯结彩，喜庆灯节。唐明皇看到满宫灯火辉煌，宫灯缤纷花样新颖、别致，甚感欣慰。这时有个道士感慨道：今年的灯节除了凉州，天下没有比长安盛大红火的了。唐明皇问道：你到过凉州吗？道士说：我刚从凉州回来。玄宗惊异，又问道：我想到凉州看看行吗？道士说：可以。你闭上眼睛，一会儿就腾空到了凉州。玄宗果然看到"千条银烛，十里香尘，红楼迤逦以如昼，清夜荧煌而似春"的繁华景象。这固然有点荒诞离奇，很有点魔幻小说味，但也说明盛唐时代，凉州的确是一个繁华的边城。元稹有诗云："吾闻昔日西凉州，人烟扑地桑柘稠。葡萄酒熟恣行乐，红艳青旗朱粉楼。"可见大唐盛世，这里"土沃物繁，人富具地"。

音乐是一个民族情感的流泻，是一个时代精神的张扬，是审美意蕴和想象力的标志。一个没有自己特色的诗歌乐舞的民族，是灵魂苍白、精神枯萎、情感干瘪的民族。古希腊把诗歌乐舞交给女神缪斯掌握，也就是把人类的智慧、灵魂交给了伟大的女神。

凉州，这个荒僻、苦焦的祁连山脚下的边塞小城，竟然是诗的城，歌的城，舞的城，莫不是越是荒凉、环境艰苦的地方，越需要瑰丽、旖旎的诗歌乐舞来滋润干渴的精神旷野？《旧唐书·音乐志》里说："自周隋以来，管弦杂曲将数百曲，多用西凉乐；鼓舞曲多用龟兹乐。"唐时宫廷里流传着《霓裳羽衣曲》，也就是《霓裳羽衣舞》，据说，原是开元年间河西节度使杨敬述所献。后来经过玄宗润色并制歌词。那细腻、婀娜、优雅、轻柔的舞姿，那些"云髻峨峨，修眉联娟，丹唇外朗，皓齿内鲜"的舞女歌伎，其形态"翩若惊鸿，宛如游龙。荣曜秋菊，华茂春松。仿佛兮轻云之蔽月，飘摇兮若流风之回雪"。可谓动人心魂，摇人心旌；那舒曼、轻盈、富丽华瞻的乐曲，又让多少人回气荡肠，如梦如幻！

李频有诗云："闻君一曲古凉州，惊起黄云塞上愁。秦女树前花正发，北风吹落满城秋。"凉州曲调苍凉悲哀、深沉、婉转、动人。所以《隋书·音乐志》评价"掩抑摧藏，哀音断绝"。

唐代的"九部乐章"中"西凉伎"是北魏太武帝平定河西一时所得。这雄浑健美的西凉伎，杂糅了汉、羌、月氏、羯、鲜卑、匈奴诸多民族的文化因子，到了隋唐时期发展成型，成为一部大型歌舞。在节日庆典、祭祀或皇上祝寿时演出，乐队庞大，衣着华丽，阵容雄壮，气魄宏伟。那是一个大时代精神的象征，那是一个民族意志强旺、意气昂扬、情感澎湃的喷发，是一个风雷激荡的民族魂的展示。

据资料载：其乐队设编钟、编磬、弹筝、挒筝、卧箜篌、竖箜篌、琵琶、五弦、笙、箫、筚篥、小筚篥、笛、横笛、腰鼓、斋鼓、檐鼓、铜钹、贝等乐器组成。是多种乐器的交响曲，协奏曲，是多民族的大合唱。繁弦急响，雄风浩荡，展示了盛唐时代壮美雄阔的气魄和气吞八荒的大唐胸襟；给人一种征服一切，战胜一切，所向披靡的英雄气概和凛然难犯的浩然正气。

现在流行于全国各地的狮子舞，据说脱胎于"西凉伎"。这是一种民间舞伎，粗犷、豪放、通俗、活泼的风格，尤受百姓的喜闻乐见。白居易有诗赞曰："西凉伎，西凉伎，假面胡人假师子，刻木为头丝作尾，金镀眼睛银帖齿。奋迅毛衣摆双耳，如从流沙来万里。紫髯深目两胡儿，鼓舞跳梁前致辞。"这短短几句，把西凉伎从角色、内容到狮鬣飘扬的形态、装饰写得入木三分，栩栩如生。这种恣肆汪洋，海立云垂的气韵，也流泻出盛唐时代的欢忭之情。

五

那是一个月色溶溶的春夜,边塞的月亮又大又圆又富有质感,清凛凛的月光照耀着边城和山野。"凉州三月半,犹未脱寒衣",但毕竟是暮春时节了,料峭的夜风里夹杂着泥土的清香和树木花草萌发的气息。春夜的武威,灯火辉煌,市声喧嚣。我漫步街巷,一片片商店、酒肆、咖啡馆、网吧、舞厅,人影飘动,熙熙攘攘。流行歌曲在大街小巷横冲直撞,却不闻胡人的琵琶羌笛;舞厅里传来探戈、伦巴强烈刺人的节奏,却不见凉州乐伎婀娜优雅的舞姿,没有凉州曲的悲怨苍凉,没有凉州词的雄沉宏阔,更没有"此时秋月满关山,何处关山无此曲"的场景。一切远去了。那些在酒肆茶楼狂吟浪饮的诗人,只留下几首凉州词,便悄然地消逝在历史的幕后,大唐帝国的盛世遗风连点踪影都难寻觅,因为这里不再是边塞重镇了。造物主早把一段盛世的历史撕下来深深地埋葬在时间的泥土里,很难萌发出新的故事,新的传奇。葡萄美酒依然醉人,但酒醒处,却不闻肃杀的秋天和动地的鼙鼓;边塞的雄风、古战场的豪情已随着夜气浸入灯红酒绿里,也难怪那商店门外张贴的广告,是时髦性感的女郎。只是千年的古月依然照耀着这穿越了风雨千年的古城。

我走向郊野。旷野上是千里沉寂。高邈深邃的夜空,一天晶莹闪烁的星斗,裹着寂寞裹着孤独的祁连山,依然呈现出狂飙卷澜般的雄姿,庄严、沉郁、凛然,绵延千里,每一座山峰都高贵地矗立着,平静而肃穆,从容而大度。我边走边默吟着王之涣、王维、高适、岑参的边塞诗,我只觉得一股哀婉悲怆的情绪弥漫在胸中。岁月匆匆，历史匆匆。一种失落感萦绕在心头。失落了什么呢？汉唐的雄风浩荡？拓边扩土的霸业？辟地有德的将帅，甲胄有劳的士卒？金戈铁马、尸陈荒野的悲壮，刀光剑影铸就的历史辉煌？抑或是那种充塞天地之间的至大至刚的浩然正气？天籁的恢宏，物语的奥妙，使我的脑海忽然飘忽起一缕禅意：生命的轮回，历史的轮回，人生的轮回，似乎这是一种宿命，是一个千古之谜。是人类撼动了历史，还是历史推动了人类社会发展的脚步？

　　望着月光下的巍巍祁连山，望着远处隐隐的长城、烽燧、垛堞，还有身后的边城，我肃然起敬。感谢武威，感谢古凉州，我应该脱帽叩首。是凉州这个伟大的支撑点，支撑着汉唐历史的一页苍穹，支撑起中华民族一个辉煌的时代，中华民族数千年的文明史、文化发展史，有谁能像你一样既具有镞矢如雨、战马长啸的战争画卷，又具有汹涌的诗情、滂沛的乐章？

徽州写意

一

汽车离开宣城，一路向皖南奔驶。一进入歙县，一个经典的徽州便出现在眼前，黛瓦粉壁、马头墙，砖雕、石雕、木雕，把徽州的古典淋漓尽致地表现出来。山是青黛一抹，水是碧绿一缕，水绕山盘，构成一尊盆景。正是烟雨四月天。天空黛灰，古老的村镇黛灰，山野里绿中泛黛，山岚雾霭灰蒙蒙的，苍苍的，如烟。一片春云舒卷，霏霏萧萧，满天飘起如梦如幻的雨来。山峰山峦之间只见浮动着白蒙蒙的烟岚云气，扑朔迷离，一片朦胧。近处的田地里，油菜籽已结荚，青青的，碧碧的，挺玲珑的。偶然有几棵大概忘了季节，还傻乎乎地擎着几朵金黄。

徽州有黄山，有新安江，还有一座座牌坊，和粉墙黛瓦的古宅、古村、古镇，就连那河上、江上、溪流上的一座座石桥都有幽幽古风。

徽州名人实是多，远的不说，现代名震遐迩的陶行知，"大名垂宇宙"的胡适，一代艺术大师黄宾虹，大作家周而复，数学泰斗江泽涵，哲学家洪谦，中国铁路之父詹天佑，还有红顶商人胡雪岩，一代名妓赛金花，还有那位古代名妓杜十娘虽然不是徽州人，但却是地地道道的徽州媳妇。杜十娘一怒携宝投江溺水而死，爱美人的徽商孙富落了个千古骂名……这风水宝地，千百年来，特别是明清以来演绎了几多风流，那个写《牡丹亭》的汤显祖有诗云："一生痴绝处，无梦到徽州。"一个剧作家如此苦恋这片沃土佳壤，青山绿水，可见这方土地的精气、灵气、神气诱惑人！

徽州是一部古老的线装书，纸页发黄，残缺不全，而今又被雨淋湿了，字迹漫漶。只要认真读下去，还能读到它历史的悠远，文化的内涵。你看那山野、古镇、古村、古楼、古宅，在蒙蒙细雨中还散溢着苍凉的气息，氤氲着历史的幽香。

我在歙县一家宾馆住下，与县文化局联系，结识了一位副局长名叫程龙。他热情爽朗，一看就知道是心底充满阳光的汉子。我需要一些史志资料，他很热情地给复印了一些。他说，徽州文化博大精深，一眼望不到底，许多人皓首穷经，研究大半辈子，才弄出些皮毛来。你随便走到什么地方都可以看到原汁原味原汤原水的徽州历史。传统文化气息很浓，有说不完的诗情画意。数千年历史中，已为唐宋明清留下许多光辉灿烂、古风幽幽的影子。你说不清哪是李商隐的七绝，哪是唐寅的绘画。

二

雨，弥漫着古城。雨，敲打着鳞鳞灰瓦，点点滴滴点点。潮天湿地，幽幽的雨富有女人的温柔细腻。浓浓的雨云垂翼在这古城，像个黑衣尼在祈祷，也像念咒语。

夜里，我躺在宾馆里辗转反侧，难以入眠，窗外是一丛芭蕉。巨大的蕉叶似绿伞，雨打芭蕉，一种诗意，一种风韵。这雨和唐诗里的雨，宋词里的雨，没有本质的区别，飘落的形式也相似。"更作风檐夜雨声"，巴山的夜雨涨肥了秋池。雨在蕉叶上鼙鼙地跳，在灰瓦上鼙鼙地跳，在灰色的街道上跳，湿淋淋，阴沉沉，黑森森，冷清清。今夜的雨有点寻寻觅觅，凄凄惨惨戚戚。

歙县七山一水一分田，一分道路和家园。你看十分徽州，山就占了七分，这里到处排满山，山舞峰跃，重重叠叠，乱无章法，几乎把人排挤到最狭小的生存空间。为了生存，他们不得不从小背井离乡，告别亲人，到外地经商，踏上风雨弥漫的人生之路。

徽州人喜欢读书，喜欢做官，你随便走进哪座村镇，哪怕藏在深山旮旯里的小山村，也会猛不丁地冒出个名气大得吓人的人物来。状元、翰林、宰相、侍郎，知府、知州之类地市级的官员更是多如牛毛……一堆乌纱帽都散落在这些山村野寨。男人们在皖南山区那些古宅里借着小天井的天光读完四书五经，就要去考功名了。命运好的很快就居庙堂之高，过着养尊处优的生活，胡宗宪就是他们的代表；不愿在仕途上跋涉的就埋头学问，青灯黄卷，皓首穷经，成了名满天下的大学问家；更多的经商，巨贾豪商，富甲天下。尽管有的结局很悲惨，像红顶商人胡雪岩。但他们毕竟在人生的大舞台上搏击风浪，呼风唤雨，纵横捭阖，展示了经济家的叱咤风云。

解读徽州，最好走进它的小巷，它比苏州、无锡、常州、姜堰古镇的小巷更狭窄,更幽深,也似乎更神秘。巷两旁是高墙深垒的大院,古楼的挑檐,都似乎拼命向外使劲,把小巷遮得更严,只有中央一绺长长的缝,镶嵌着蓝天,弄不清它到底通向何处。在小巷头看不到小巷的腰,到巷腰又看不到巷尾。小巷逼仄处,两人并排行走都感到困难。在小巷之间,那跌宕有致的马头墙,高出屋脊,屋顶半遮半映,半藏半露,黑白相间,构成一种曲线美、旋律美,再加上"一线天"的映衬,居宅的墙壁与天空的廓线,形成了"天人合一"的古典哲学的韵味,增添了层次感、韵律感和审美意蕴。

建筑是空间的语言,建筑是无声的音乐,建筑是色彩和线条的交媾和分娩。建筑是一种文化,最能体现一方地域、一个民族的心态、精神的寄托和理念的追求。程朱理学的发祥地在徽州,徽州文化的形成必然打上程朱理学的胎记,影响徽州一代代人的思维。古诗云:深巷重门人不见,道旁犹自说程朱。

风晨雨夕,春光秋色,两旁古色古香的房子,墙角长着绿绿的苔藓。雨天,小巷用青石铺就的小径,被雨一洗,湿湿的,亮亮的。雨中的小巷使你想起戴望舒的那首名诗,想起打着雨伞,扎着丁香结的忧郁的姑娘。小巷是一页稿纸,记录着小巷的经典,小巷的传奇,小巷的沧桑。

小巷依然飘着雨,那雨很性感,温柔、细腻、轻佻。雨气空蒙而迷幻,一阵子灰,一阵子白,小巷的雨水积成细细的溪流,沿着墙角的水沟匆匆流去。偶尔有一棵绿藤爬过墙头,雨中紫花满枝,一串串,一簇簇,形成紫藤萝瀑布,沿墙倾斜而下,挺诗意的。"小楼一夜听春雨,深巷明朝卖杏花",陆游的诗移来写徽州,那情韵也很贴切。两旁的古宅高低错落,跌宕有致,黑黑白白。屋顶上长着一棵棵瓦松,在斜风细雨中摇曳,婆娑影姿更是撩人。也有的古宅用木条支着一页"老虎窗",歪歪斜斜,窗是木板的,黢黑黢黑,细雨淅淅沥沥,敲打在上面,更富有人情味、古典味。你到江村,你到胡适的故乡绩溪上庄,你到龙川,你到胡雪岩的故里,单看看那一条条小巷,灰墙灰瓦,你就感到岁月的悠久,历史的沧桑。在这深深的小巷里,人世间一切浮躁喧嚣,红尘市廛的纷扰都淡淡远去了,你尽可以在这古宅里品茗啜酒,吟诗言志,书画寄意,品味人生的清苦、雅致、甘甜、朴素和淡泊。这是一种禅意人生,是人生一大境界。

徽州小巷很有文化品味,很多外国人游历徽州,深感东方文化的博大精深,东方人婉约、细腻的气质形成之渊薮。徽州的古巷总散发着程朱理学线装书的味道。小巷深深深几许?你总也读不尽徽州人的婉约,徽州人的含蓄,徽州人的灵秀和理智。

三

古桥,古巷,古村,古镇,古树,古井,古牌坊,道不尽徽州的古典,说不完徽州的诗情画意。有诗云:"墙角数枝梅,凌寒独自开。"水声勾诗意,山色涌画情;幽境芳草见,幽林百鸟鸣,烟雨蒙蒙,水汽蒙蒙。远望山野,那千变万化的云海,时而如三江倒悬,浪挟涛裹,山邀云出,雪横苍穹。可一转眼,千峰峥嵘,乱影翻滚,逶迤起伏,奔腾澎湃。云潮千里,雨帘万卷。

走进徽州民居,好客的主人会先敬上一杯热乎乎的香茗,你一边寒暄,一边打量这古色古香的老屋:首先让人感到震惊的是一方天井,横风斜雨扫进天井,湿湿的一片,更有四面屋檐的积水,顺着灰瓦滴檐流淌下来,小小天井成了一个积水潭,水花四溅,水泡生了又灭,灭了又生。品茗听雨,更觉古意盎然,诗情暖心。天井下面的水池里有下水道,又将积水缓缓流走。晴天裁一方阳光,剪一段流云;鸟鸣鹤唳入室来,天光云影共徘徊,真正达到"天人合一"的境界。这种独特的建筑,四面墙壁没有窗,借天井射下的天光照亮室内。天井下的积水池,含有"肥水不流外人田"之意,这是徽州人的哲学。仔细打量整个建筑,又是程朱理学的物化表现:进了院门,便是一道影壁墙,墙有壁画,或画牡丹,国色天香,以示富贵;或画花鸟,繁花成簇,鸟鸣枝头,以示兴旺。影壁墙后面便是客厅,八仙桌,红木椅,墙上悬字画,无字画则俗,一副副楹联古色古香:"读书在涵养,涉世无停滞""砚以静方寿,诗乃心之声""世事让三分天宽地阔,心田存一点子孙耕种""孝悌传家根本,读书经世文章"等等。正是这一幅幅楹联,陶冶着徽州人的性情,涵养着徽州人的人格,导引着他们的人生航程。从这些对联中你也看出徽州人的文化底蕴,人生哲学。院子大一点的有鱼池、假山,亭台楼阁,小桥流水,布局典雅,小巧玲珑,引人入胜,古色迷人。从徽州古宅里走出富商巨贾、高官大吏,也有孔乙己式的人物,古宅里弥漫着金银气,也有风花雪月的故事。"四水归堂",天井里和清冽的巷风里,使你真正体悟出"天人合一"的理念,仿佛走进八大山人的画的意境中了。雨中的徽州是一幅水墨淤然的画卷。

走进烟雨徽州,仿佛时光倒流,明清的遗韵到处漫溢,如梦如幻,仿佛一不小心会在亭子里,或是园林里,遇到林黛玉、贾宝玉,或者金陵十二钗,莺声燕语,嬉笑戏闹,衣袂袅袅,步履姗姗。在这烟雨迷蒙的江南,虽然听不到甜甜的吴音侬语,但依然看到"雨送黄昏花易落"的意境。看到落红满庭,也会油然而生出生命苦短的悲凉来。

不过昔日豪门大宅的辉煌和繁荣已不在,那富可敌国的巨商大贾已不在,荒草,颓垣,残瓦,原先精美的石雕已斑驳,木雕已皲裂。你想怀古,只有到唐诗宋词里找,到明清绣像小说里去找,现代化的高楼大厦,威风凛凛,直逼而来,凭栏处,尽是一片惆怅和苍凉。

我徜徉在灰蒙蒙的烟雨中,雨淋湿了我的鬓发,虽然撑一把塑料雨伞,难挡横风斜雨,我的裤角裤腿湿了,一股凉意由下而生。我像一条鱼在雨中无目的地游着。我忽然想起那首《虞美人》词来:"少年听雨歌楼上""壮年听雨客舟中""而今听雨僧庐下……一任阶前,点滴到天明"。这听雨中蕴含着多少人生的哲理,人世间的炎凉,生命的荣枯,人生的辉煌和黯淡,命运中的漂泊和奔波。少年不知愁滋味,欢忻无忧的心情,壮年时壮烈和慷慨,老年时已成一介孤僧,凄清孤独,枯寂,悲凉。这是人生的大彻大悟,大喜大悲。人,很难逃脱命运的图圄。古今有大成就者,总会出现这三种境界,遇到"听雨僧庐下"苦寒酸涩的现实,且莫悲观,淫雨霏霏,连月不开之后,就是春和景明,春光明媚。

四

我徘徊在细雨中,雨丝飘落在衣衫上,发丝上,脸上,湿漉漉的清凉,湿漉漉的恬润,这银灰色的小精灵,弄得你心痒痒的,酸酸的。雨天的街道,一改往日的繁华和喧嚣,一下子变得很清静了，几顶花花绿绿的油纸伞、布伞、塑料伞从街上缓缓飘过，白皙的小腿，健美的双足，韵律般的协调——这是徽州雨中很动人的一页风景。

由此，我想到徽州古廊桥、古楼上的"美人靠"，这简直是徽州的一大特产。

徽州的"美人靠"几乎全是徽商留下的遗存，静静的街巷，幽幽的街河，一座廊桥横穿而过，廊桥两边有护栏，护栏的下边是一排像连椅似的木板，可倚可靠可坐。很多典雅的楼亭也设有这种"美人靠"，特别是那富商大贾的宅第，高楼上伸出一个小阁楼，很像欧式建筑的露台，小阁楼是雕刻精美的护栏，护栏下是油漆光亮的木凳。廊桥是临溪而建，阁楼是面对山野而筑。"美人靠"并非专为徽州女人而设，坐在"美人靠"上的也非尽是美人。但是徽州女人常常依靠护栏看日出日落，云卷云舒，思念远方经商的男人；晨钟暮鼓，落日楼头，一种怅惘和伤感弥漫心头，年年岁岁，风晨雨夕，它伴随着徽州女人春数柳丝，秋点归雁，盼雨雾天晴，远方的郎君突然出现在山野小径上，身影越来越清晰，可又越来越模糊，千帆过去都不是，失望像云雾暮霭一样膨胀起来。"美人靠"给徽州女子带来一种"雾里看花，水中望月"似的凄迷的意境。

徽州河上的廊桥，造型很别致，也很有韵味，廊桥都有雕花的格子窗，窗下设有"美人靠"，俯身可观流水苔藻，远瞩可见帆船隐隐。徽州女人触景生情，怎不想在风雨弥漫的荒野上跋涉的丈夫，何日能夫妻团聚？胡适不是说过吗？一世夫妻三年半，也就是一对夫妻结缡四十年，只有三年半的时光在一起。风雨廊桥，实际上渗透了徽州的一种精神，"美人靠"实际上是"女人铐",锁住她们如花的青春,寂寞了她们鲜活的生命。她们在寂寞和孤独中默默度过一生。很多女人除了抚老养小,家里地里,忙忙碌碌,一生没有享受几天人生的欢乐。

徽州多河多溪多水多桥多舟楫。徽州古桥可分为廊桥、亭桥、屋桥,多姿多彩,巍峨壮观者有之,小巧玲珑者有之,这些桥梁,精雕细琢,风姿卓然。既是桥也似装饰品、艺术品,它是徽州河的项链。建于歙县北岸的廊桥,长达三十多米,宽约五米,高有六米,完全是架在河上的一座长条形的屋子,两旁都开有风洞窗,精美的雕刻,鲜丽的漆画,窗下设有"美人靠",可凭可览,一川风景如画。

许多过桥人,踏上廊桥没有不坐在"廊靠椅"上小憩的,不论熟悉或是陌生人,不论年长年少,寒暄过后,话匣子打开,三皇五帝,世事变迁,人间悲欢,无拘无束,畅谈纵论。风情万种的廊桥,千姿百态的"美人靠",是徽州人的精神的折射,是徽州人心境的外在表现。

五

小城氤氲在烟雨里,像陷入一种梦魇中。

街两旁蜂巢般排满密集的商店,花花绿绿、五颜六色的商品,鲜亮夺目的招牌,诱人,惑人。但这些店都是明清时期的遗存,油漆过的木柱、木板门,想必经过岁月的风侵雨蚀,都已脱落,露出原木的本色,我轻轻抚摸,感到岁月在我掌上流过的清润和苍凉。

雨天,客不多,店家不叫卖不吆喝,很闲静地坐在柜台后面，有的女孩子挺投入地翻阅一册时尚杂志，或看一本言情小说，以至顾客走进，头也不抬。古老的徽州很静，雨一点一滴地响彻着清凉和真实。店主的目光平和安详，他们仿佛感到人性的灵光，真、善、美、温和、宁静，迷人的魅力。他们继承着先人的遗风，儒商的温雅，儒商的宽容。

在一家工艺品商店，我停下脚步。徽州有驰名遐迩的三雕：石雕、砖雕、木雕（包括根雕）。店主是一个中年人，既是卖家，又是木雕制造商。雨中客少，他正聚精会神地在一块木板上雕刻什么，只见他嘴角绷紧，脸上的线条有节律地张弛着。他见我进来，抬头看看，脸上的笑容犹如一朵素净的莲。又埋下头，一凿一凿雕镂他的作品，屋里散溢着新鲜木屑的清香。他仿佛不是生意人，而是一位艺术大师。

由此，我想起明清时代的徽商。徽商往往金银气与书卷气共存，他们不附庸风雅，不作秀，而是骨子里热爱文化，热爱艺术。商之余，他们酷爱诗书琴画，喜和文人交朋友。至今存在于岳阳楼的范仲淹《岳阳楼记》就是一位徽商书写而雕刻的。至于扬州的徽州盐商与扬州八怪关系的佳话，闻达天下，他们是收藏家，他们也是艺术家。

他们有阳光灿烂的通达，也有风雨如晦的酸辛。皇恩浩荡，豪宅乌纱，儒扇暖炉，佳丽如云，财源滔滔，或高雅尊贵，或庸俗势利，或攀龙附凤，或财大气粗，一掷千金。但他们秉性不俗，不土，不浊，许多文人书画艺术家依然感恩徽州商人。汤显祖、董其昌、郑板桥等人的亭亭翠竹、幽幽兰草里依然散发着徽州的温馨。

江南的雨真撩人，那不是下，不是落，而是在飘，沾衣欲湿，若有似无。在清润、温谧、平和、安详的氛围里，仿佛听不到滴答行走的声音，你的灵魂深处会感到历史渐行渐近的絮语，岁月无声飘来的天籁。

我来徽州，想寻一缕历史的苍凉和温馨，吮吸遥远时代的气息，冲淡一下现实生活的芜杂和喧嚣，稀释现代文明带来的迷惘和困惑。

我伴着烟雨漫步在徽州大街小巷，感谢这迷蒙的烟雨，它的光线明暗交错，恰到好处地将逝去的一个个晨昏，一个个春秋，一段又一段生活的酸甜苦辣涩麻咸种种滋味，都幻影般地显现出来。这些古城古镇古街古巷古宅古树古径……因为它输入了历史，输入了消逝的时光，所以走近它，审视它，抚摸它，便会传导给你一种文化，像醇酒，带着醉人的醇香，这是一种历史的酿造。

走进这古街古巷，就如同走进历史，走进岁月记忆的深处，屋瓦宅舍如同历史的航标灯，无论风平浪静，或是急流翻滚，这航标灯浮浮沉沉，任岁月之流冲刷。房屋的飞檐黛瓦无言地沉浸在烟雨中，一棵古樟从墙头探出半个树冠，在雨中静静地矗立着。这些寻常人家，祖祖辈辈耕读诗书，说不清哪朝哪代从这里走出过进士状元，走出过侍郎御史，还有什么大学士。而现在细雨里仍传来稚子朗朗的读书声，历史就附在这雕花窗棂上，潜伏在屋檐黛瓦草丛中。岁月如梦，烟雨如幻。人类尽管无穷无尽地繁衍，一代又一代，但总也挣扎不出死亡的渊薮。有生命的往往是暂时的，无生命的则是永恒的。人类的伟大就在于它创造了"永恒"。因此，这些"永恒"中也就注入了生命的密码，珍藏了人类历史一路推衍而来的根茎脉络。

  这些古街古巷古宅沉静、温婉，无声地讲述着历史，讲述着一个个残缺的故事，给人带来一个沉默的精神空间。人类能赖以生存，发展下去，就是靠这种相对存在的精神。

漂浮的土地

宇宙之神是个缺乏责任感的家伙,或者说性情古怪、粗鲁偏执、神经不正常。他为何把天下的水都集中在江南,而却让北国干渴得要死?你看眼前的太湖茫茫复茫茫,洪波涌荡,水天相连,浩瀚、浩渺、恢宏、壮阔,你就是把词典上所有这类词汇全都摞在一块,也难述状太湖气吞九天、囊括万物的神与形!

太湖最美的是水。水澄如碧,水上白帆,水下红菱,水边蒹葭苍苍,岸畔柳浪叠叠,水底鱼肥虾壮,而湖中多岛屿,湖周围是起伏连绵的青山,湖光山色,相映成趣。湖中最著名的要算洞庭山,洞庭山又分东山西山,两山对峙,湖水荡荡,青山隐隐,山青水碧,给人一种青春的激情和生命的强旺之感。若是黄昏,一鞭夕阳落水,满湖霞光飞腾,天连水,水连天,天水一色,青的山,红的霞,绿的水,再有水鸟飞栖,涛声鸟韵,那简直是一幅多维的画卷,立体的长轴。

如果太湖赏春,鼋头渚是一绝佳之境。湖山宛如一条起伏的翠龙,举目远眺,万顷银光,波浪闪闪,层峦叠嶂,郁郁葱葱。鼋头渚真如一大鼋之首,突出在碧波之中,坐落在三面环水的半岛上，形成大鼋戏水状。一登上大鼋头，眼前豁然开朗，波浪滚滚而来，惊涛轰鸣不已。这里有巨石隆然，如大牛卧水。你可以站在"牛背"上领略扑面而来的湖风，巍巍然极目远眺；你可以盘膝而坐，尽情品味绿水青山，细细地寻章摘句，发思古之幽情。

鼋头渚听涛历来是太湖之游一大重头戏。我曾在胶州湾长山岛听过海涛，那万马奔腾之气势，雷霆万钧之磅礴，惊心动魄；我曾钱塘江观潮，那龙腾虎跃、浪吼海啸之声，摇撼心旌；我也曾在曹孟德的碣石旁以观沧海："水何澹澹，山岛竦峙。……秋风萧瑟，洪波涌起。日月之行，若出其中。星汉灿烂，若出其里。"而鼋头渚听涛却是第一次。站在渚上，纵目驰骋，茫茫太湖，浩浩渺渺，风平浪静，碧波万顷。细浪联翩而至，犹如小提琴协奏曲，声韵细细；浪吻岸台，低声呢喃，又如情人絮语。阵风乍起，湖浪翻腾，湖水仿佛一跃而起，滔滔涌涌，巨浪相击，訇然雷响，仿佛贝多芬《英雄》的乐章。随着风的骤然加剧，巨浪狮吼虎啸，大浪如山，大地微微战栗起来，狂风裹携着巨浪一排排一堵堵向岸石拍击而来，那种冲决一切、排斥一切、摧枯拉朽之势，使日月色变，万物觳觫……

这是太湖原始生命力的涌动！这是天籁、地籁、水籁，是大自然的灵魂的苏醒！

太湖三万六千顷，苏州占其四分之三，太湖七十二峰，苏州占其五十八峰。鼋头渚有一景"澄澜堂"，倘若秋高气爽时节登上，可见万顷碧波、千簇鸟影，七十二峰之冠的马迹山也清晰可见。传说秦始皇南巡会稽时，骑着一匹神马，路过太湖，踏浪来到青嘴山岩旁，突然看见一条青龙跃出水面，神马一惊，便在岩石上践下四个蹄印。此石依山傍水,下面有孔,宛若桥,名谓马迹桥。马迹山也由此得名。马迹山的北面是盘龙湾,传说范蠡和西施在这里生活过,故又名叫"伴奴湾"。

苏州素有"东方威尼斯"之称,市区内外河道纵横,水多桥多,街坊临河而建,居民依水而居。据资料介绍,市区河道一百六十多公里,较大的纵河六条,较大的横河十四条,纵横交织,形成巨大的水网,市区桥梁就有三百八十多座。

吴越位于生态环境非常优越而且原始文化非常发达的江东,但从进入文明社会以来,却步履蹒跚,踯躅不前,远远落后于江北,落后于中原。这原因大概是吴越人把优势变成了劣势。人是环境的产物,人类天生的弱点就是惰性。你想,这里环境优美,鱼米之乡,生活富足,谁还筚路蓝缕地艰苦创业,开拓进取?他们有独特的稻作、养鱼、植桑、织麻技术,又封闭自守,对毗邻的文化信息传递不畅,知之甚少;文化形态又是近亲繁殖,不易产生杂交文化。因此,吴越终未成气候,在历史的舞台上,它只扮演了一个懦弱的角色。在春秋战国风雷激荡,大组合、大分裂的时代,它被楚国一举剪灭,这是必然的趋势。"烟柳画桥,风帘翠幕""谁是中州豪杰,借我五湖舟楫,去作钓鱼翁。"这种悲剧也只能发生在吴越人身上,沦为亡国奴,借水垂钓而已。

抱残守缺,封闭自守,在湖边柳浪闻莺啼燕语,在小庭雅轩品茗清谈,在雕花精致、粉墙黛瓦的楼阁里,调琴弄瑟,雅歌投壶,生命力能不变得孱弱?

这是一片漂浮在水上的土地。

这是长江母亲孕育、分娩出来的最膏腴、最殷实、最亮丽、最完美、最古老，也最安谧的土地。

走近她，你才会感悟到"江南"这个水漉漉、湿淋淋的词汇的含义，不小心，稍稍一碰就淌出汁水来。

走进她，你才会看到杏花、春雨、江南这六个方块字画出的一幅锦山绣水温润秀雅而又扑朔迷离的画卷。

这是水乡泽国。城郭、村镇、巷间都浮在水上，是水中的盆景，是开放在水中的莲蓬。纵横交织的河流，穿街而过，河岸上是粉墙黛瓦的楼阁，石拱小桥，一弯新月般地架在河面上，打着纸伞的少女从桥上悠悠走过，乌篷船从桥下欸乃而行。石砌的桥墩长满苍褐色苔藓。有荇藻在水中漂浮。流水潺潺，舟帆点点，往来穿梭，织出一页风韵楚楚的江南。

苏州是江南的经典。

走进苏州，我忽然想起一句诗："时间把我折叠得太久/我挣扎着打开/让你读我。"

吴越之争，最后双双被楚国吞灭，使人想起了"鹬蚌相争，渔翁得利"的典故。

苏州两千五百年的历史，世上什么风云没经历过，什么酸甜苦辣没饱尝过？壮怀激烈的战歌，金戈铁马的豪歌，腥风血雨的悲歌，死亡阴影笼罩的哀歌，大运河浪涛的幻灭和涅槃交织的一曲壮歌……都奏响在这片土地上。苏州是富饶的，不是钱财而是土地。土地肥沃，草木葱茏繁茂；高大的乔木，富有争夺天空的欲望；草叶肥厚，色相饱满，一片盎然生机。"江山如此多娇，引无数英雄竞折腰。"所以三千年来这片土地上，马蹄一遍遍踏过，战火一遍遍烧过，鲜血一层层染过，你用手随便一拨拉，就会发现不知是哪个王朝、哪个民族的遗骨。

走进苏州,你会感到仿佛走进梦里、幻里、诗里、画里。千百年来,长江下游的淮阴、扬州、镇江、常州、无锡、苏州、嘉兴均以物阜民丰而著称于世。而苏州又为其中之最。

这里风光如画,人文荟萃,厚厚重重的几千年历史,动荡起伏几千年风雨,几千年的日月精华孕育出多少才高八斗名冠华夏的风流俊杰。

天地间弥漫着一种"气"。北方的原野浩气、雄气、大气、刚烈之气;南国的锦山秀水氤氲着一种灵气、秀气、才气,因而也滋生了一种"情"——浓郁的诗情,典丽的爱情,吴侬软语里透出的一种水乡雾蒙蒙、湿漉漉的温情。缠缠绵绵,丝丝缕缕,缱绻悱恻,扯不断,理还乱,说不清,道不明的一种情愫弥漫在山水间。《白蛇传》,《桃花扇》,《三笑》里的唐伯虎点秋香,《红楼梦》中的宝黛之恋,这些经典的爱情故事只会发生在江南。

苏州是适合谈情说爱的地方。

你想,撑一把雨伞,伞下温谧的一角,不是谈情说爱的地方吗?即使把一缕湿淋淋的长发交给一天淅淅沥沥的春雨,手拉着手,跑过小桥,跑过小巷,那也是爱的浪漫,爱的风雅!

在苏州你很难听到粗野的吆喝声、凶戾的叱责声、粗暴的詈骂声。人说宁愿听苏州人吵架,不愿听宁波人谈话。即使吵架,苏州人的话语也是甜甜的湿湿的富有节奏感、韵律感,那话语怕是经过雨水的滋润,变得柔软,甚至还带着一种雨后草木萌发的馨香味。

倘若你坐在一苇小船上,橹桨的欸乃声,伴奏着浪花的唰唰声,浪击岸石的撕锦裂帛的窸窣声,犹如一支摇篮曲,使你欲睡欲眠。船娘哼出一支小曲,袅袅娜娜,雨烟一般缥缈,月色一般明丽，你会感觉如饮醇醪，如沐春风。到码头了，那船娘解缆靠岸，下锚，一切动作都要优雅、干净、利落。走遍吴越，条条小河，道道溪流，涓涓涌泉，明丽清亮，江南真是一首首婉约的花间词。

岸上嫩枝葳蕤，新荷摇翠。水榭楼阁，粉墙黛瓦，倒映水中，恰如一幅幅水墨画卷；是烟波水云，溪岸无尽，"小屏古画岸低平"的意境。风初苒苒，覆岸离离，绿杨荫里，细柳丛中，红蓼白蘋间，襟迎菰叶雨，袖拂荷花风，烟月竹影，"小山重叠金明灭"，真是一片诗天画地。

苏州和扬州一样，得到了历代骚客文人的青睐，固然因为这里是人间天堂，风流佳丽之地，丝弦歌舞之乡，更重要的是这里的静谧，这里的风景幽雅，这里的宁馨。宁静以致远，怎能不让你妙思如泉？所谓触景生情，没有景哪来的情？文学艺术都是性情之物，没有情也就没有诗，没有画。何况这些文人来苏州时并非个个都是春风得意、官运亨通、倜傥风流之辈，不少是官场上的落魄书生。他们看不惯燕雀处堂，宵小得志，因此仕途蹇涩，败下阵来，于是跑到苏州，购房置屋。在这里可以休憩，借这里一脉清波，洗去官场带来的满身尘埃；借这里一缕温柔的清风，熨平心灵的皱褶。那幽幽小巷，那古老高大的樟树，那紫藤缠绕的粉墙，那和风细雨的吴侬软语，那碧波澹澹的流水，的确让人心舒气畅，再浮躁的心境也会安静下来，再怫郁的情绪也会舒散开来。在这里选择一座临水的小楼，楼后是一方小巧精致的花园，假山真水，蒲荷藤萝，闲来谈诗说剑，兴至操觚，树下品茗，轩窗听雨，真是洞天福地，神仙也歆羡啊！

苏州夹在"十里洋场"的上海和"六朝金粉"的金陵之间,既非风云变幻的政治中心,也非纸醉金迷、声色犬马的聚焦之地,这里正是政治和经济的后花园,是一片没有喧嚣,没有肮脏的精神净土。

苏州虽然不能领时风之先,但它山水胜迹,宁馨、平和、安谧。无论你在官场厮杀得伤痕累累,还是在商场拼搏得汗流浃背、精疲力竭,到这里养精蓄锐也好,修身养性也好,或充充电,读读书,或养老退隐也好。别处再也难找到如此恬适的地方。

苏州的水乡古镇最富代表性的是同里和周庄。周庄有九百多年的历史,由于"镇为泽国,四面环水,咫尺往来,皆须舟楫"的独特自然环境,形成了典型的江南水乡风貌。河湖阻隔,也使它避开了历代兵燹战乱,至今仍完整地保存着原有的水镇建筑及其独特的局面。

在水的世界,浮在水上的小镇,屋舍临水,鳞次栉比,藤蔓在水巷里摇曳,屋檐下搭一根晾衣竹竿,挑起一片五彩缤纷。时而有一只吊桶从窗口扑通一声入水,吊起满满一桶清水,淋淋漓漓。石拱桥下,绿得像碧玉似的河水,潺湲流去;小船欸乃声中,运来鱼虾螃蟹、菱角鲜藕,泊在桥洞边,楼上的人使用绳子吊下竹篮,与之交易……这画面,这情景,使人想起"吴树依依吴水流,吴中舟楫好夷游"的诗句来。

这里的一切都诗化了、艺术化了。楼阁、花园、小巷、石桥,都富有诗性之美,碧水泱泱,绿树掩映,粉墙黛瓦,雕梁画栋,到处飞扬着艺术的灵感。即使嵌在水巷墙壁上的缆绳船石,竟也是一块块花岗石浮雕,姿态各异。有的琢成怪兽,有的是鲤鱼腾跳，有的是二龙戏珠，造型洗练生动，线条疏密有致，仅仅是几块圆形的或不规则形状的石头，便构成有生命、有灵性、有魅力的艺术品，显示出一种凝重、古朴的美，引起你丰富的想象。

桥最能体现古镇神韵，一拱石桥，弯弯地架在两岸，像虹、像月、像河流弯弯的眉，玲珑、秀气、雅致。仿佛那桥并非为行人而架，而是河流不可缺少的装饰品，河流玉臂上一只银镯。桥墩是大理石，桥身也是大理石，有单孔、双孔、多孔。栏杆上雕刻兽头，雕工精细，栩栩如生，堪称一绝。两岸古宅老屋，灯影摇曳，如有撩人的古琴，添香的红袖，那可是一曲《红楼梦》了。

很多石桥经千年风雨，虽显苍老，却依然坚固。桥墩下青石苔藓，厚茸茸的，桥面屐痕斑驳。谁知道石桥承载了多少沧桑，记录了人间几多风云？桥下流水涓涓，带去了多少岁月？

同里有一座小桥名叫渡船桥，两侧的石头上各有一副对联，南侧："一线晴光通越水，半帆寒影带吴歌"；北侧："春入船唇流水绿，人归渡口夕阳红"。据说这桥便是古代吴国和越国的分界处，是一座"界桥"。站在桥头环顾，油然升起一种历史沧桑感、时空的苍凉感。

苏州也被称为"园林之城"。其实，苏州整个城市就是一座园林，且不说青石铺路的市井小巷，家家小院，粉墙黛瓦，排列有序，既有章法，也不拥挤。院子里是花、草、树，雨水多，花期也长，此花凋零彼花开，一阵阵香雾馨风从小院漫过飘过，整个街道都氤氲在一片浓郁的馥香里。

苏州的园林小巧玲珑，晶莹幽美，不像北方的园林旷朗、富丽，气势宏伟。它的格局小，咫尺之间却步步是景。堆叠的假山有真山之气势，微风拂水，其姿生动；曲径回廊，匾额碑刻，以情造景，以景寓情，情景交融。亭台楼阁、树木花卉、假山水池，这是苏州园林的"三大件"，辅以回廊、小桥、园路，构成了巧夺天工的景观。文人画家再将诗情画意融入园林，形成立体的画，凝固的诗。

明朝有一个官吏叫王献臣，因与权贵不合，退隐归乡，建了一座园林叫"拙政园"，拙政园——拙政者的自嘲。王献臣大概不适于诡波谲涛的官场生涯，不适于尔虞我诈的生存斗争。于是败下阵来，回归故里，建园盖屋，闭门返思。拙政园和宋代的沧浪亭、元代的狮子林、清代的网师园一样，都是苏州的名园。

也许天性使然，人类追求居住环境的优美。远在古希腊迈锡尼时期，希腊人就喜欢在住宅周围精心建设花园；古庞贝城住宅的壁画，显示出花园在希腊人生活中占有的重要地位。

第五编

白桦哭遍树林

白桦哭遍树林

一

来到彼得堡,你不能不去十二月党人广场,这里是十二月党人聚众起义的地方。他们是一批年轻的贵族军官,向本阶层最高统治者沙皇政府,发出俄国要变革的主张,推翻沙皇统治,去除权力、金钱等级、地位的压迫,建立比欧洲更文明、自由、富裕、高贵的社会结构。

这简直是前空千古后绝来世的一声霹雳,为了穷人,富人要造反,是一场震惊世界史的"贵族革命"。

十二月党人广场实际上就是枢密院广场,也是参政院、元老院广场,后来为纪念这场"贵族革命"改名十二月党人广场。可是你走遍广场,一切纪念物都与十二月党人无关,广场空荡荡的,既不壮阔,也不壮观。涅瓦河从广场旁边流过,广场上一座彼得大帝的雕像,雕塑家模拟了欧洲雕塑家的手法,大帝骑在骏马上,骏马前蹄腾空,后蹄踩着一条蛇,彼得大帝目视前方,神态自豪,而又盛威凛凛,一种不可一世之"雄姿"。

但广场周围植满白桦,婷婷娉娉,格外美丽优雅,那洁白的树躯,那丰腴的叶片,潇洒的风姿,透出生命的纯洁和对光明的追求,也闪烁着高贵的品格,闪光的精神。看到它们,你会想到叶赛宁的诗句:"在朦胧的寂静中/玉立着这棵白桦/在灿烂的金晖里/闪着晶亮的雪花。"也会想起俄罗斯风景画家列维坦的《白桦》,表现了"静寂的孤独感"。

白桦树不是象征那些追逐丈夫和情人的十二月党人的妻子和女友们吗?她们已走进历史,走进诗人的吟咏歌唱中,走进悲壮的故事和英雄的传说。

二

过去曾流行一句话"卑贱者最高贵,高贵者最愚蠢",这显然有点片面性。《共产党宣言》是卑贱者传播开来的吗?中国的辛亥革命是卑贱者发动的吗?十月革命是卑贱者掀起的惊涛骇浪吗?革命是一种文化。只要是一种文化,只要社会存在着不公平,贫富悬殊,就有爆发革命的可能。而往往那些有知识有文化的人正是人类觉醒的敲门者,是黑屋子里最早醒来者。知识就是力量,知识改变历史,知识改变人类的命运!

1825年12月26日,这是俄罗斯历史上具有纪念碑价值的日子。一群沙皇近卫军将士列队在广场,他们是贵族的后代,他们的父辈是沙皇政权强有力的支柱,他们享有着优渥奢华的生活,他们是沙皇贵族统治阶级的"接班人"——"官二代""富二代""贵二代",同时他们又是进攻法国、战胜法国拿破仑军队的英雄,他们战功赫赫,他们有着丰富的战斗经验,曾在欧洲战场上所向无敌。他们是"胜利者",在法国驻扎四年,却成了法国文化的"俘虏"。他们受法国思想家伏尔泰、马布里、卢梭革命思想的影响,民主、自由、博爱的种子撒播在他们的心灵上,思想很快发生了裂变,他们回眸俄罗斯的愚昧、专制、压迫,贵族的狡诈、虚伪、黑暗,不堪回首,他们过腻了醉生梦死的生活,不再盲目地效忠政府,便从爱国主义、人道主义出发,发动了起义,唤醒人民,推翻罪恶的农奴制。

法国思想家,空想社会主义者圣西门,他出身贵族,承袭伯爵,但却是一个封建制度的叛逆者、掘墓人。法国大革命时期,他放弃了爵位和称号,热烈地投身革命运动,他为一种新的社会制度而奋斗终生。

他们成立社团,普希金就参加了他们的"缘灯会"。诗人和作家经常聚会讨论社会制度的改革,并创办杂志和报纸,抨击农奴制,揭露上流社会的黑暗、虚伪、阴毒、狡诈,宣传他们追求的理想社会制度,宣传他们的主张,他们秘密组织,决心掀起一场革命,十二月党人的领袖彼斯特尔提出暗杀沙皇,建立共和制。

这批凯旋的英雄们,年轻的贵族军官带领他们的将士,全副武装,列队广场,3000多人的队伍,排列8个方阵,他们不搞暗的,不放第一枪。他们高呼"宪法万岁",拒绝为新沙皇效忠,意在推翻尼古拉一世。这是炸响阴霾密布的俄罗斯天空的一声声霹雳,这是人类历史上的"红色信号弹"。

他们的头领与沙皇谈判。

这些起义的将领们身佩刀剑,队伍整齐庄严,好像仪仗队,没有武装起义的气势,只是一种表演,一种展示,连观众们都在嘲笑他们，哪有这种温和的起义？却不知沙皇尼古拉一世，早已从四面八方调来四倍于他们的兵力，重重包围了他们，谈判进行了一天，毫无结果，沙皇开始动手了，一阵大炮轰鸣，枪刀剑戟的厮杀，结局是十二月党人1000多将士成了刀下鬼，十二月党人革命失败后，5名起义者首领被绞死，1000多名士兵遭受鞭刑，有些被活活地打死，有些还未断气便被扔进冰窖里冻死。121人被流放遥远苦寒的西伯利亚服役，终生不赦免，广场上一片血泊，围观的群众也死伤很多。预谋多年的"武装起义"尚未爆发，便遭到灭顶之灾。一场文质彬彬的贵族革命，昙花一现，随即凋零了。历史上称他们"十二月党人"，赫然载入史册，列宁称他们"贵族革命家"。

但贵族革命却使人难以理解，有人问，穷人起来造反理所应当，但贵族造自己家庭的反，是为了当穷人吗？

革命不是一种原罪，作为一种文化，它是随着社会的发展暗生滋长的。中国清朝末年，不是一批有文化、有知识的精神贵族、物质贵族的叛逆者，起来造清朝政府的反吗？

三

我徘徊在十二月党人广场，广场上有许多雕像，人或动物，半身或全身，但没有一尊是十二月党人的雕像，广场上游人稀少，涅瓦河无语流去……初夏的阳光温暖明亮，我内心却十分苦寒。

"西伯利亚"这个本身足以让俄罗斯人恐惧的名字，且不说，这里常年冰天雪地，漫长的冬季，零下40至50度的严寒，是人类不宜居住之地，这里是北极熊和棕狼的故乡，更可怕的是这里无法逃离，是始终不变的巨大地牢。对流放的犯人说，是没有屋顶的大监狱。越过乌拉尔山，进入西伯利亚就等于进入了死亡地带。

也有树林，俄罗斯耐寒的冷杉、柏树、红松、落叶松组成一片绿色的孤岛，大面积的长满荆棘野草的荒原。荒凉的小镇，矿井旁有零星的白桦，这种北方的树看似柔弱，婷婷依依，却是耐寒的树种。春天姗姗来迟，白桦吐出几下绿叶，根部却深深地扎在冻土层里，短暂的夏天过去后刚刚丰满的叶子一阵寒风便凋零，光秃秃的枝丫在寒风中摇曳着。

沙皇为了惩罚这些"国家的罪人"，对这些流放者、苦役犯有命令，不准他们的妻子离婚，不准他们的妻室儿女随去西伯利亚；沙皇还有令，凡随去西伯利亚的妻子、情人，不得携带子女，哪怕是婴儿也要骨肉分离，且不得返回故乡，更不能返回俄罗斯、欧洲地域任何城市乡村。

但是有一些贵族妇人，几次写信给沙皇政府要求随丈夫流放，陪着丈夫服苦役，她们的"申请书"在彼得堡传开，所有人都震惊了：她们疯了，这不是找死吗？她们将永远取消贵族特权，她们的身份只能是"囚犯的妻子"。

这些年轻女子抛弃豪华的生活，抛弃亲人、子女、离开金碧辉煌的贵族之家，去远在6000余公里外的西伯利亚服苦役，那里人烟绝迹、冰天雪地、饥寒交迫，将会怎样折磨这些金枝玉叶，这些水仙花般的年轻的贵妇人怎能忍受炼狱般的苦难？

十二月党人的妻子人格高贵，人品贞洁，精神的冰雪情操，使她们迎着狂风暴雪跋涉6000余公里，去寻找自己的丈夫和情人,这哪里仅仅为了"爱情"?"生命诚可贵,爱情价更高,若为自由故,二者皆可抛。"这些女子们是天使,是人间圣女,别看她们躯体柔弱,却风骨凛然,像她们的丈夫一样有着献身真理的英雄气概和壮丽追求。她们本身就是一位十二月党人,女党人。

那些美丽高贵的知识女性,就像一株亭亭玉立的白桦树,对世界没有自己的表明,只知道让自己的根系贴近泥土,她们可能被烧焦,被斧钺砍折,被病毒侵袭,但她们的种子已撒向大地,她们的悲剧还会再现另一种生命。

契诃夫曾经历艰难,长途跋涉,穿过茫茫荒原,迎着凛冽的寒风和狂舞的飞雪,去萨哈林岛——这是一座地狱般的岛屿,十二月党人劳改的监狱,站在这里能隐约看见日本。这是世界上条件最恶劣之地,是人类不宜生存之地。契诃夫钻进枞木屋,那里一贫如洗,肮脏不堪,同住着苦役犯和他们的妻子,有些人经不住饥饿、寒冷和狱卒的折磨,两三年便死去了。"一些犯人,一些酒鬼,一些疯子,一些偷窃者,他们根本想不起自己在偿还什么罪过了。"

亚历山大·赫尔岑在1866年写道:"那些被流放的苦役犯妻子被剥夺了公民权利,她们放弃了自己的财富和地位,然后在东西伯利亚严酷的气候中,在警察部门的可怕压迫下过着囚徒生活。"

尼古拉一世这个暴君,他无缘无故地让孩子与父母分离,给无辜婚姻且具有自我牺牲美德的妇女带来痛苦。

这些女子的到来既改变了自己的命运,也改变了丈夫的命运,使这些十二月党人更坚信自己的信念和理想,她们温暖女性的光辉,微弱得也许像烛光、像萤火,却照亮了历史,却震撼了一个时代，她们被记者、诗人、作家、历史学家们称为具有民主精神和爱国精神的女英雄。

四

在这里，我必须讲述几位女人的故事，她们并无壮烈的事迹，但她们的名字永远镌刻在俄罗斯的史册上。她们为了崇高的道德牺牲了一切，她们没有任何罪行，却陪同丈夫忍受了多年苦役犯的一切……这些西伯利亚人在孤独和痛苦中，保持了自己的"根基和理想"，她们创造震撼人心、难以想象的牺牲故事……这故事充满了浪漫主义和理想主义精神。

首先想到的是玛丽娅·沃尔孔斯卡雅，她是涅克拉索夫叙事诗《俄罗斯妇女》的主人公。她的丈夫名叫"沃尔孔斯基"，是十二月党人的骨干分子，沃尔孔斯卡雅公爵夫人本名玛丽娅，她是沙皇卫国战争英雄尼古拉·拉耶夫斯基的女儿。她貌美惊人，气质高雅，聪慧博学，精通欧洲五国文字；她能歌善舞，富有极高的音乐天赋。有一幅名画《无名女郎》。有学者认为是以她为模特绘就的，是画家克拉姆斯科依的代表作。画面上女主人乘坐一辆豪华的四轮敞篷马车，行驶在彼得堡大街上。她高傲地目光斜睨，小鼻子微微上翘，面容美丽、沉静，两只黑黑的大眼睛，长长的深重眉毛，傲慢、高贵、风采照人，一幅典型贵族女人形象。

这位公爵家长大的才女，十八岁嫁给沃尔孔斯基公爵，1825年12月，她还怀着第一个孩子，她并不知道丈夫参加起义，犯下"弥天大罪"。

丈夫与她告别，他要去西伯利亚服苦役。她惊呆了，好一阵"苏醒"过来，她不相信，当确认有此"罪"时，玛丽娅随即写信给沙皇，要求随丈夫去西伯利亚，沙皇劝她不要去，去了就没有回来的希望，并暗示她可以"离婚"。她毅然决然，信念坚如磐石，沙皇无可奈何，只好批准了她。

玛丽娅离开自己温暖的家庭，脱下华丽的衣服，放弃了贵族的荣誉和权势，告别了彼得堡的亲人，怀揣着普希金的诗《致西伯利亚囚徒》，她要亲口朗诵给这些流放的苦役犯，安慰一颗颗苦难的灵魂，踏上了漫长的风雪之途。玛丽娅终于来到西伯利亚，探监时，还精心打扮了一番，穿上漂亮的衣服，帽子还戴上一朵星形小花，更衬托出妻子的美丽、温柔、可爱，丈夫顿然热泪潸然，嘴角颤抖了半天说不出一句话来。她在日记中记述了和丈夫会面的情景：

> 谢尔盖向我扑来，他衣衫褴褛，蓬头垢面，一阵脚镣的叮当声使我惊呆了！他那双高贵的脚竟然上了镣铐！这种严酷的监禁使我立刻理解了他的痛苦，屈辱的程度。当时，谢尔盖的镣铐如此激动了我，以致我先跪下来吻他冰凉的镣铐，而后吻他的身体……

这就是俄罗斯女人！这就是冰清玉洁的爱情！后来诗人涅克拉索夫读到这个细节时，禁不住跪在地上，号啕大哭，泪流满面。

他惊叹，玛丽娅是天使，她的精神高尚圣洁，放射着光辉！

另一位值得大书特书的女性便是特鲁别茨卡娅，她是特鲁别茨基公爵的妻子，也追随丈夫去了贝加尔湖服苦役。她乘马车在狂风暴雪中行进了五个星期来到伊尔库茨克省时，省长大人奉沙皇旨意规劝她回彼得堡去，她以平静的口气说道："我应该在丈夫身边死去。"省长便威胁道："那你不能乘马车，你必须戴上锁链，由哥萨克骑兵押解，步行前去。"

特鲁别茨卡娅依然平静地说："那我就一步一步走向坟墓。"在场一位老官吏听罢，眼泪潸然涌出，他用战栗的声音赞叹道："这是真正的爱情！"

当我读到这段资料，也心酸眼潮，这哪里仅仅是爱情！分明是一个俄罗斯贵族女性高贵的情怀，和丈夫一样对奴隶制、封建专制的抗争！是走向刑场的巾帼英烈的壮举！

特鲁别茨卡娅来到这苦寒之地，且不说生活艰难不可言状，即使与丈夫见面也不易，一周只准许两次，每次不得超过一小时。特鲁别茨卡娅和其他犯人的妻子往往提前来到监狱门口，坐在大石块上等待，士兵们不耐烦，用枪托子打了她们，她们愤怒了，立即上诉彼得堡，捍卫自己的权利。

我们说过，流放服役的十二月党人，他们是曾打败拿破仑的英雄，他们曾进驻法国四年，有些法国姑娘成了他们的情人。这些女人远在法国，得悉情人流放，纷纷来到俄罗斯，来到彼得堡向沙皇申请去看望情人，要与情人结婚，这些女子多出身名门望族，是大家闺秀，她们气质高雅，花容月貌，也像俄罗斯女子，迎风冒雪，跋涉万里，寻找自己的情人。

有位叫唐狄的法国姑娘得知她的俄罗斯情人，因参与十二月党人的起义被流放到西伯利亚，她从法国赶到俄罗斯。在离开彼得堡后，由于语言不通，在茫茫的西伯利亚迷了路，一名流放中的昔日强盗倒成了她的引路人，帮她找到情人伊瓦谢夫，他们在苦役之地结为夫妻，俩人共同抗击恶劣的气候，抗争生活的种种苦难。对唐狄来说，此生只要确定两个人在一起，就足够了。在她的精神世界里，道德是崇高的思想，然后才有爱情的获得。这朵温室之花怎能经起风雪凌辱？没几年便凋零了。她倒下不久，丈夫也去世了，一双年轻的生命便葬送在这片苦难的土地上。她和自己的丈夫一样，是悲壮的牺牲者。

还有一位法国女服装设计师，名叫波利娜，俄军占领巴黎时，她偷偷爱上俄国近卫军上校安年科夫，那时，波利娜为了情人的远大前途，不敢倾泻这种浪漫恋情，将深沉的爱匿藏心中，当得悉她的恋人成为阶下囚，她便立即奔赴俄罗斯，几番申请，终于等来沙皇政府批准与安年科夫结婚的文件。他们的婚礼在天寒地冻的贝加尔湖监狱中举行。几年后，他们终于被苦难击倒，双双长眠在西伯利亚荒原。

流放者的妻子有时比女性罪犯还要糟糕。契诃夫在《萨哈林旅行记》中描述了这些妇女的生活状况：

> 一名自由的妇女刚到达岛上那会儿，脸上带着完全麻木的表情。这座岛以及苦役犯周边条件令她持有异议震惊。她会绝望地说，在她赶往丈夫身边时，她没有自欺欺人，也预想了最坏的情形，但是现实其实比所预想都可怕……她日日夜夜地哭泣，为逝者唱哀歌，为被抛弃的亲人祈祷，好像他们死去了。而她的丈夫承认自己对她十分愧疚，忧郁地坐在那里，但突然间，他清醒过

来，开始打她，辱骂她，指责她为什么到这儿来。

还有一位来自彼得堡的女教师，名叫娜乌莫娃，她放弃了在首都的生活，来到萨哈林岛，在这里建立了第一个孤儿院，这位理想主义者，年轻的女教师遇到无法想象的困难，她无法忍受萨哈林岛官员对她的刁难和欺凌，无法忍受萨哈林岛上那些硬心肠、精神堕落、对她的事业充满敌意的气氛，后来她开枪自杀了。

还有穆拉维约娃，还有八十二位党人的妻子，她们和丈夫们一起为真理受苦受难，死后埋在西伯利亚荒原上，没有墓碑，没有墓志铭。苦难的灵魂在荒原上飘荡，陪伴他们的是冷漠的阳光，肆虐的风雪，还有无边无际的寂寞，只有历史在哭泣时才想起他们。

这些革命者被列宁称为"俄国第一代革命者""贵族革命家"，他们是本阶级的叛逆者、掘墓人，他们是民主革命的先驱，是殉道者、圣徒。社会变革，人类的进步往往从这些先知先觉，甚至统治阶级不贰臣发起。

十二月党人的失败，使我想起十九世纪英国伟大诗人拜伦。拜伦也是贵族公爵、王爷，但他痛恨来自本阶级的虚伪、狡诈、阴毒、贪婪、自私的恶劣本性，他高举自由、平等、博爱的旗帜，背叛贵族阶级，投身希腊人民的抗击侵略的民族解放战争中，他变卖家产，为希腊人民购买枪支、弹药、医药，雇船运到米索朗基。他亲自出任反抗军司令，冲杀在第一线，最后献身希腊革命。

十二月党人起义，虽然规模不大，时间也短，失败得很惨，但犹如空谷足音，前无古人，后无来者。从这里你会听到，旧俄罗斯的迸裂声，发自内部巨雷般的声响，一座腐朽的封建专制、奴隶制大厦倒塌的崩溃声，降临在这片幅员辽阔的土地上。

五

尼古拉一世能将这些十二月党人放逐非人之地，但他们的妻子们却通过与朋友、家人的通信，把十二月党人的伟大人格，牺牲精神，以及他们的苦难，传遍俄罗斯各处城镇。这些妻子们被诗人、记者和历史学家称赞为"爱国主义英雄"，他们反复地歌颂、赞扬这些女性，称她们为帝国改革运动中的天使、圣女。她们的芳名和十二月党人一起镌刻在俄罗斯的史册上，人类命运进程的史册上。

陀思妥耶夫斯基说，十二月党人犯罪不是出于恶，而是出于善。

列宁说："十二月党人起义的力量其实不在于它武力挑战了圣彼得堡专制政权，而在于它塑造了一个爱国主义和共和主义美德的范例。"

普希金写诗《致西伯利亚的囚徒》：

> 在西伯利亚矿坑的深处，
> 望你们坚持着高傲的忍耐的榜样，
> 你们的悲痛的工作和思想的崇高志向，
> 决不会就那样徒然消亡。

......
正像我的自由的歌声,
会传进你们苦役的洞窟一样。
沉重的枷锁会掉下,
黑暗的牢狱会覆亡,
自由会在门口欢欣地迎接你们,
弟兄们会把利剑送到你们手上。

其实在枢密院广场那一天,普希金从他的出生地赶往彼得堡,途中马车遇到一只兔子,普希金可能受到俄罗斯民间迷信的影响,感到不是好兆头,命车夫掉头返回故地。后来沙皇见到普希金,问道:"如果那天你在彼得堡,你会在哪里?"普希金慷慨答道:"我当然会在队伍前列。"沙皇用鼻子哼了一声,转身离开。据说,普希金同沙皇卫士决斗便是沙皇策划的。

十二月党人虽然失败了,但为俄罗斯语言之父、诗圣普希金登上历史舞台铺开了道路。正如中国唐朝安史之乱"成就"了杜甫,使其成为名垂千古的"诗圣"。可谓国家不幸诗人幸!自此以后,俄罗斯文学汹涌澎湃而来,一浪接一浪,一场伟大变革的先声奏响在俄罗斯土地。契诃夫、屠格涅夫、陀思妥耶夫斯基,还有诗人雷别耶夫、丘赫尔别凯、奥托耶夫和别林斯基等一批诗人、文学家,像雨后春笋般冒出,带着火焰般的诗句,雷鸣般的歌声,迎接一个伟大的时代到来。

十二月党人的悲剧激起俄罗斯社会的同情和抗争。托尔斯泰搜集大量的十二月党人的素材,准备写一部长篇小说,结果完成了史诗般的巨著《战争与和平》,陀思妥耶夫斯基以十二月党人的人生为素材,创作出不朽名著《被侮辱和被损害的人》。陀思妥耶夫斯基的朋友,俄罗斯著名风景画画家列维坦,不仅以鲜艳的色调画出《白桦林》,而且赞美白桦高贵、静穆。列维坦有一幅名画《符拉基米尔路》,就是直接以描绘十二月党人流放为题材的油画,从画幅上可以听到这条道路上被流放到西伯利亚囚犯的哀歌,和数千人生活破灭的恸哭。这是一条漫长的无尽头的路。画面是苍凉的大地,阴郁的天空,浮动的云块,孤独的墓碑,寂寞的十字架,萋荒的野草,死亡般的静寂,没有丝毫的光亮,这是"历史的风景",它意味深长地再现了19世纪俄罗斯知识分子的痛苦和悲惨的人生之路。这诗一般的象征,好像大地在哭泣。

> 草原上夕阳西下,
> 远处的羽茅草金光如焚,
> 囚徒的脚镣,
> 扬起道路上的灰尘。

沿着这条路,沉重的镣铐叮当声,伴随着囚徒犯走向西伯利亚。

悲剧拥有永恒的意义,为他人的苦难而战,为被侮辱与被损害者而战,为被奴役被统治者而战,这是万古常青的神圣事业。十二月党人是自由的精灵,俄罗斯国徽上双头鹰上有着他们的灵魂,对外他们是抗击侵略者的英雄,对内是专制和不平等社会的历史掘墓者。他们的精神将永远照耀着俄罗斯人的心灵,在世界史上也永远闪烁着光芒。

我离开十二月党人广场时,特意走进白桦林,一连照了好几张相，在美景和哀愁的背后，挺拔茂盛的白桦林给我生命注入新的元素。我想起了十二月党人的妻子，亚历山大拉·伊万诺芙娜·达夫多娃的话："诗人们歌颂我们是英雄。我们哪是什么女英雄，我们只是去找我们的丈夫去了……"

是的，她们是寻找丈夫，寻找真理去了，去寻找精神的太阳去了！这广场虽然没有她们的雕像，但她们已成为圣女，永远屹立在荒凉的西伯利亚大地上，她们身上折射的人性之美、神性之美、诗性之美，将穿越时空，辐射到未来。

在俄罗斯，当一个男人遇到困境，他身后必定站出一位伟大的值得尊敬的女性，这是他们的精神之源，力量之神。所以一些作家说，俄罗斯人的性格是俄罗斯女性塑造的。俄罗斯女人不仅具有母性的博大情怀，还有一颗强大的灵魂。正是这些女性用心灵的火光照耀他们，给十二月党人以温暖、关爱、鼓励、理解和支持，以生命的勇气和力量呵护着他们。我家打字室里就挂着克拉姆斯柯依的《无名女郎》，当然是复制品。坐在敞篷车上的女性，浑身洋溢温暖的力量，辐射着高贵的人性。

叶赛宁是抒情诗人，他的《白桦》诗中唱道"我甚至想以自己炽热的身体"去"拥抱白桦林袒露的胸脯"。而在另一首诗，却忧伤地写道："白桦哭遍树林。"

广场上的白桦树，绿意浓郁，嫩绿的叶子在阳光下闪烁，从涅瓦河上吹来的风使枝叶摇曳，翩翩舞动，这是一种赤裸裸的美和扣人心弦的诗意。白桦树具有天生的诗意，这诗意中又氤氲出忧郁和梦幻的气息，这是绝望者的忧伤和梦幻，带有抒情式的柔韧和绵长。

阳光抚摸着海涅的墓碑

在法国旅游时,我常常想起海涅,他不是法国人,也从未为法国工作一天,法国政府却发给他退休金,称之为法国的"德国诗人""巴黎的才子",在法兰西享受很高的声誉。

海涅生年五十九岁,在法国居住了整整二十五年,四分之一个世纪,约1831年5月到1856年2月去世。这中间他很少回德国,回故乡杜塞尔多夫小城。"故乡"在德语中是最美的词汇。德国作家本哈德·施林克说:"故乡并非那个它所是的地方,而是那个它所不是的地方。"海涅一生写过许多歌颂德意志的诗,写过许多歌颂故乡莱茵河的诗,他著名的《罗累莱》就被谱曲,唱遍德国的城市和乡村。他的故乡杜塞尔多夫就坐落在莱茵河畔,莱茵河清澈碧蓝的流水,从门前流过。他是莱茵河之子。海涅是以歌唱青春和爱情而著名的抒情诗人,他的诗是"夜莺之歌",而到了法国,他摇身一变:"我是火焰,我是剑!"由一个诗人成为战士。

其实海涅的爱情诗并非都是歌颂爱情的甜蜜,爱情的幸福、温馨、明朗和灿烂。恰恰他的爱情充满了痛苦和不幸,有屈辱,有失望,有不平,有炽热的恋情,也有冷酷的现实,有幸福的眼泪,也有愤懑的火焰。

他的爱情诗写得酣畅淋漓,诗情浓郁,优美雅致,作曲家舒伯特、舒曼、门德尔松、李斯特、瓦格纳等为他的诗谱写了几千余首歌曲。那个时代,在德国每只鸟儿、每只青蛙、每朵野花、每棵小草都熟谙海涅的歌。

1830年夏天,海涅在海滨疗养院听到巴黎爆发七月革命的消息。他称自己是"革命的儿子,要重新拿起所向披靡的武器",他说:"我心里充满了欢乐和歌唱,我浑身变成了剑和火焰。"

第二年5月,他到了巴黎。

巴黎是个群贤毕至、群英荟萃的城市。海涅很快融进文人圈里,在这里,他结识了文艺界杰出人士巴尔扎克、大仲马、雨果、乔治·桑,音乐大师柏辽兹、肖邦、李斯特,他们常常聚会于沙龙,或畅谈于咖啡馆、小酒吧、谈诗论文。初来巴黎,海涅便急于创作,他不仅写诗,还写论文,他的《论浪漫派》和《论德国宗教和哲学的历史》,显示了海涅作为目光犀利、见解深邃的思想家的卓越才能。在这两篇文章,海涅对欧洲封建社会的精神支柱——天主教,进行了深刻的分析和批判,"这个崇神贬人、重灵轻肉的宗教,彻底否定人的尊严,人的权力和人的幸福,使得罪孽和伪善来到人世,成为统治阶级手里欺骗人民、奴役人民、解除人民精神武装的有效武器。"这是否定上帝,强调自我,是精神上的巨大解放,思想上的伟大革命,是震撼欧洲的思想界、哲学界的雷声。海涅称赞拿破仑的"巨大意志",便是"人"的意志。这里充满了"人"的高傲,"人"的尊严,强调"人"的精神和思想的独立性。

1843年海涅第一次回到阔别十二年的祖国，从巴黎前往汉堡，年底回到巴黎，认识了马克思，尽管海涅年长马克思二十余岁，两人却结下了深厚的友谊，这次德国之行，为他的长诗《德国——一个冬天的童话》积累了素材，回到巴黎后，海涅很快创作了《德国——一个冬天的童话》和《阿塔·特罗尔》两首长诗，这是海涅政治抒情诗的巅峰之作，海涅由一个歌唱爱情的"夜莺"，蜕变成一只迎接暴风雨的海燕。从此后，他和马克思、恩格斯并肩战斗，迎接1848年革命的爆发。在德国文学史上既是作家又是思想家的不乏其人，像海涅这样有着完美统一的诗人加战士的并不多见，他的诗脱出了"哲学沉重的外衣"。

虽然海涅回去看望了祖国，但他没有看望故乡。海涅被誉为"歌德后的太阳"，他的出生地杜塞尔多夫却不容他，骂他"犹太猪"，杜塞尔多夫排犹主义甚嚣尘上。

海涅一生追求爱情，歌唱爱情，他的许多爱情诗是"泪水过滤出的诗行"，是哭泣声化为"艺术的梦语"。海涅追求他的堂妹阿玛丽。阿玛丽花容月貌，身材窈窕，眼睛如海水一样静蓝，嘴唇像樱桃一样鲜红，话语声像夜莺的歌声那样动听。海涅坠入爱河，难以自拔，堂妹对才子堂哥也有情意，但终因海涅贫寒而嫁给了凡夫俗子。堂妹割一缕秀发给痴情的堂哥，海涅把这缕"情丝"藏在金属十字架里，挂在胸前，直到去世。海涅一生为堂妹写了许多优美的爱情诗，那是单相思，这就奠定了他德国"爱情诗王"的地位，其中一首还被许多作曲家谱写成二百多首乐曲。海涅是爱情的歌手，却没有收获爱情。他发誓：如果他未来的妻子不喜欢他的诗，要坚决离婚。命运却开了天大的玩笑，最后他竟然与鞋店女店员结婚，一个粗俗、没有文化的女人，她是山村来的打工妹，无知也无教养，整个上流社会都嘲笑这个结合。这是一场畸形婚恋，一个誉满欧洲的风流才子竟然和一个目不识丁的乡野村姑走上婚礼的殿堂，这岂不是上帝的一场恶作剧？海涅却承认"我命中注定只爱这最卑贱又最愚蠢的东西"。这个女人却是贤妻，无微不至地照顾他，伴随他走到人生的终点。

海涅病了，患上了脊髓灰质炎，日益严重，他没有亲自投身1848年的革命。身体健康每况愈下，头痛和眼疾也折磨着他。他已濒于全面崩溃的地步。

1848年5月海涅最后一次出门去了卢浮宫，看到断臂维纳斯，他泪流满面："我在她脚前待了很久，我哭得这样伤心，一块石头也会对我同情。女神也怜悯地俯视着我，可是她又是这样绝望，'我没有臂膀，不能帮助你啊'……"

从此，海涅一直卧病在床上，过着"被褥墓穴"的生活。他以惊人的毅力、意志和英雄气概同病魔斗争，坚持诗歌创作，诗已经是他生命的一部分，只要一息尚存，就会创作不止，不能写就以口授的方法，创作了《罗曼采罗》。

他的病情恶化了，视觉衰退了，视力模糊了，他的两腿瘫痪了，全身萎缩，他病痛得很厉害，一天只能睡上三四个小时，失眠之夜，他仍坚持创作。《罗曼采罗》之后，海涅还写了许多诗篇，但是这些诗像西风残照里的园林，缤纷的落叶，萧瑟、悲凉、哀怨、凄苦，这是一个伟大生命开始凋零时的悲凉，是落日楼头，断鸿声里的悲怆。海涅临死仍在吟咏，他将死神的呼唤声化为诗的音响，他用骨头敲响诗的节奏。一位朋友看他的时候，这样说道："这就是美，美得惊人，这像是从坟墓发出的悲诉，那里有一个被活埋的人，或者说一具死尸……在向黑夜呼喊。"

海涅在"床褥墓穴"里还结识了钟爱他的诗作、后来成为女作家的玛尔嘉特。玛尔嘉特原是一位女教师的私生女。海涅称她"苍蝇"。"苍蝇"时常来看他，她娓娓而谈，激起了他对生命的渴望，并手写或口述了二十五首情诗，"苍蝇"接受了"他语言的爱抚和文字的亲吻"。他向"苍蝇"讲述他"大学时代的书生意气"，讲述他"诗歌创作的辉煌岁月"，往昔的青春，美丽的诗句，在他心中升腾、扩延……海涅说"您来的次数越多，我越幸福"，他并致函玛尔嘉特："我怀着垂死者的柔情爱着你，就是说，怀着可想见的最大柔情。"海涅临终前最后的话："花！花！大自然真美……"这是海涅最纯洁、最高尚和最辉煌的爱情，但生命的夜幕却像群鸦的羽翼扑了下来，他没有来得及采撷这晚秋一朵凄迷的野花。

海涅走了，海涅带着火焰，带着利剑远去了。德国人拒绝接收他的尸首，称他"犹太猪""民族败坏者"，德国的报刊一片斥责声，一片幸灾乐祸的嘲弄声。但法国却收下这个德国弃儿，称海涅是"法兰西的精灵"。

海涅被安葬在蒙马特高地。

蒙马特高地在巴黎城西北，我通过旅游团领队，雇了一个当地导游小胡带我去拜谒海涅之墓。这里有一处不大的墓园，许多文化名人都安葬在这里，左拉、雨果、巴尔扎克、莫里哀、小仲马，还有画家德加等人的坟墓和墓碑。海涅在这里并不寂寞，生前他和这些文友交往甚密，死后仍然在一起，说不清，哪个风清月明之夜，他们在冥间相聚，谈论小说和诗，也谈论法国和德国的革命。遗憾的是后来左拉和雨果的骨殖迁移至法国的先贤祠。

游客很多，中国游客也很多。他们都喜欢海涅，喜欢巴尔扎克，手捧鲜花，红色玫瑰，洁白的菊花，有蓝色的矢车菊，散发着爱的芬芳，墓地上野花红、白、黄、紫，色彩缤纷，花朵和阳光似乎有一种默契，花蕊在阳光下静静地哀伤。

海涅的墓碑，墓石都是纯净、洁白的大理石，雕刻精湛，高雅而精美。墓碑的上端有海涅半身雕像，他的眉额微蹙，富有硬度的肩膀仿佛撑起一个倾覆的世界，艺术的力量在他身上燃烧。

我在墓地徘徊，想象《海涅传》中描写的海涅形象：骨瘦如柴，鸠形鹄面，惨不忍睹，满脸苍白的胡子，一头白发像秋天的野草干枯而蓬乱，他的嘴角肌肉萎缩，因疼痛而歪斜……不会说话，眼皮沉重地闭着，不停地抽搐、挛缩、扭曲，绝望和痛苦紧紧攫住瘦弱的身躯，仿佛在地狱里挣扎。

我抬头端详海涅墓碑上的雕像，并非我想象的病态和衰老，依然是日耳曼的阿波罗，一头金发披覆在高高的大理石般苍白的额头上，面颊丰满，不像一般浪漫主义诗人那样放浪。高傲的眼神闪射着睿智的光芒，蕴含着穿透一切的力量，也透露出深藏着诗人内心的激情和爱的波涛。风流倜傥的大才子，在德国，在法国，在整个欧洲文坛何等的纵横恣肆，恃才傲物！他的诗优美而动人，热烈而悲壮；他的诗里既有夜莺婉转的鸣韵，也散发着玫瑰的馨香；既有长剑锐利的闪光，也有烈焰燃烧时毕剥声响。

他的雕像肃穆、庄严，虽是大理石制作，却有一种青铜气，给人以高古感。

墓地一片静谧，这是海涅喜欢的静，永恒的静，泥土的墓穴是天堂。他一生莺歌燕语，悲欢离合，没采到一朵山野缀有露珠的玫瑰，那天堂里可有充满诗歌的阳光，可激发他创作的热情？

我隐约听到从墓中传来的叹息声、呻吟声,还有断断续续的吟哦声……

诗人生前说,愿做一个"精致可爱的棺木,好把我的诗歌盛殓"。但他人已走进坟墓,诗却扑扑棱棱飞出来,德意志、法兰西,满世界乱飞……

他的雕像后面晃动着树影,鲜嫩的绿叶,正处年华,英姿翩翩,法兰西五月的天空湛蓝湛蓝,没有一丝云彩,琥珀色阳光温暖慈祥,从空中倾泻下来,穿枝透叶,亲切地抚摸着大理石墓碑。

大理石的光泽生动明亮。

我想起在海涅的故乡,由于排犹主义被遏止,纳粹主义被清除,杜塞尔多夫终于接纳了他的游子。现在杜塞尔多夫有了海涅广场,海涅大街,海涅中学,还设立了海涅文学奖,有些学者、文人提议将海涅墓迁回海涅一生酷爱的莱茵河畔——杜塞尔多夫,但法国政府不同意。

杜塞尔多夫在海涅逝世一百二十五周年为纪念这位大诗人,由政府支持建了一座纪念碑,坐落在一家超市门前的广场上,虽居闹市,却不引人注目。这纪念碑原来是一堆破碎散乱的石头,毫无规则地堆放在一起,像是被肢解,有一种"山冢崒崩"之感。这是不成型的建筑物,更缺乏碑的形象,像一片废墟,死一样宁静。杜塞尔多夫号称艺术之都,有几十家博物馆和展览馆,丰富的文化呈现强烈的主体感,为何对他们的诗人海涅纪念碑如此潦草?没有雕像,没有碑文,一堆坍塌的石头杂陈相藉,怎么称纪念碑?荒唐、荒谬,这是野兽派、荒诞派的作品,还是魔幻主义？一种废墟的荒凉，一种被遗弃的悲哀，一种凄寒和心酸感。我在西班牙巴塞罗那参观过高迪的杰作，将一堆黑灰色的炉渣随意地摊在那里，说是一件艺术品，并列为旅游景点，供人鉴赏。

这座纪念碑"落成"后，在德国引起大哗，有人说，海涅不配建纪念碑，他嘲笑过故乡，他诅咒过祖国，这是对他的报应，但更多的人认为，这正反映了诗人的悲剧，破碎、苦难的一生。至今围绕着海涅纪念碑还争论不休，他的许多作品，还有马克思、茨威格、弗洛伊德、爱因斯坦的著作曾经在纳粹时代遭到焚毁。杜塞尔多夫曾举行一场争论，将杜塞尔多夫大学改名为"海涅大学"，1982年以四十一票反对、四十票支持不得命名，"一票否决"。

我沉默地望着海涅的雕像，脑海蓦然浮出李白的诗句："但使主人能醉客，不知何处是他乡。"海涅是没有故乡的人，只有法兰西的阳光温暖着他，抚摸着他。

农民画家米勒

古人云:"画者,文之极也。"一张宣纸,一片画布,承载着一个国家和民族浓厚的沧桑感,可以寻觅民族穿越千年所留下的光辉,所积存的精神力量,可以涵养一方水土。

我在法国旅游时,住在农家宾馆里,走廊墙壁上挂着米勒的画,小小的镜框,单纯的画面,《播种者》《倚锄的人》《晚钟》,当然是印刷品,这是米勒最著名的代表作,是法国绘画的经典。

法国大作家罗曼·罗兰说:"米勒的作品是法国艺术中无人能够替代的一部分。如果说缺掉了米勒,法国似乎缺少了艺术品的一半。"

米勒是农民画家,他三十五岁那年定居巴比松村,二十七年未离开过这片土地,生活于斯、终老于斯。由于贫穷,无钱买车票,四十年竟然没有回家看望过一次父母,母亲临终还呼唤着她的儿子,"我可怜的孩子,如果你能在冬季来临前回来该多好!我十分渴望再见上一面。我现在……剩下的只有痛苦和死亡。"但米勒因凑不够路费,终未最后见母亲一面。这真是永恒的悔!

米勒的父亲是个乡村说唱艺人，他从小便在贫困、苦闷、彷徨中挣扎、生长。他学画初期，为了生存，不得不临摹一些美艳的女裸体画，以满足小市民的青睐。他的第一任妻子因贫病而死，第二任妻子像他一样顽强、坚忍地抗争命运，面对苦难，勤劳执着地在生活中挣扎奋斗。米勒在巴黎搞了一次画展，观者却讽刺道："米勒只会画裸体女人，别的都不会。哈哈，哈哈！"这句话深深刺痛他的心。他决心离开巴黎，义无反顾地走向农村，携家迁往巴比松村。

巴比松村位于枫丹白露附近，有河流、池塘，当然也应当有树林，但从米勒的画中很少见山水的背景，甚至连一棵树也没有，只有土地和人，还有太阳。太阳、土地、人，三位一体构成人生的十字架，命运的十字架。米勒沉重地背负着，二十七年的春夏秋冬，二十七年的风晨雨夕，米勒过上了地地道道的农民生活。

而米勒是陶渊明版的画家。犹如中国东晋大诗人陶渊明弃官回归故里，像农民一样"晨兴理荒秽，带月荷锄归""开荒南野际，守拙归园田"。他返归故里绝非诗人下乡体验生活，更非采风，锄头和笔墨都是他的工具，他的诗蘸着晨露的晶莹、月光的温润、荒草的苦涩、野花的芬芳、泥土的清香，诗里有犬吠之声、鸡鸣之音、鸟雀之噪、流水之韵、寒风霜叶萧瑟之籁……

他白天下地干活儿，下午画画。他绘画的题材全是农民及其劳作的生活，在米勒的画面上，人和自然，土地以及茅舍几乎成了全部画作主体，它们之间有着难以分割的血肉联系。米勒在巴比松村二十七年是孤独而又充实，幸福而痛苦，沉静而燃烧的二十七年，二十七年他没有像其他画家一样的外出游历、采风，披山阅水,去写生,去素描、去临摹名山胜水。他孤独高洁的灵魂只有土地,他像土地的代言人,他只关心农民和土地,锄草、播种、施肥、收获、收藏,艰苦的劳作,贫苦的生活,单调而沉闷的岁月,没有喧嚣和热烈,没有喜庆和歌舞,在他生命的册页上只有忧郁、憔悴、疲倦、沧桑、困苦的劳作者形象。农民祖祖辈辈,面朝黄土背朝天,生活压弯了腰,但他们能隐忍,听天由命,在沉默中挣扎,在艰难中求生,仅仅偶尔发出叹息和呻吟。

《播种者》是米勒一幅享有盛誉的作品。一位年轻力壮的汉子端着盛着种子的"簸箕",一把把随手撒向大地,他雄健有力,步伐也豪迈,画面简单,除了远处有一耕耘者,播种者顶天立地,占据了大面积画面。地平线辽阔旷远,播种者辛勤地劳作,大步前进和倾斜的身姿,透露出他满怀希望的喜悦,均衡有力的步伐,欲望不止地播撒,像旋律一样雄健,没有播种,哪有收获?什么力量都不能阻挡他,他会一直走向画的外边,走进地平线的尽头……据说,米勒此时正在田间劳作,看到这位农夫舒展的劳动姿态,他惊呆了,兴奋异常,太美了,回到家里,很快画下了这个场面。

这时,夕阳向晚了,播种者的"雄姿"一直融于暗红的夕阳逆光和黄昏的暗影中,他脸上的线条是模糊不清的,他的神色是模糊的,读者完全想象得出是坚毅、顽忍,对生活充满信念和热望,他希望播下的是温暖,收获的是幸福,他向大地谱写自己的宣言,整个画面色调十分低沉、朴实、沉稳,健壮高大的农夫,像泥土一样坚忍、厚实。暗红的夕阳和黄昏的阴影,虽然投射在劳动者脸上模糊不清,但分明透出劳动者的喜悦,这是苦涩生活中的一种神秘之美、朴实之美。米勒喜欢乡村的黄昏、残阳、夕晖,模糊的景物,昏暗的光影,朦胧得像诗,像印象派的大自然景物,正是给了读者以想象的空间,给了画家抒情的艺术空间,充满创造力和蕴含着难言的艺术魅力,凝练着画家对生活深刻而细致的感受。

他说:"他们沐浴着夕阳的光,肩上负着重荷的模样,是多么平稳和壮观啊!那是美,而且是神秘。"只有走进生活,真正认识了乡村劳动者在夕阳向晚、赶着活路的农民,才会有这动人感悟、蕴含着真实的艺术魅力。

凡·高是米勒的粉丝,追星族。米勒的《播种者》深受梵·高喜爱、推崇。凡·高用他火焰的色彩,一再重复临摹米勒的《播种者》,这不仅寄托着凡·高对贫困农民的深深的同情,也反映出凡·高对基督教徒吃苦耐劳思想的深切感受。

米勒是最接地气的画家,他一生都没有离开过土地,没有离开过农民,他已是他们中的一员,只是一手拿锄头,一手拿画笔,在他的色彩和线条上的奏鸣中,永远是田野、土地、庄稼、农民,还有伴随他们的家禽、牲口和狗。

走廊里另一幅画,便是米勒的杰作《倚锄的人》,这幅画又是黄昏,薄暮降临,一位壮年农夫被累得倚锄小憩,背景是辽阔的田野,无边无际,空旷、孤独、沉寂,连棵树都没有,劳作的农夫一脸倦色,身穿土布粗衣,满身泥土汗渍,脚下是翻开的泥土,画幅中淋漓尽致地再现了农民的悲剧命运和他们隐含着坚忍力量的悲剧性格,那呆板的表情中透露出苦涩不堪的靥容,他不知欢乐是何物,长期艰苦沉重的劳动弄得他精疲力竭,狼狈不堪。但他的眼睛迷惘地望着远方,他的嘴微张着,走近画面似乎能听到沉重的喘息声,"他要伸一下腰,喘一口气""他自从来到人间,何曾想过欢乐?"(米勒语)这是艺术家的自白,通过画面,从那农夫结实有力但过于疲倦的形象中,我们可体会到农民的艰难困苦,纯朴和充满无奈的悲哀,倚锄的人稍事喘息,这具有典型意义细节的描绘,给人深刻的悲剧感。

米勒让劳动者在疲倦不堪时停下来轻轻地叹息一声,他说,"这是大地的呼声",是劳动者对不幸命运的抗争。千百年来农民不都是这样默默挣扎着生存下来,一代一代在土地上而劳作?简直是一幅耶稣受苦受难的"农民版"。那位劳累过度的男人,挂着锄柄,弓着腰,用锄柄支撑着疲倦的躯体,他的神色阴郁,眼睛迷茫,木然地望着远方,远方是什么?是幸福吗?有挣脱贫苦的方舟吗?脚下是荒凉的土地,满布着沙石和野草,疲惫的农夫倚锄大口地喘息,大滴大滴的汗粒从脸颊上流淌下来。从那苦涩不堪的脸容上,看出他已经精疲力竭了,烈日吸去他多少汗水,生活的风雨几番折磨着他的生命,他无力站立起来,只好用锄柄支撑着瘦弱的躯体……

这就是农民,世世代代是农民用结满厚茧的双胛支撑着历史的天空,他们呆涩的眼睛是迷茫和空虚,又蕴含着渴望……

米勒喜欢画面的时间背景是黄昏。黄昏,按说不管在哪里都应该是美丽的,夕阳在山,人影散乱,落晖斑斑,夕阳是温暖的琥珀色的阳光,把横阔的天地拉得遥远、空旷,天地宇宙是壮丽辽阔的感觉。但是在米勒笔下,黄昏总是给人苍凉、悲戚、倦庸、孤独的意韵,他画面的色彩都是沉着、凝重、冷清,这和画家情绪一致,所画主人公的情感一致,乡村生活的庄严、静谧一致,和单纯朴素的大自然魅力一致。

长期农村生活,塑造出米勒的沉默性格,隐忍、坚毅的个性。有时他也喜欢晨光、浓雾叠叠透出一缕灿烂的阳光，树木像镀上一层金色，泥土土垡也反射出亮光，天空朝霞出现温暖的鲜艳。这是米勒绘画中少有的现象，那是大自然强烈生命力的再现，阳光、彩霞、阴云，斑驳陆离，这对立的因素又构成一曲和谐的交响乐。这是大自然的欢乐颂，实际上是画家郁闷情绪的倾泻和对美的渴望。

"我就是农民，农民中的农民！"米勒说，"我不属于浮华的都市……我要把农民画进艺术里！"于是《晚钟》出现了。我久久地站在《晚钟》画框前。

这是他又一幅杰出的代表作，画面背景是辽阔的田野，远处露出教堂的塔楼的尖顶，夕阳的灰红，画面的主体，一对中年夫妇，听到教堂传来悠远的钟声，立即停下手中的活儿，低着头，站在田野上，默默祷告，聆听上帝的声音。身旁是他们劳动的工具。

落日的余晖温暖，却也忧郁，刚翻过的土地像海洋一样波涛滚滚，无边无际。垂首而立的夫妻停下手中的活路，双手抱十，虔诚地祈祷，他们显得心平气和，顺天安命，任凭上帝的恩赐和惩戒，他们从不唠叨，不怨不恨，也从不为生活的艰难而痛恨命运的不公，当然也没有过多的奢望。《晚钟》迷人的艺术魅力是光、色彩、影、落晖飞洒在田野上，耕过的土地泛着波浪，像大海一样雄阔、浩瀚，垂首而立的男女在逆光中显得高大沉重，和地平线交叉成双十字架形。

画面上既不见教堂哥特式建筑，高高的钟塔，更不见钟的影子，但读者似乎听到，一声声凝重而忧郁的钟声隐隐传来，大地一片宁静，万物都屏息静听，画面弥漫着庄严圣洁的宗教气氛。

夫妇垂首站在自己血汗耕耘的大地上，不言不语表达了劳动者的虔诚、忠厚和听凭命运之神摆布的无奈和顺天安命的姿态。这是逆来顺受的草根阶层的小人物的凄苦命运，沉郁的精神状态和隐忍的悲剧性格。米勒的画面上的色彩都比较沉着、浑厚，与画家的情绪一样，在朴素中他又追求色彩的多样性、丰富性，极力地表现大自然的庄严和静谧的魅力。

米勒有天生的农民气质，一身汗水一身泥，拿画笔的手也像老农民一样，磨出硬茧。他衣着破旧，皮肤粗糙，脸上过早地出现皱纹，苍老的目光沉静、淡定。他站在农民堆里，谁也不会辨出他是举国闻名的大画家。

其实，在欧洲，在法国，画家、音乐家、诗人、作家，都是极普通的，这是一种职业，并非比别的职业伟大，像银行家、企业家、商贾老板一样，只是工作的对象不一样。

米勒的名气并不显赫，他像农民一样辛勤耕耘，一种虔诚、质朴、善良和坚忍的基督教徒的牺牲精神。他不是艺术家深入生活，也不是像陶渊明那样辞官归里，他以殉道者的精神，过着一种艺术化的人生，把乡村生活审美化。

他不像那些山水画家，游遍名山大川，把激情泼向烟村雾树、枯藤老树、山泉飞瀑，他笔下几乎都是普通农民，播种者、倚锄者、簸谷者、收割者、晚钟做祈祷的农民夫妻、牧羊妇，这些生活在社会底层的劳动者。他们的辛勤、劳苦，生活的艰难，都出现在他的画布上，没有对备受艰辛的农民生活体验和同情，不理解农民的虔诚的基督教思想，和安贫乐道的道德伦理，你很难画出农民的精神风貌，塑造出活生生的农民形象。

米勒有着农民的沉默、敦厚、朴拙的性格，他不事张扬，甚至拒绝加入法国巴黎艺术家协会，他一年到头劳作在田野和画案，他的生命融进绘画里，他的汗水流进了大地。罗曼·罗兰说："他的一生从幼年到老死，不但过着辛苦的农夫生活，甚至有农夫的热情和偏见——对土地强烈的爱……他不但能描写大地，也能耕作大地。"

人生是个谜，宇宙是个谜。据说米勒临终时，有一头受伤的牡鹿跑到他家院子里，死在那里，几天后，米勒告别了人世。

月亮灿烂地凝固天空

―

时间：1941 年 8 月 31 日。

地点：莫斯科郊外叶布拉镇日丹诺夫街 20 号。

人物：诗人。一个没有性别的灵魂。

背景：秋风萧瑟，寒意袭人，满街落叶纷飞，天空浮动着大团乌云。胡天八月即飞雪，莫斯科第一场雪即将降临。

早晨，房主人发觉出租小屋两天没有动静，有点异常，推开房门，她发现过道上躺倒一把椅子，抬头一看，吓得突然大叫："天呀！"只见椅子上方吊着一个人。

这是她家的女房客，她急忙喊人来，女房客的尸体已僵硬，脸色苍白，半只舌头伸在外面，人说，她已死去两天了。房东大婶不无遗憾地叹息道："她的口粮还没吃完呢，吃完再上吊也来得及啊！"镇上的人草草将她埋葬在东山坡上，小镇没有引起骚动，依然如往日的平静。

死者是女诗人茨维塔耶娃，俄罗斯白银时代最杰出的诗人，镇上的人并不认识她，更不知道她是诗人。

茨维塔耶娃出身于一个书香世家，父亲是神父的儿子，莫斯科大学教授，是普希金国家造型艺术馆创始人之一，父亲还有雕塑的嗜好。母亲是一位著名的钢琴家，家庭充满浓郁的艺术气息和贵族气息，她从小就在古典的书香和音乐的旋律中长大。天资聪慧的茨维塔耶娃和兄弟姐妹们的童年是欢乐的、幸福的。

她六岁便开始写下幼稚的儿童诗，十六岁发表了第一首诗，十八岁自费出版第一部诗集《黄昏纪念册》，且在社会上产生影响，受到当时几位著名诗人的好评。她虽有阴柔的气质，却也显露出尖锐的刚烈锋芒。她灵魂深处喷涌出与现实格格不入的，天生的隔膜和先天的距离感，冷峻，这是她悲剧的根源。她的才华和那个时代并不合拍，她的诗自由奔放，肆意和不羁，想象奇诡，任性，连破折号、问号，都有绵长的诗意。她的诗使整个俄罗斯惊艳，她是凭天赋创作的，所以《日瓦戈医生》作者、诺贝尔奖获得者帕斯捷尔纳克称赞道：茨维塔耶娃一开始就是一个成熟的诗人，"她的声音——人的，经典的声音"，并说较之"俄罗斯诗歌的月亮"阿赫玛托娃"更高层次"。她是诗歌的女儿，是女巫和自然的女儿，"她心灵里住着一个诗魔"。她是"文豹"甚至"诡异"，还有一种放荡不羁的野性美，神秘的鬼气和仙气。

阿赫玛托娃在"俄罗斯文学的白银时代"（普希金、莱蒙托夫等属于"俄罗斯文学的黄金时代"）是名满天下的"皇后"诗人，她继承了普希金的衣钵，在俄罗斯享受着无与伦比的崇高地位，但茨维塔耶娃的心中无权威，举目皆空。有人说，她与古希腊的萨福，中国的李清照，英国的伊丽莎白·勃朗宁，二十世纪的萨克斯相匹敌。这使我想起李清照，写出"词论"，笔扫千军，连欧阳修、苏东坡、柳永等男性大家的辞章，从内容到形式统统批判，居高临下，一览众山小。

阿赫玛托娃是女神。

茨维塔耶娃是女巫。

女神好学，女巫难做。

女神内敛，怜恃，静穆。

女巫手持板斧，荑芟拓荒，独辟蹊径，独步天下。

19世纪末20世纪初，世纪末的情绪笼罩在诗坛和文化界，焦虑、焦躁、动荡、不安、悲观、恐惧，这时茨维塔耶娃横空出世般的，以不羁的反传统地宣泄精神的苦闷和生活的窘迫，在大时代的悲伤基调下，寻找神秘的彼岸，追思遥远的文化遗韵……

茨维塔耶娃一反萎靡之风，诗韵刚烈、坚毅、烈火般的激情，没有忧郁，没有伤感，没有悲婉，她性格倔强、诗风高贵典雅、纯正、庄重，有着男性的勾人心魄的艺术感染力。诗歌评论家说，她的诗"是铁匠在铁钻上锤炼的诗句，是在冰水中淬炼出的诗句"，那钢锭般的诗句，并没有随着时间降温，她以巨匠的气魄震撼诗坛。她与阿赫玛托娃同居莫斯科，一生只见过两次面。对于茨维塔耶娃的诗歌成就，阿赫玛托娃也不免心生酸意，"既生瑜，何生亮？"茨维塔耶娃的诗提高了诗歌的品位，拓宽了诗歌畛域，对传统诗歌是一种颠覆性的打击，一股新风席卷诗坛。

她的高傲、粗野、乖戾、阴郁、叛逆、胆大妄为，她灵魂深处有颗坚硬的核，咄咄逼人的好战性，强烈勇猛的进攻性，她是月亮，他人都是群星。她说，她是普希金的妹妹，她只会握普希金的手，不会吻他的手，她和普希金一起"爬诗歌之山"，她无须挽着普希金的手，她说，当普希金听到她第一句话时，就得知他的同道人是什么人！

她甚至嘲笑普希金"扮演纪念牌的角色""扮演陵墓的角色"，狂妄地说：我是无人取代的人。的确，茨维塔耶娃不仅超越了前人，而且为后人横陈一道天堑，无法复制的险峻。

有人说，茨维塔耶娃一出生就自己打碎了她的"模具"，天下不会出现第二个茨维塔耶娃。

作为诗人而生，她是天才，

作为人而生，她从未长大。

二

十月革命的风暴席卷俄罗斯大地。

无论你是多么伟大的诗人，在风暴中也是一只躲在屋檐下的麻雀。她结婚后和丈夫脾气不和，并不幸福，他们几乎没有相同之处，性格不同，爱好不同，生活习惯不同，唯一相同处都是早年丧母的孤儿。虽未离婚，丈夫埃夫隆为逃避家族生活的尴尬离家参军。他的部队被红军击溃后，便投奔了白军，自此以后茨维塔耶娃和丈夫天各一方，杳无音信。

胜利后的俄罗斯，经济十分困难，饥饿、贫穷、战乱、疾病、死亡像阴霾笼罩着大地。茨维塔耶娃生活一落千丈，常常出现三餐不继的境况。冬天的酷寒降临，揭不开锅，更无燃料取暖，只好将几件旧家具送到旧货市场。1919年的冬天，茨维塔耶娃生活到了绝境，且不说旧家具已卖光，家徒四壁，没有米下锅，屋里冷若冰窟，只好乞讨般向邻居要点食品，一些熟人可怜她，送点土豆给她。但这并不是长久之计，她不得不把6岁的大女儿和两岁的小女儿送到保育院。谁知不久大女儿患上疟疾，不得不接回家，虽无饭可食，无药可医，但在她的精心照料下，大女儿的病却奇迹般地好转。天无绝人之路，天也有不测风云。不久传来噩耗，小女儿竟然饿死在保育院。她悲痛万分，呼天抢地，厉声骂自己，后悔不该送保育院，是她害死了小女儿。

茨维塔耶娃精神麻木了，大脑一片空白，她唯一的希望是将大女儿抚养成人。在好心人的帮助下，她加入了艺术宫文学会，这样每天可领得一份食品，一个人的饭两个人吃，勉强没有饿死。

1921年7月终于收到丈夫的来信，说他在捷克读大学，她带着大女儿寻找埃夫隆，一家人历经苦难，终于相聚于柏林。可是埃夫隆因学业紧张，不能久留，又回到布拉格，茨维塔耶娃只得留在柏林。她孤独、寂寞、惆怅，又陷入饥饿和困厄的境地。好在，她遇到了流亡德国的俄罗斯大作家爱伦堡，在他的帮助下，她加入了俄罗斯人柏林民间团体。十月革命期间，有10万俄罗斯人逃亡国外，这些人多是知识精英和贵族、富人，有作家、诗人、艺术家、科学家，还有新闻记者、报刊编辑。茨维塔耶娃很快融进这个温暖的朋友圈，不再苦闷孤独，也激起了创作的热情，这期间她一连出版了两部诗集，创作出现了新的高潮。不久，她去布拉格和丈夫生活在一起，也寻找到工作，每个月有可观的经济收入，解决了生活之虞。

1925年秋，茨维塔耶娃与丈夫带着女儿和出生不久的儿子迁居法国巴黎。她一家在巴黎郊区安顿下来，这是贫民区，周围环境很差，肮脏、糟乱、芜杂，茨维塔耶娃依然过着贫困的生活，丈夫因病找不到工作，救济金不能按时发放，吃饭又成了问题，四人挤在一间小屋里，床铺、箱子、洗脸盆和几只凳子又脏又旧，邻居送给他们一张小饭桌，女儿又要做作业，丈夫要写博士论文，茨维塔耶娃要写诗，小小饭桌只能轮流使用。

不过，在文学艺术之都巴黎，茨维塔耶娃也曾辉煌了一年，她得到巴黎俄侨文学界的欢迎，朋友们为她举办诗歌朗诵会，报刊评介推荐她的诗作，还有记者专访，刊发她的照片，俄侨作家、诗人举行豪华的聚会，也不忘邀请她"光临"。这是她人生最幸福、最愉快的岁月。

福中祸所倚。茨维塔耶娃本来性情高傲，才华出众，情绪一来，出言不逊，也由于她的单纯，在社交场合无意得罪了一些名流大家，实为莽撞失礼。以后她与俄侨文学界关系恶化，这个小圈子冷漠了她、摒弃了她，不再发表她的作品，稿费少了，丈夫又因有病，难以找到工作，生活又陷入贫困和艰辛。

这期间她却收到大诗人里尔克赠送的诗集，茨维塔耶娃如获至宝，像茫茫大海发现一叶拯救她的帆船，于是鸿雁不绝，书来信往，一种柏拉图式的婚外恋如火如荼地燃烧起来。她与里尔克书信频频，却不忘与帕斯捷尔纳克旧情，常常同时发出两封"情书"，一颗孤独冰冷的心得到爱的温暖。茨维塔耶娃孤独并不孤零，她与里尔克、帕斯捷尔纳克达到热恋的程度，一日看不到他们的来信，她惘然若失、茫然、焦虑。她与他们的通信，谈诗歌，谈文学；谈友谊，谈爱情；谈人生，谈命运；谈国家，谈未来；倾心肺腑，忠诚无瑕。后来，三人通信成为伟大诗人之间沟通的一段珍贵的文史资料。

茨维塔耶娃甚至写信要与里尔克一个被窝睡觉，且要头枕在里尔克的胳膊上，搂着他半个身子，只是睡觉，别无他念，这种柏拉图式的爱，这种灵魂的取暖，漂泊者心灵的孤寂、孤苦，已深沉到无以复加的程度。面对生活的风霜，世俗的烟尘，她需要灵与肉的体贴，需要精神的伊甸园，相呴以湿，相濡以沫，人生的困惑和无奈，人生的绝望与毁灭，迫使她寻找纯净和温馨，这实际上是生命构成的极端表现。她为诗活着，为爱活着，无论生活多么艰难，她依然笔耕不辍，诗心依然如火。她以一种贯穿始终的高亢的悲剧基调，唱出了她炽热真挚的爱国激情，这期间她写出许多思念祖国的诗篇，一如既往，其诗风依然铿锵，依然刚毅，有着雄性的大气、浩气和扑面而来的热气。

我读过一部《白银时代诗歌金库·女诗人卷》，这是最具权威的选本，收录了9位女诗人210首诗，茨维塔耶娃的诗最多，67首，而被誉为"白银时代诗歌的月亮"的阿赫玛托娃入选44首，茨维塔耶娃占诗集几近三分之一重，可见她在诗坛的重要地位。

三

1937年，茨维塔耶娃的厄运降临，先是长成大姑娘的女儿带着浪漫主义的理想要回国，她想凭着她画家的才情，回国后会找到一份很好的工作。

女儿阿莉娅回国后，不久来信说，自己很好，莫斯科宏伟壮丽，社会安定，民众生活也有了很大提高。茨维塔耶娃起初并不同意回国，看到女儿的亲笔信，心里舒了一口气，也想带着儿子和丈夫回去。

其实阿莉娅并没有把苏俄斯大林专制时代的真实情况告诉母亲。茨维塔耶娃和丈夫先后回到苏联，一踏上这片故土，茨维塔耶娃就感到凶多吉少，这正值苏联"大清洗"高潮时期，不是"白色恐怖"而是"红色恐怖"，很快一家人就被笼罩在恐怖的阴影里。噩讯接踵而来，茨维塔耶娃的妹妹被捕了，三个月后丈夫埃夫隆被逮捕，他实际上早就上了布尔什维克的黑名单，属于"内控人员"。

紧接着又一个噩耗传来，一天夜里，几个警察抓走了女儿阿莉娅，阿莉娅在监狱里遭到严刑拷打，非人的折磨，将她衣服脱得一丝不挂，折磨她，羞辱她，她被打得昏迷、休克，醒来逼供其父亲是特务，她神志不清，迷迷糊糊招供了。内务人民委员会很快作裁决，不顾埃夫隆身患心脏病，连夜逼审、拷打，一连八个月的审讯，逼得埃夫隆死去活来，最后被判死刑，遭到处决。妹妹和妹夫也同样遭到处决。女儿阿莉娅被投进北极圈之外的集中营，判刑16年，回来的希望很渺茫。

茨维塔耶娃是"白俄分子"的家属，岂能得到好的待遇？到处找不到工作，她和儿子居住在莫斯科埃夫隆姐姐家，生活处境极其艰难，儿子忍受不了这种苦难常常和母亲吵架，茨维塔耶娃更是心绪烦乱，女儿丈夫坐监，母子不和，茨维塔耶娃在巨大的政治压力下和家破人亡的极端悲伤中，仍然坚持创作。她说，她离开俄罗斯还能过，离开稿纸不能活。她的诗在刚毅中更添悲怆和苍茫的气息。破碎的人生，破碎的家庭，破碎的岁月，她是一座孤零零的小岛，无边无际苦难的海洋，波涛汹涌，几经吞噬了她，她凭着意志生存着，意志的背后是坚如磐石的信仰，这信仰就是诗，就是文学。这是她心中的神，是她唯一生存的力量。

茨维塔耶娃居无所，食无米，她给苏联作家协会负责人法捷耶夫（法捷耶夫也是悲剧人物，在斯大林时代，因讴歌斯大林而得宠，任全苏联作协主席；谁知赫鲁晓夫时代，他成了负面形象，被迫辞去作协主席，一度生活郁闷，在作家群里一落千丈，最后开枪自杀。）写信，希望让她取回扣押在海关的手稿和书籍、资料，并希望解决她和儿子的住处。法捷耶夫很久才回信，回答连一平方米的房子也没有。直到1939年底，才在戈里岑诺村创作之家附近找到一处住宅，一间农家小屋，破旧低矮，阴暗潮湿，没有电灯，茨维塔耶娃只好点着煤油灯写作。她一颗富有少女气质的心，永远充满诗的梦幻，诗的浪漫，诗的激情，诗的芬芳和美感。

她儿子不时生病，感冒严重引起肺炎，久治不愈，茨维塔耶娃稿费收入很少，很多刊物不发表她的诗作，她从作家之家领回一份饭，分成两半，谁都吃不饱。

且不说小屋连她的书籍、手稿、资料都盛不下，何况房租又涨，生活陷入绝境，1944年初，茨维塔耶娃儿子应征入伍，同年七月战死在沙场。厄运连连，她唯一的希望也没有了，一家5口人中，有4人惨遭非正常死亡，只剩下大女儿阿莉娅一人在劳改营中。在国外生活艰难，回到祖国无法生存。她绝望了，除了自杀，别无他路，她感到生命已走到尽头。

茨维塔耶娃临死致儿子的遗言，谁读后能不潸然泪下：

> 原谅我，但以后会变得更糟。我病得很重。这已经

不是我。请转告爸爸和阿莉亚——如果你能见到他们——我爱他们直到最后一刻,并向他们解释,我已陷入绝境。

8月31日,星期天,房东夫妇出门了,茨维塔耶娃一个人坐在家里,匆匆写了几封信,便走向了不归路。

从中国古代的屈原,到"文革"中的傅雷、老舍,从欧美的茨威格、海明威的自绝,他们不是弱者,是用生命抗争,抗争邪恶,是好汉、硬汉。茨维塔耶娃是女汉子,她的死非平庸之辈之所为,她被誉为"女诗歌烈士"。

20年后——1961年8月,苏联为她平反,茨维塔耶娃的诗集被允许出版,立刻在全社会产生轰动,整个俄罗斯噙着眼泪在读"茨维塔耶娃"。1992年俄罗斯为纪念诗人茨维塔耶娃一百周年诞辰,特发一枚邮票,印有她的头像。

茨维塔耶娃生前说过:"我足以活过一亿五千万条生命。"茨维塔耶娃不仅活过前人,也活过后人。爱伦堡在《人·岁月·生活》中说道:"我平生见过许多诗人,我知道一个艺术家为酷爱付出多大的代价,但是在我的记忆中似乎还没有一个比玛琳娜·茨维塔耶娃更为悲惨的形象,她生平的一切:政治思想,批评意见,一个人的悲剧——除了诗歌以外,所有的一切都是模糊的,虚妄的。"

作为一位诗人,她是一颗成熟的苹果,亮艳动人;

作为一个女人,她是荆莽里的野草莓,青涩酸苦。

四

我们不可能去莫斯科郊区卡马河畔叶拉布加镇凭吊这位天才的女诗人,听导游说,她的小屋还保留着。茨维塔耶娃活着时曾说,她死后,愿人们在她的墓碑上写上:"大写存在的速记员。"没有,在她被埋葬遗体的地方,村人们草草地为她立了一个简单的十字架,上面写着茨维塔耶娃的姓名、出生和死亡日期。

在她生前(1914—1924)曾居住在莫斯科阿尔巴特街尽头一座二层小楼,在她诞辰一百周年时改造为诗人博物馆。俄罗斯早已为诗人平反,茨维塔耶娃的死升华了她,她的人生渗透了崇高,她成为大地的坐标。现在诗人故居已成旅游景点,游客很多,一年四季,络绎不绝。博物馆下层曾是她和孩子的卧室,上层是她的书房,陈列着她的诗集,照片、手稿,还有信札,她与里尔克、帕斯捷尔纳克的通信,并结集出版,那是一个时代的情感记录。留给人们印象最深的是一幅照片,是茨维塔耶娃殉难处,叶拉布加的住处,这是一所普通的农家小院,两座木制的房屋,一座高大的正房,一座矮小的侧房、平顶,她就是在这小小的耳房自缢的,她的尸首吊在空中;不,那是俄罗斯白银时代一轮月亮灿烂地凝固在天空。

迷失在俄罗斯风景画里

俄罗斯巡回展览画派

那光与色,波光、云影、树色,似真似幻,似幻而真,我迷失在俄罗斯醉人的风景画里。古典的芬芳,浪漫的情韵,俄罗斯人性格的粗犷、豪放,情感的细腻、热烈,艺术的雅丽、真实——这是莫斯科美术馆留给我最深刻的印象。

莫斯科美术馆原是一位大商人的私人藏画馆,他建了一座画廊,展出自己收藏的绘画作品,免费对外开放。这就是著名的"特列恰科夫画廊"。后来,列宁签署为"国家博物馆"。这里有19世纪70年代巡回画派的作品。一个国家的风貌是由文化风貌决定的,文化风貌是由文学艺术、建筑、绘画、音乐和诗组合而成的。

俄罗斯人是充满浪漫主义的民族。浪漫主义者又都是自然主义者,热爱大自然,对俄罗斯大地的热爱是一种天生的情感。19世纪末至20世纪初,俄罗斯画坛出现风景画的狂潮。他们对风景画的创作有了突飞猛进的发展,他们走出学院的象牙塔,回到大自然中去寻找艺术的命题，寻找灵魂的栖所和对未来的眺望，一幅幅名画杰作、传世之作蜂拥而来，形成一个流派——巡回展览画派。画布上出现景色秀美的田园风光，苍郁的森林，翠绿的田野，疏离的房舍，弯弯的田间小径，古老的磨坊，高高的圆顶教堂，水光潋滟的湖泊，潺湲流淌的溪水，整洁的白桦林，云影变幻的远天，那光影，那色彩，那情韵，很诗意，很画感，还略带淡淡的忧郁和哀伤。他们的代表人物是萨夫拉索夫、希施金、库茵芝、波列诺夫、列维坦、涅斯切洛夫，以及后来受到印象派影响的柯洛文。阅读和欣赏这些画家的名作，使人想起果戈理、屠格涅夫、陀思妥耶夫斯基、涅克拉索夫、契诃夫等文学作品中对自然的描写，大自然是作家、艺术家取之不尽用之不竭的题材资源，是产生大作家、大艺术家的丰厚沃土。自然是精神之象征，既影响着文学家，也影响着艺术家，是文学和艺术经久不衰的主题。俄罗斯文学的"黄金时代"催生了巡回画派的出现。文学和艺术是这个时代的"龙凤胎"。

当今社会已物质化、商品化、肤浅化，人们的视野越来越集中在混凝土浇筑的钢铁森林、写字楼格子间，窗台成了远方的风景，晨不见朝阳，夕不见落日，整天为了生存，为子女、为升官、为发财，忙忙碌碌、浑浑噩噩，不知今夕何夕，与自然的疏离、隔膜、淡化，成了人与社会的现实。阅读这些风景画，使你感到画家以血肉之躯拥抱大地，拥抱自然，每一幅画都流淌着深情。

萨夫拉索夫——风景画的拓荒者

萨夫拉索夫是俄罗斯风景画之父,是俄罗斯民族现实主义风景画的奠基者。

风景画家都是大自然之子,以写实的方式描绘作者由文明世界走向自然环境的那种身心体验,"文化的完美不是反抗而是宁静",风景画家追求的正是精神宁静的艺术。

俄罗斯广袤的大地,苍莽的森林,浩瀚的草原和平坦的沃野,透迤的山脉,蜿蜒的河流,还有静静的湖泊,壮美的大自然风光给文学家、画家、音乐家、诗人提供了丰富的创作资源,这里是产生激情和灵感的发射器。艺术是一种抽象,在大自然怀抱中做梦,便可以得于这自然。文学作品中对大自然的描写,丰富了俄罗斯文学的底蕴,许多画家都是读了文学作品,离开沙龙,走出彼得堡,走向自然,投身大自然,在大自然里纵笔驰骋,画彩飞扬,再现大自然的精神。

萨夫拉索夫的创作,体现了画家对俄罗斯大自然的新的理解。他一生从事风景画创作,他走遍俄罗斯大地,探索大自然之美,但他不满足草木的生命和山水的秀丽,而是透过自然洞察更深层的内涵,从荒无人烟的俄罗斯大地提取最见精神气质的自然情感。

《白嘴鸦飞来了》是萨夫拉索夫的成名作,第一次参加巡回展览会上,引得广泛的赞扬,成为当时一大新闻。画面远处隐隐露出教堂一角,教堂前后是广阔的田野,几棵并不伟岸,是体躯扭曲瘦弱的白桦树,树上有鸟巢,几间朴素的农舍,围着农舍的栅栏,远处是融雪的田野,纯净、优美、真实自然的风景。春天到来时大自然苏醒后的清新气息扑面而来,使观者感到大自然的呼吸以及内在的生命力。几只白嘴鸦从远方飞来,使整个画面活跃起来,一种动感、鲜活感,萌动的激情,欲出乍出的热望,使人感到描绘出俄罗斯大地复兴的深情。

这幅画色调柔和,阳光穿过云层,照在雪地的光影,更显出色调的明快,似乎能听到雪融时发出的窸窣声。他的另一幅画《村道》是以俄罗斯村落小道为题材的作品,描绘了大雨过后,乌云方散,阳光初露,大自然千变万化的美丽景色,抒发了画家对乡村、对大自然的爱恋之情,哪怕细小的枞树,不起眼的草花和瘦小的牧童,都生动地呈现出大自然的色彩。

希施金——森林的歌手

俄罗斯是森林国家,广阔的大地到处是苍苍茫茫的森林,森林面积占国土面积的45%,是世界森林面积的六分之一,无论作家、诗人、画家、音乐家,他们的作品中没有不写到森林的,森林是他们生命的襁褓。

希施金是巡回展览画派重要的画家,是森林的歌手,他一生的绘画题材,全是森林,是树木。

看到希施金的树木和森林,不由得想起纪伯伦所言:"树木是大地写上天空的诗。"在天地之间,树被固定住,它托住万物,支撑宇宙,架起世界,又是地球之轴,大树的顶端触摸到天堂,根基托住大地,强大有力,征服了空中诸灵。

热爱大自然,必然热爱树木,热爱森林。

抒情的韵律，绚丽的色彩，严谨的构图，希施金对森林诗意的感觉，终生不衰，保持旺盛的生命力，千姿百态地描绘森林，歌唱森林，森林中的树、草、花、岩石、流水、湖泊、鸟、兽，以及风霜雨雪，天空、流云，他探索森林的奥秘，森林赋予他灵感，他给森林以幻想的激情和诗意的美。

希施金出身于一位商人家庭，他的童年是在维亚特卡的森林中度过的。在莫斯科绘画雕刻学校毕业后，进入彼得堡美术学院学习。

希施金为了描绘自然，不知疲倦地走遍了北部俄罗斯。他热心研究植物界，甚至达到科学家的严谨和深刻。克拉姆斯科依（俄罗斯绘画大师，他的名画《无名女郎》成为经典，流布世界各地。）说：希施金是为俄罗斯风景画开路的伟大导师。

希施金神奇的画笔，是色彩的"魔王"，一种绿色在笔下变幻无穷，绿色是生命和力量、激情的象征，最华丽，最高贵，最有气派。他的画笔，恣肆淋漓，狂放不羁，豪阔而大胆，细腻而鲜活，他画布上的森林摇曳多姿，高木昂然挺立，低树茁壮强劲，疏密有致，生机盎然。

19世纪，俄罗斯正由封建社会向资本主义社会急剧转变，巡回展览画派就是站在民主派的立场上，用作品歌颂生活和大自然的真善美，揭露社会矛盾，鞭挞丑恶社会现象的画派。

俄罗斯自从形成统一的民族以后，曾面临过多重危机，却也能反败为胜。地广人稀，天寒地冻，大自然严峻而残酷，强大的森林既是他们的生命屏障，又是取之不尽用之不竭的生活资源，同时也塑造了这个民族雄悍、勇敢、倔强，不肯臣服，宁折不弯的性格。蒙古人统治了二百多年，终于被俄罗斯人击败；17世纪波兰人入侵俄罗斯，几千军队全部被歼；18世纪瑞典几万大军侵略俄罗斯，被沙皇军队驱逐；19世纪初，俄罗斯又遭到拿破仑几十万大军进攻，这位常胜元帅，曾横扫欧亚大陆，却在俄罗斯惨遭覆灭，俄罗斯大军却占领了法兰西；20世纪中叶，法西斯德国300万大军，被俄罗斯彻底击溃，而又一举攻克德国人的首都柏林，战争狂人希特勒自杀身亡。俄罗斯短暂而厚重的历史像斯芬克斯之谜一样神奇，它哪来的独特坚韧的生命力？

请看，俄罗斯的森林！这是大地的力量，这是大自然的力量！出现在我面前的是一幅气势雄伟、具有史诗般气质的《橡树林》，这是希施金的代表作，描绘了百年老橡树和它周围的灌木丛，纷繁的野花，人迹罕见的密林，腐叶衰草与鲜花青草死亡和新生的映衬，展示了大自然的生生不息的活力。

希施金的《橡树林》占画面的最显著位置的是一棵苍健、粗壮、伟岸的老橡树，树躯微斜，像用肩膀抵御漫天的风霜雨雪，抗争着苍茫的岁月，他大胆地将心灵体验与橡树自然景观融为一体，粗壮倔强的橡树，像"精神世界的影子""大自然精神之象征"。一种震撼人心的沉雄、强悍、敦厚的力量。橡树们浓密、厚实、沉着，有着坚不可摧的稳重和群体意志，体现出一种理想化的人格，浪漫地、诗意地表现出俄罗斯民族的坚韧不屈、英勇顽强的英雄主义精神——这个民族和它的风景一样，富有丰富多彩的魅力。他的画作充满了大森林苍莽旷放的气息，只有健康的森林，才有健康的大地；只有健康的大地，才有健康的人类。

莱蒙托夫说："当我们远离尘世而跟大森林接近时，大家都不由得变成孩子，心灵摆脱了种种负担，恢复了本来面目。"而贝多芬更爱森林，一走进森林，他就兴奋地大呼大叫："全能的上帝！在森林中我快乐了！每一株树都传达着你的声音。——天啊！何等的神奇！"艺术家心底蕴藏着一种原始的气息，涌动着一种对自然天生的激情，又有着理性和感性双重成分。

艺术家热爱自然，热爱森林，他们艺术的追求、突进，实际上是一种人性的回归，回归自然，回到世界混沌未开的初始。

希施金在画布上创造神圣的森林王国，将大森林的美和神秘渲染得淋漓尽致，这是迷人的自然和心灵的风景。他对森林的热爱达到白热化的程度，他笔下的树木，峥嵘挺拔，背负蓝天，有升腾之感。打开他的画集，全是摇曳多姿的树木：《歇斯特罗列恩科的橡树》《瓦拉姆岛上的松林》《密林深处》《松柏林》，几乎每幅画都是杰作，代表作，都是风景画的里程碑。《松树林之晨》是一幅流传很广的经典之作，描绘了森林的神秘幽深的意境，使人身临其境，心旷神怡。优美的诗意般的境界中，阳光穿过树梢，清新的空气，迷离的光芒，生机勃勃的景象，聆听自己的回声，几只可爱的小熊在母熊的带领下悠然玩耍，林间似乎浮动着潮湿温暖的空气，薄雾里的清晨，大自然充满着人性和人情味。

希施金用色彩和光线，独特的绘画语言，使得枝繁叶茂的树木，有着别具一格的魅力。他的《在寂寞的原野上》，空旷的大地，苍茫的暮色，孤独的树木，是橡树吗？葱茏的野草，太阳沉落了，天空残留着橘黄色的余晖，连只鸟儿也没有，大地进入诗意的禅境，那浓浓深深的色彩变幻，呈现出大自然色彩的丰富，也呈现出大自然的肃穆和庄严，艺术美就是大自然的宁静。

巡回展览派画家的风景画像"自然文学"一样，既继承浪漫主义和超验主义的传统，又有浓郁的现代色彩，对自然的崇高与赞美，对物欲的鄙视与唾弃，对精神的追求与向往，他们像山一样的思考，像水一样的随和，对赖以生存的自然环境，有一种伦理上的责任感。

列维坦——风景画大师

风景画家是大自然之子，他们深入大自然腹部，描绘作者由文明世界走向自然环境的那种身心体验，追求精神宁静的艺术。列维坦在创作中，以纪念碑式的构图，朴实简练的手法，对自然进行高度的概括，创造出俄罗斯大自然的综合形象。

列维坦是生长在俄罗斯的犹太人，出身于一个铁路工人的家庭，父母早亡，从童年起就过着极度贫困的生活，同时还身受沙皇民族主义者对犹太人的残酷迫害。他曾因家庭苦难而自杀，是契诃夫挽救了他，在他最困难的岁月，契诃夫邀请他吃住在自己家里。契诃夫像列维坦一样热爱大自然，热爱艺术，在他们周围，苦难、罪恶和腐败肆虐，他们为之悲叹，为之难过，但他们没有力量对外部世界哪怕有一点的改变，只能带着伤感的情调，亲近大自然。列维坦热爱这方古老而优美的土地，他常带着病作画，除了美景和调色板，他似乎忘了一切，像着魔似的，画笔放纵，油彩飞舞，他的心跳加快，他的手颤抖了，一幅幅俄罗斯大自然风景出现在画布上：《白桦林》《秋天的磨坊》《金色的普廖斯》等等。《寂静的修道院》是一幅表现人的内心体验的风景画，这幅画便列维坦名声大扬；《伏尔加河的黄昏》《金色的秋天》更使他名噪画坛。他被列宾的名作《伏尔加河上的纤夫》所震撼，他看着看着，几乎热泪盈眶，他背上画包向阳光充足的伏尔加河出发，激动地向契诃夫写信：这里真美啊！眼前是翠野的芳菲，蓝天无限……在这新鲜的地方，我却感到自己的卑微，古老而优美的伏尔加河风景令我陶醉。他忘情地在伏尔加河岸作画，眼里只有风景和调色板，他将大自然的美和变幻无穷的色彩，组合成一幅幅迷人的风景画，古老的教堂，转动的风车，秋天的磨坊，疏离的茅屋，破旧的小木屋，还有茂密的小树林，孤独的树，天空的流云，河面飞翔的野凫……他在伏尔加河上迎接第一缕朝霞，傍晚他送走最后一抹夕晖，当玫瑰色的一轮圆月升上空中，他徘徊在河岸，走进白桦林里，一个人，沉醉在月光的魔辉中。深厚的艺术修养，天才的禀赋，使他对俄罗斯自然风物有着独特体验和感悟，他的风景画中有着灵魂的"圣殿"和精神的"天堂"。他以强有力的艺术语言，表现出大自然高贵的精神。

我特别喜欢列维坦的白桦林系列作品，他画集的封面便是他的《白桦林》，他以充满激情的画笔，描绘俄罗斯大自然的纯净美，流溢出浓郁的抒情味。白桦是俄罗斯人最喜欢的树种，河岸、湖畔、山麓、草原，甚至幽谷、湿地都有白桦树娉娉婷婷的身影，是大自然的天使，田园牧歌的情诗，给人静美，充满了旷野气息，表现了青春、处女的纯洁和对光明的追求。白桦林是列维坦风景画的灵魂，他不厌其烦地画了200余幅，形态各异、季节不同，地点相迥，秋天如火般的白桦林，一团燃烧的金黄；夏天是浓绿；春天是淡绿；冬天是一树肃穆、冷峻。

阅读他的《白桦林》使我想起贝多芬创作"击碎唾壶"的《田园交响曲》。贝多芬太热爱大自然了，他常常去大自然中散步，他说："林地一片安谧的气象，仿佛乡间每棵树都在对你讲话，令人狂喜阵阵……"《田园交响曲》有动人的田园风味，还有一种深刻的宗教性质。而列维坦的白桦林系列何尝不是如此，除了美，还表现了"静的孤独"。

列维坦逝世前完成的最后一幅作品《晴日·湖》是赞美无限广阔、水源丰富、充满活力的俄罗斯大地的壮丽，也充满了对人民生活造成苦难原因的谴责，这幅画诗意地表达了他心灵中最美好的东西。列维坦短促的一生充满坎坷，1879年发生了索洛维约夫谋刺亚历山大二世的事件，列维坦作为犹太人被驱逐莫斯科，栖居在莫斯科远郊的一个小山村，衣食无着，他常常像野人一样在森林里寻找食物。但艺术仍是他灵魂的避难所，他整天躲进树林里，或泛舟湖上，他相信自己是一个艺术家，他常说："我们像唐·吉诃德一样同风车战斗……"他以骇世惊俗的抗争，忘我的劳动，坚定自己的信念。

柯洛文——为自然而生

康斯坦丁·柯洛文是列维坦的同学，他的导师是萨符拉索夫和波列诺夫两位风景画大师，在导师的教导和培育下，柯洛文对大自然产生天生的迷恋。他和列维坦都是班上出类拔萃的学生，而且是感情、理想、追求、趣味极其相投的挚友。两位穷画家靠卖画为生，租住在一间小屋，共同生活，一起作画，因为没有钱，两人共同穿一件礼服。一天清晨，柯洛文醒来，见到列维坦趴在阳台上，望着外面流泪，柯洛文惊讶问："发生了什么事？"，列维坦泪流满面地说："你看外面的风景多么美啊！"

但他们不同凡·高和高更，凡·高和高更经常为画论争吵，甚至绝交，气得凡·高发疯，割耳自残，高更与凡·高无法相处，不得不离开阿尔，去更遥远的土著人的居栖地。柯洛文和列维坦为了维持生活，还为莫斯科歌剧院画布景，他们密切配合，一切从头学习，共同开拓一个全新的领域。他们的"布景画"也有独特的风格，粗犷、豪放，笔触驰骋，油彩飞舞，构成远距离的视觉效果，一幅幅气势雄伟的风景画，使他们成为出色的舞台美术家。

但柯洛文和列维坦都不满足室内创作，他们渴望大自然，渴望走向旷野、山川、森林、草原，渴望乡村风光。那草垛、麦浪、池塘、木屋、教堂，阳光下的荒草、野花，潇洒的风度，豪放的气质，流畅的笔触，绚烂的色彩，出神入化地表现出大自然的风貌和精神。

柯洛文是色彩巨匠，在表现手法上有时比印象派更前卫。在这期间他多次去巴黎，在光影形象中深受印象派画家的影响。他说："处置一幅画，就像给自己奏一支欢乐的乐曲，是美的陶醉。"他认为最艰难的是阴暗相近的颜色，它们很相似，但实际上是有区别的，自然界的颜色很丰富，但不同颜色明暗度若混杂了，画面就显得单调、呆板。

柯洛文对大自然有一种诗意的感觉，善于从平凡的生活中观察并发现优美的抒情主题。在他的作品中找不到同样色调的画，他忠实地把大自然所见各种复杂色调关系移到画作上，同时，也省略了繁杂的细节描写。

他的《在花园》是一幅很有影响的作品，虽然受法国印象派画风的影响——实际上巡回派画家和印象派画家，有着共同的血缘，那就是对大自然的爱——依然属于俄罗斯巡回展览派的风景画,画面一片五颜六色的光和影,生动地展现在阳光下花园色彩缤纷难辨的景象,绿的竹椅似乎化为绿叶的一部分,人也融进花的色彩,隐隐约约,这是风景画浑然一体的精神体现。

柯洛文还创作了不少静物画,最著名的《玫瑰》,他注重色彩的整体感,把自然界中各种复杂的色调关系描绘出来。他的名作《北方的牧歌》,以粗犷的笔触,大写意的手法,描绘北国壮美风光,广袤的草原,诗意的沉静,雄沉的大地,野花芳草弥漫着青苍的气息。一个男孩躺在墓地上,正以优美的角笛演奏着一支爱情歌曲,那乐曲撩拨着少女的心。

柯洛文的《少女与桃子》是他的代表作,少女的清新、自然,不带丝毫的娇饰与美化,直率的眼神,质朴的面容,像一朵带露的野花,潇洒而芳馨,真实而自然。

柯洛文还画了大量表现乡村生活场景和自然风貌的作品,其色彩和构图从整体上看受到欧洲印象派画家的影响,但他的根基仍然属于俄罗斯巡回展览派,画面柔和,色调鲜丽又和谐统一,具有生动的丰富感,真实感,新鲜感,既有形式美,又有幻想美。

柯洛文和列维坦都曾受聘于莫斯科绘画雕塑建筑学校,当时俄罗斯著名画家都聚集在这里,这是俄罗斯美术的圣殿。他们视艺术是一种极其严肃、艰苦的事业,要取得辉煌的成就,就要付出终生,乃至生命。柯洛文说:"我的爱人就是大自然,我是为它而生!"柯洛文的艺术创作并非欧洲印象派的模仿,而是追求俄罗斯自然中所独具的俄罗斯艺术之魂。

俄罗斯巡回展览画派的出现,正是法国印象派盛行的时代。

印象派是绘画从现实主义走向现代主义的重要标志，俄罗斯的一代青年画家也来了一场"艺术革命"。他们背叛了学院派的传统，不仅在绘画技法上革新、探索，而且走出画室，到生活中去，到原野上，到乡村，到大自然中去，在外光中作画，面临大自然作画，探求光与色的表现。他们的作品充满前所未有的新鲜感，散发着一股清新、生机勃勃的旷野气息，展示出一道道迷人的自然与心灵的风景，与那宫廷画、宗教画、贵夫人肖像画毫无共同之处。

看了俄罗斯的风景画，我深感人生态度经过禅悟，变成了自然景色，"自然景色所指向的是心灵的境界，这是自然的人化和人的自然化"（李泽厚语）。

俄罗斯巡回画派的出现，是俄罗斯绘画史上的一朵奇葩，鲜艳迷人，闪烁着自然主义的光辉。俄罗斯的风景画家心中响彻着大自然的召唤，萌生着描绘美丽自然的渴望，他们的精神生活寄托着自然的纯朴和美丽。

我走出美术馆，仍然迷失在风景画里。